历史需要细节

一个后代眼中的老外交官往事

王民伟 著

世界知识出版社

1957年毛泽东主席访问苏联时在列宁墓前。

1957年毛泽东主席访问苏联时检阅仪仗队。

1957年毛泽东主席访问苏联时在中国驻苏联使馆里与大家亲切会面。第二排左二为张伟烈，第一排左二为张伟烈女儿张向东。

1957年毛泽东主席访问苏联时在克里姆林宫与外交部礼宾司工作人员合影。左三为当时的礼宾司代司长王雨田，右三为韩叙，左二为孙林，右一为李文珖。

1950年周恩来总理在莫斯科签订两国协议。自左向右：陈家康、徐以新、师哲、帕纽什基、维辛斯基、莫洛托夫、粟裕、张闻天、杜基、李富春、斯大林、林科夫、贝利亚、米高扬、卡岗诺维奇、布尔加宁、库美基。

1957年毛泽东主席访问苏联后回到北京时少先队员代表给毛主席献花，右二为本书作者王民伟。

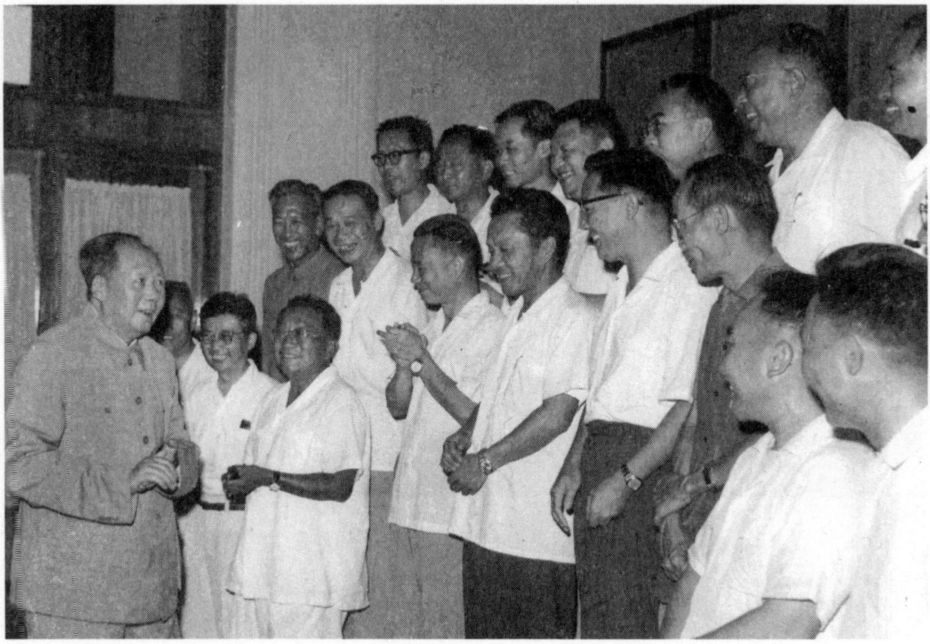

1964年8月毛泽东主席接见部分中国驻外大使。

1964年周恩来总理、陈毅副总理在成都接见部分中国驻外大使。

参加第五次武官会议部分领导，左起依次为：曾涌泉、陈毅、张爱萍、杨成武、罗瑞卿。

序

虽然我没有子承父业当过外交官，也不曾在外交系统工作过，但从小就在外交部宿舍大院里生活、长大，潜移默化、耳濡目染，老外交官的音容笑貌、言谈举止、为人处事、精彩人生都早已铭刻在我的脑海里。为他们写作的冲动使我在60岁之际开始了习作之旅。一是壮心未酬，还想再做成一些能够自慰而又有意义的事情。二是把老一辈革命家的精神品格记下来告诉后人，并传承下去。

让我感到最为遗憾的是，动手收集有关资料错过了最佳时期，当那些老外交官们健在时，本来能有许多机会和时间去了解、记录他们一生中的感人篇章，可惜让自己的愚钝错失了良机。熟悉他们的那代人有的已经走了，有的已经老了，他们的名字已经不像当年那样常常被人提起。岁月是无情的，它在带走一代人的同时，也带走了人们对他们的记忆。然而，历史不应该忘记那些为中国外交做出过贡献的人，他们的名字应该载入共和国的史册！

每当我掩卷闭目之时，老外交官们的那种微笑中饱含着共产党人的铮铮铁骨、灵活中蕴藏着的刚毅原则、沉稳中洋溢着的智慧风采、豪爽中展现着的国际主义博大胸怀之往事，引出我魂牵梦萦的思念。作为老外交官的后代，将他们的往事记录下来，是一件急迫而又责无旁贷的事情。

浩瀚的草原是由无数小草簇拥而成，历史就像涓涓小溪汇集成奔腾的长河不停不息地流淌。历史是由无数件事与人而组合构成，细节是历史形成的积累，有了细节会有助于更好地解读历史。细节讲述了历史发展中的许多故事，细节记载了历史行进中的曲折过程，了解历史需要更多细节！一幅北宋画家张择端的传世名作——《清明上河图》成为不朽的历史画卷，是因为它为后人展示了当时古都汴梁（今河南开封）时百姓寻常生活的情景，留下了珍贵史料。每个时代的历史就是在你我他的笔下与口中得到传递，普通人也可以成为重要的历史见证人，现在的所见所闻也许就是将来的历史。

我并不试图去写历史，而是尽量收集、整理更多的线索与资料，留给后人在了解历史时作为参考、研究之用。

会有那么一天，在客厅的沙发上或在参天大树的树荫下，我的孙子孙女围绕在身旁。“爷爷、爷爷，给我们讲个故事吧！”那童稚的祈求、那渴望的神态，使我无法拒绝。我捋着雪白的胡须，爽快地答应下这个每天都会提出的要求。我会将无数革命前辈们为新中国成立、为人民幸福生活而奋斗的故事，一遍又一遍地讲给他们听。我要让他们从小就懂得：幸福生活来之不易，吃水不忘挖井人！

最后，对母亲张惠新的指导、协助表示感谢；对葛绮云、佐伊及许多叔叔阿姨的支持与帮助表示感谢；对世界知识出版社提供的机会和责任编辑许丽娜的辛勤劳作表示感谢。

目　录

军人走上没有硝烟的战场

1950年古城北京的春节，尽管呼啸的北风依然是那样无情地席卷着大地，但却无法压抑住人们愉快的心情。这是新中国成立后的第一个春节，到处都洋溢着温馨和谐的气氛，到处都充满了欢乐畅快的情景。“庆祝中华人民共和国成立”、“中国共产党万岁”、“毛主席万岁”的标语布满大街小巷。家家户户门前挂着鲜艳的五星红旗。店铺里堆满了琳琅满目的年货。尽管人们衣着破旧、脸色饥黄，但人们那种扬眉吐气的神态一望便可得知。

春节前后在熙熙攘攘的前门火车站里时不时地可以看到一家家军人从车站里走出，男军人脸颊落满尘灰，手携简单行李，精神抖擞，阔步走在前面，女军人或是怀里抱着孩子，或是手里牵着几岁的儿童紧随其后。小孩儿的目光一会儿盯住那叮叮当当的有轨电车，一会儿又被从饭铺里飘溢出来的香味所吸引，眼前的世界对孩子们来说真是太奇妙了……

这群军人的目的地是前门煤市街的新华饭店（有一部分人先期住在大栅栏的解放饭店，后来也搬进新华饭店），这是一座二层木制的建筑，虽然设施条件并不十全十美，但在当时的北京城里排名也仅次于北京饭店和六国饭店。

由于新中国成立后急需外交干部，中共中央、中央政府紧急从解放军各部队抽调干部，经过层层推荐、选拔、审查，一批优秀的军人在春节前后来到北京，新华饭店就是外交部设立的报到处。这里成了新中国红色外交家诞生的摇篮，从这里走出一批叱咤国际风云的将军大使，从此开创了新中国外交的辉煌篇章。

迫在眉睫

1949年2月北平和平解放，党中央由西柏坡进驻北平。1949年9月全国政治协商会议在北京召开，确立了新中国的大政方略，在《共同纲领》中明确规定了新中国的外交政策，包括将“另起炉灶”、“打扫干净屋子再请客”和“一边倒”三大决策法律化。

1949年10月1日毛泽东主席在天安门上庄严宣布新中国成立并郑重地向全世界宣告：“本政府为代表中华人民共和国全国人民的唯一合法政府。凡愿遵守平等、互利及互相尊重领土主权等项原则的任何外国政府，本政府均愿与之建立外交关系。”

1949年10月3日中国、苏联外交部长互相致电，宣布立即建立外交关系并互派大使。10月6日中苏正式任命驻对方的大使。10月10日苏联驻中国大使罗申到北京，周恩来总理兼外交部长到北京火车站欢迎。10月20日中国驻苏联大使王稼祥离京赴任。10月21日《人民日报》发表题为《把中国人民的友情带到苏联去——欢送王稼祥大使离京赴苏》的社论。

1949年10月苏联、保加利亚、匈牙利、朝鲜、罗马尼亚、捷克斯洛伐克、波兰、蒙古、德意志民主共和国、阿尔巴尼亚、南斯拉夫宣布与中国建立外交关系。

1949年11月8日中国外交部正式成立，部、司、处等人员各就其位。有国必有交，有交必有使。然而让周恩来总理兼外交部长最为着急的是没有那么多现成的外交官可以去国外任职！虽然在新中国成立之后，原国民党政府驻外外交官中不少人纷纷起义并宣布效忠新中国，但因为新中国与原国民政府有着本质的区别，是中国共产党领导下的人民民主政权推翻旧有的欺压人民的反动政权的社会大变革，原政府的外交官无论是从政治立场、社会经历，还是思想感情、工作方法都不可能继续作为新中国的代表活动于世界舞台上了。毛主席“另起炉灶”的重大外交政策简而言之就是原国民政府的外交官一律不再留用，新中国的外交官必须由久经考验的无产阶级革命家担当。在中国人民解放军中有许多有丰富斗争经验有才干的将领，历史的进程将他们推向新中国的外交舞台。毛主席、周总理为首的中央政府决定紧急从部队中选拔一批有文化、懂外语、有参加过对外工作经历的优秀干部出任中国外交官。大使由中央政府直接从兵团、军级中物色。中央军委还发出通知：每个军推荐一位师级和二位团级干部供外交部挑选。

据一些老同志回忆录中披露的信息或他们的子女提供的情况，据不完全统计，有如下一批高级将领都曾有被选为大使的经历，他们是：粟裕（三野副司令员）、许光达（一野一兵团司令员）、周士弟（华北野战军十八兵团司令员）、肖克（四野参谋长）、刘震（四野十四兵团副司令员）、韦国清（二野三兵团司令员）、刘志坚（二野四兵团副政委兼政治部主任）、阎红彦（二野三兵团副政委兼政治部主任）、高克林（中央军委二十三兵团政委）……他们由于各种原因未能从事外交工作，但从中可以看出当时中央对外交工作的重视。

经过协商挑选，首批十几位驻外大使名单尘埃落定，他们是：

驻苏联大使：王稼祥（东北局城工部部长）；

驻匈牙利大使：黄镇（解放军总政治部第一研究室主任）；

驻波兰大使：彭明治（四野十三兵团副司令员、北京警备区司令员兼南宁警备区司令员）；

驻捷克斯洛伐克大使：谭希林（三野七兵团副司令员、三十二军军长、山东军区副司令员）；

驻罗马尼亚大使：王幼平（二野五兵团政治部代主任）；

驻保加利亚大使：曹祥仁（四野副参谋长、军委机要工程学校校长）；

驻德意志民主共和国使团长：姬鹏飞（三野九兵团政委、杭州警备区政委）；

驻朝鲜大使：倪志亮（西满军区司令员、东北军政大学及中南军政大学副校长）；

驻越南大使：罗贵波（太原警备区司令员、中央军委办公厅主任）；

驻瑞典大使：耿飚（一野十九兵团副司令员）；

驻印度大使：袁仲贤（三野八兵团政委）；

驻巴基斯坦大使：韩念龙（二野三十三军政委、上海警备区副政委）；

驻缅甸大使：姚仲明（济南市市长兼第一书记）；

驻蒙古大使：吉雅泰（内蒙古宣传部长）；

驻印度尼西亚大使：王任叔（中央统战部副处长）；

驻瑞士公使：冯铉（东北局社会部副部长，中央军委联络部天津局局长）。

这些第一批出任大使的将领在 1949 年 11 月陆续离职，奉命来京开始了他们的外交生涯。同时来京的还有一批从部队中优选出来的师团级干部也加入到外交官行列。

相聚京城

第一批外交官来自五湖四海，在新华饭店里常常可以看到听到那紧握双手的问候声和热烈拥抱的场面。那种在战争烽火中建立的互依互存、患难与共的战友之情、兄弟之情使得原本安静的饭店到处是畅快的笑语。为了表述清楚当时相聚的情景，不妨先将这十几位大使在中国革命各个时期的经历进行归类：

黄埔军校：袁仲贤（第一期）、彭明治（第一期）、倪志亮（第五期）、谭希林（第六期）；

宁都起义：姬鹏飞、黄镇、王幼平；

长征：王稼祥、袁仲贤、耿飚、姬鹏飞、黄镇、罗贵波、王幼平、彭明治、谭希林、曹祥仁、倪志亮；

八路军：王家祥、袁仲贤、耿飚、黄镇、罗贵波、王幼平、彭明治、曹祥仁、倪志亮、姚仲明、冯铉；

新四军：姬鹏飞、谭希林、韩念龙；

军调部：耿飚、黄镇、姚仲明、韩念龙。

当耿飚开着部队赠送的吉普车携家带口地来到新华饭店时，不停地与长征时期的老战友姬鹏飞、黄镇、谭希林、彭明治、倪志亮打着招呼。他看到曹祥仁时，上前拍着肩膀说："老兄，没想到刚分手几个月，我们又在这里重逢了。"原来，耿飚率领的十九兵团参加完平津战役后又马不停蹄地挥军大西北战场。在西北战场，军委为了加强军事通讯联络，将精通无线电通讯技术的四野副参谋长曹祥仁调到十九兵团协助工作，他们并辔驰骋在大西北的广漠原野上。

说话嗓门很大的黄镇见到姬鹏飞时激动地说："当时若不是您出手相救就不会有今天的黄镇了，救命之恩永生不忘!"事情是这样的：黄镇从上海美专毕业后投奔冯玉祥的部队当了兵。蒋介石为遏制冯玉祥，将冯玉祥的二十六路军派到江西去围剿红军。部队驻扎宁都后苦于受蒋介石的歧视，加上红军的反击与围困，粮饷不济、瘟疫流行。二十六路军是以北方人为主的部队，不适应南方的环境气候，许多官兵死于疟疾、赤痢等病。身为上尉参谋的黄镇也患上了赤痢病，病危之际，当时的军医姬鹏飞给了他一瓶德国产的特效药"铁丸"，才使他从死神那里逃了出来。在共产党员赵博生、董振堂的领导下，二十六路军 17000 人起义参加了红军，组建了红五军团。从此姬鹏飞、黄镇都参加了革命。

王幼平与黄镇可是老相识了，当他们回忆起共同经历过的硝烟往事，提起互换书包的事时，都不禁哈哈大笑起来，王幼平对黄镇说："那次你可占大便宜了。"那是在长征路上，黄镇由红五军团调到总政治部工作，一有空闲时间他就拿起笔随时随地地描绘红军长征途中的场景，日积月累，绘画已经有好几百张了。他把这些画放在一个布书包里，雨打即湿、日晒又干，使得这批画难以保存。一天他见到宁都起义时的战友王幼平来红军学校学习，身上背着一个非常漂亮的皮包，心想要是能用它来装自己的画该有多好，于是毫不客气地向王幼平提出换书包的请求。当王幼平得知黄镇是用来保存他的画时就爽快地答应了。从此以后这个皮包就与黄镇形影不离了，无论是冲锋打仗还是行军露营总是精心保护。但长征路途漫漫艰辛异常，黄镇在长征路上画的画还是遗失了不少。1938 年上海作家阿英从别人手中得到数十张照相原稿，看过后惊喜万分，认为这些画对国内外宣传红军长征有着巨大意义，于是不顾危险、不惜代价，以题为《西行漫画》印制了2000册。因当时画稿未署名，辗转得知是从山东抗日根据地肖华那里得到的，就在作者一栏中署名肖华。1959年作家刘白羽的朋友在北京隆福寺书摊上发现了这本画集，他向刘白羽推荐此书，刘白羽感到这是重要的历史见证，是革命传统教育的好教材，建议重新出版。人民美术出版社采纳了这个建议决定重新出版，当他们找到总政治部副主任肖华请他写序言时，肖华十分惊诧，说不是他画的，但又记不清是谁画的了，所以，这本画集出版时，作者一栏就空着。直到1961年人民美术出版社通过线索找到黄镇时才得到确认。

倪志亮与黄镇是一对珠联璧合、配合默契的搭档。在抗日战争时期，倪志亮任晋冀豫军区司令员时黄镇是政委，二人关系密切，更不被人所知的是倪志亮是黄镇的“大媒人”。倪志亮夫人石玉瑛有一个好朋友、好同学朱霖，经倪志亮夫妇撮合介绍给了黄镇。在战争年代没有那么多“花好月圆”的恋爱时间，很快他们就成亲了。几十年相濡以沫、感情融洽、同甘共苦的黄镇、朱霖夫妇非常感谢他们的“媒人”倪志亮夫妇。当石玉瑛见到朱霖时打趣地问：“怎么样？当年我没介绍错人吧？”朱霖含笑地答道：“那当然了……”

凡是在延安工作过的同志都看过当年在延安轰动一时的话剧——《同志，你走错了路！》当大家听说这部话剧的作者姚仲明也在学习班时，都情不自禁地围着姚仲明畅谈自己对该剧的观后感，并常常为剧中人物的安排及结局争论不休。

姚仲明见到了黄镇紧忙上去握手打招呼：“我们不认识，但您的大名如雷贯耳。”在抗日战争胜利后，为避免内战，国共双方加上美国，成立三方调解领导小组（简称军调部）处理在国共之间发生的摩擦。黄镇出任军调部执行小组中共驻新乡首席谈判代表（少将军衔）。在国共谈判期间新乡地区斗争异常激烈，发生了一件震惊全国的事件。有一次三方代表乘两辆吉普车前往一个地区视察，由于车速过快尘土飞扬，在接近我方阵地时，哨兵鸣枪警告但车仍然前进，哨兵开枪误将蒋方一名少校翻译打死。此事被蒋方大肆渲染，并组织地痞流氓将中共代表团驻地团团围住，天天滋扰闹事，还扬言“血债要用血来还”、“处死黄镇”……黄镇面对困境冷静沉着，开展了针锋相对的斗争。在中共代表团强烈抗议下，中调执行总部出面解决了这次纠纷，被围困六个月的中调部新乡中共代表团顺利地撤回解放区。姚仲明告诉黄镇，他当时是青岛中调部执行小组成员，听到黄镇处于危险之中，大家都为他的安危担忧。

姬鹏飞一进入新华饭店的大厅，只见一位年轻英俊的军官马上立正行军礼：“老部长，好！”这是延安时期姬鹏飞任中央军委卫生部长时，部下对他的习惯称呼。这位军官叫王雨田，河南医科大学毕业后，又在北平协和医院研究生班进修过。“一二·九”抗日学潮中，他曾任开封市学联主席，领导过数万学生游行、罢课、卧轨等抗日活动。当1937年“七七事变”时，他投笔从戎，投奔延安参加革命，在中央军委卫生部当了一名普通医生。1938年姬鹏飞奉命调往新四军工作时，将王雨田作为助手带到新四军，经过一段时间的锻炼和斗争的考验，姬鹏飞介绍王雨田加入了共产党。后来王雨田任新四军七师卫生部长。1944年山东军区政委罗荣桓生病。陈毅司令员派在新四军工作的奥地利医生罗生特去山东给罗荣桓政委治病，需要一名既懂医术又懂外语的干部同行，陈毅司令员挑选上了王雨田。这样王雨田离开了新四军前往山东，时任山东军区卫生部长，并与罗生特一起给罗荣桓政委治病，后随其去了东北。没想到与姬鹏飞分别几年后，又在外交部与老首长相逢，这使他激动万分。最初姬鹏飞准备去英国当大使，后因中英建交未果，就改任德意志民主共和国任使团长（因当时民主德国是苏占区，故称使团长）。而王雨田则被派往德意志民主共和国任参赞，在他以后几十年的外交生涯中又一次成为老部长的部下。

作为军官，在他们的戎马生涯中最熟悉的事情就是带兵打仗了。正当他们指挥着千军万马横扫国民党残余势力，为解放全中国做着不懈努力时，组织上调他们到并不熟悉也不擅长的外交战线工作，起初许多人并不愿意离开部队，有人专程去找领导申诉不去的理由。

韩念龙正在作战室里制定解放定海作战方案会议时接到调令，他马上找到陈毅司令员表示要留在部队参加作战。陈毅司令员斩钉截铁地说：“少说废话，执行命令，赶紧动身！”

王幼平所在的部队正在进军桂林，途中接到命令后，他听说刘伯承、邓小平二位首长要到长沙，就赶到长沙等候首长。当见到刘邓首长时，王幼平表示参加解放西藏的请战报告已呈上，是否可以不去北京报到了？邓小平说："晚啦，中央要调三个人去外交部，阎红彦已决定不去了，中央调三个人只去一人不好交代（刘志坚到北京后中央另作了安排），服从组织安排。"

姬鹏飞到了北京后还认为只是暂时过渡到外交部，以后还是要回部队的。没有想到他们中的大多数人一干就是几十年，将自己的后半生全部奉献给了新中国的外交事业，成为出色的职业外交家。

他们是军人，在新华饭店里，时而三五人围在地图旁关注着全中国的解放进程；时而打电话询问自己所在的部队的行动，并不时地出谋划策；时而又聚在一起为解放西藏、解放台湾的战略战术争得面红耳赤。

他们是军人，深知"不打无准备之仗"、"不打无把握之仗"的道理。在课堂上、在宿舍里到处都可以看到他们相互切磋、互相交流的场面。他们之中那些仅有的一些对外工作的经历成了大家学习的榜样。如袁仲贤在对英国"紫金号"侵犯新中国主权时对外交涉的过程和耿飚将美军观察组从延安带到晋察冀根据地的经历，都成了经常谈论的话题。许多人又拿起了书本，重温起遗忘的外语单词，因为他们清楚今后将不再是使用刺刀去拼天下，而是要用知识武装起来的头脑去搏高低了。

他们是军人，军人的天职就是服从命令听指挥，他们摒弃自己的愿望，在祖国需要他们的时候，无怨无悔地作出了坚定的选择。

他们是军人，当他们站在新中国外交第一线上时，深感肩上责任之重要，面临新岗位的挑战，面对新的使命，他们像军人在战场上冲锋打仗一样，无所畏惧，勇往直前。

上好外交官的必修课

"工欲善其事，必先利其器"。

选择干部是第一步，更重要的是要让这些军人能尽快地由外行变成内行，成为在国际外交舞台上一支思想作风过硬、业务能力精湛、能攻善守的队伍。为此，在周总理、李克农副部长直接领导下，由外交部办公厅主任王炳南、副主任阎宝航具体操办下，为培训这批即将出国的外交官们制定了详细、周密的学习计划。培训班聘请了当时国内在国际法领域最优秀的老师，集中时间开展了既有理论又有实践，既有业务知识又有生活技能的全方位的培训。在短短的几个月时间里这些军人的收益是巨大的，当这批人成为资深外交官时都念念不忘那“入门第一课”给自己在外交旅途上的启蒙教育和深刻影响。

文官班与武官班

外交部办的班当时并没有正式名称，以后有人称呼“大使学习班”或“外交官培训班”等，为了讲述方便，本文称它为“文官班”。“文官班”开始的时间应该从1950年春节前后到1950年5月。5月份以后各位大使的正式任命下来后，就分成各使馆活动了。“文官班”人数约为30多人，有十几位内定为大使的夫妇及一部分参赞夫妇。其中还有一位神秘人物是越共中央驻中国代表黄文欢同志（化名老蔡）也参加了学习。

与“文官班”同时举办的还有一个中央军委情报部办的情报干部学校，校长是李克农，副校长毛诚（女，哈尔滨市社会情报部部长，后来任总参二部副部长、中调部副部长）、邹大鹏（四野情报部长，后来任国家情报署署长、中调部常务副部长）。学校地点设在公主坟新北京的原日本军营（现在的通讯兵大院）。学校前身为张家口理工学校。参加学习的有从各部队调来的近百人，就称它“武官班”吧。“武官班”的学习日程与外交部“文官班”同步进行。有时共同上课，有时分开学习各自的业务。“武官班”的成员后来许多人调到外交部出任外交官或就任驻外武官，还有一部分人留下来到总参二部和中央调查部。

名师出高徒

好的先生能教出好的学生，外交部为“文官班”、“武官班”聘请了最强的教师阵容，这些老师都是知识渊博、德高望重的权威泰斗，参加过起草建立新中国时所需要的“政府组织法”等条令、条例、规定的法律文件。他们是北大教授王铁崖、何思敬，清华大学教授张奚若，复旦大学校长张志让教授，武汉大学校长周鲠生教授，著名法官梅汝璈等。他们从国际法、外交史、领事条约、国际法庭、联合国宪章、外交特权与豁免等方面进行了系统的介绍。

当用历史的眼光去审视这些大师时，就会不自主地发出喝彩声，让我们看看这些老师的精彩简历吧！

王铁崖（1913—2003）：北大教授，83 岁仍站在讲台上授课，耄耋之年出任联合国前南法庭大法官，是中国国际法一代宗师。他编著的中外传世之作——《中外旧约汇编》，将中国自《尼布楚条约》到 1949 年的 1182 个条约汇集成册。他在讲解豁免权时曾生动地举了一个例子：“一个女孩即使穿着五件未付费的裙子从商场里出来，公安机关也不能实施拘留，因为她是享有外交特权和豁免的外交官。”

何思敬（1896—1968）：1932 年加入中国共产党，曾任中山大学校长。1938 年到延安抗日军政大学任教授，后任延安法学院院长。1946 年随毛主席参加重庆谈判时任中共代表团法律顾问。毛主席称赞他是“全国第一流法学家”、“有正义感、有勇气、有学问的人”。解放初期为北大教授，后调中国人民大学法律系任主任。是中国法律委员会委员、中国政法学会常务理事。“国际法不可不懂，但不要被其束缚死。”这句话几十年后仍留在当年一位听课者的记忆中。何思敬是黄华副委员长的岳父。

张志让（1893—1973）：1920 年毕业于美国哥伦比亚大学法律系。1936 年国民党制造沈君儒、张乃器、邹韬奋、李公朴、沙千里、王造时、史良“七君子冤案”，为援救他们出狱，张曾担任首席律师与国民党当局开展了针锋相对的斗争。1949 年解放后，任复旦大学校务委员会主任、最高人民法院院长、中国政法学会副会长。中国共产党早期领导人张太雷是他的堂弟。

张奚若（1889—1973）：著名民主人士、清华大学政治学教授。早年加入同盟会参加过辛亥革命。解放后任政务院政治法律委员会副主任，中国外交学会会长、新中国第二任教育部长、对外文委主任。是他提出“中华人民共和国”为国家名称，并得到确认。

梅汝璈（1904—1973）1928 年美国芝加哥大学法学博士。在山西大学、南开大学、武汉大学教书。1946 年至 1948 年出任“远东国际军事法庭”法官，参加了对日本战犯的审判工作，关键时刻维护了祖国的尊严和人民的利益。周总理高度评价：“他为人民做了件大好事，为国家争了光，全国人民应该感谢他。”梅汝璈拒绝了国民党给的高官，经香港地下党安排回到北京。任外交部顾问、条约委员会委员、中国人民外交学会常务理事、中国政法学会理事。他给“文官班”、“武官班”讲述了东京“远东国际军事法庭”审判日本战犯的过程和所作的斗争。

周鲠生（1889—1971）：早年加入同盟会。国际法专家。武汉大学校长、外交部顾问、中国人民外交学会副会长。

周总理、李克农、徐特立、张闻天、龚普生等也来上过课。李克农副部长作了“出国任务的报告”，提出“代表、宣传、调研、护侨、通商”五大任务。龚普生讲课内容是“西方各种宗教的历史发展”。

另外还请了一些社会主义国家驻中国的大使，就如何开展外交工作、情报收集、安全保卫、国际形势、各国状况等作了专题报告，他们是苏联大使罗申、匈牙利大使爱夫朗柯、罗马尼亚大使鲁登科、捷克斯洛伐克大使魏斯科普夫。担任翻译的是精通俄语的毛岸英。

多少年后一位当年聆听过苏联大使罗申讲课的老大使，对罗申讲过的“雄辩是银、沉默是金”的外交格言依然记忆犹新。在几十年的外交实践中使他明白了这句格言的深刻内涵，受益匪浅。作为一名外交官具有唇枪舌剑、雄辩天下的口才是本事，但仅此是不够的。为了全局利益的需要，沉默是有节制的忍让；为了保守不该对外泄漏的秘密，沉默是最好的对策。在沉默中完成进攻的准备，在沉默中寻求最佳的出战时机。沉默是一种后发制人的外交技巧，沉默是一种睿智的谋略。在外交场合中能够审时度势地运用沉默手段去处理好棘手的难题，则更能显示出优秀外交官的才能。这位老大使颇为感慨地说："做一位出色的外交官不容易啊!"

还有二位与大家形影不离、具有传奇人生的老师也应重点进行一下介绍，他们就是阎宝航和胡济邦。

阎宝航（1895—1968）：辽宁海城人。1926 年英国爱丁堡大学留学，回国后任奉天省基督教青年会总干事、东北国民外交协会常务主席。他年轻有为、风度翩翩、见多识广、才智过人。东北沦陷后，他与一批抗日志士在北平成立"东北民众抗日救国会"，得到张学良支持。他后来成为张学良的英文秘书、得力幕僚。蒋介石为转移国内抗日斗争的视线，发起组织了"新生活运动促进会"，蒋介石任总会长，宋美龄为指导长。当年寓居美国夏威夷已九十高龄的张学良曾在会见吕正操谈到阎宝航时说："他很能干，是我介绍他去蒋介石那里干事的。"这样阎宝航就成了蒋介石、宋美龄重用的红人，出任"新生活运动促进会"的总干事。1937 年 9 月"西安事变"期间经周恩来、刘澜波介绍秘密加入中国共产党，是个潜入国民党内部收集情报的出色地下党员。他成功地获取德国进攻苏联的重要情报并立了大功。东北解放后他任辽北省主席、东北人民政府副秘书长。新中国成立后，任全国政治协商会议筹备组副秘书长、外交部办公厅副主任、全国政协常务委员。1968 年在文化大革命中遭受迫害，死于狱中，1978 年党中央为阎宝航平反。

阎宝航是负责培训班的核心人物，他将方方面面的工作安排得井井有序、非常出色，是大家尊敬的领导和敬佩的老师。在北京饭店实习吃西餐的活动中，阎宝航曾经告诉大家："不要小看宴席、酒会，那是获取情报的最好时机。"这句话当时未引起大家的关注，后来得知阎宝航那段获取德国进攻苏联的情报就是在一次酒会上得到的，大家都被老师的高明与机智而折服。

事情是这样的：

1941 年 6 月的重庆天气异常闷热。当夜幕悄悄将山城笼罩时，抗日烽火中的大后方重庆依然是灯红酒绿一片繁华热闹的场景。在一座霓虹灯闪烁的豪华酒店里，正进行着一场国民党政府为欢迎德国高级军事代表团的酒会。一个迟到的身材魁梧的年轻军官进入大厅，他就是委员长行营少将参议阎宝航。他频频含笑地轻声与人打着招呼，抬眼看到几个傲气十足、身穿希特勒党卫军军服的德国军官得意扬扬地与几位国民党军官喜形于色地交谈着。在轻歌曼舞、觥筹交错之中，他敏感地嗅出了异常气味，当他缓步走近熟悉的国民党元老于佑任时低声地问道："有好消息吗?""当然，德国将于6月中旬对苏开战。"于佑任贴着他的耳根神秘地说着。阎宝航暗中吃了一惊，但脸上仍然维持着微笑，心想："会是真的吗？这可是件大事。"正当他迟疑之时，不远处的行政院长孙科向他打招呼："你与于老在密谈什么呀?"孙科问。"于老告诉我德国要正式对苏联宣战了?"阎宝航带着疑问的口气探问。"没错，这是蒋委员长今天亲口讲的。"孙科对这个后起之秀毫无戒备之心，随口应答了他的问题。阎宝航礼貌地谢绝了一位夫人发出的跳舞邀请后不动声色地离开了大厅。他通过交通迅速地将情报送达到在重庆的周恩来。周恩来立即于6月16日将情报电告延安的党中央，经过中共中央分析研究于6月18日将德国将入侵苏联的消息发至苏联呈交斯大林。6月21日德军不宣而战，以闪电战的方式大举进攻苏联。斯大林在战争开始后第8天，战斗仍然异常激烈时，发回致中共中央感谢电："感谢你们提供了德国进攻的情报，使苏联提早进入战备。"

1995年庆祝苏联卫国战争胜利50周年的时候，在俄罗斯驻中国大使馆里，阎明复（原中央统战部部长）代替年事已高的姐姐阎明诗、阎大新代表父亲阎宝航接受了叶利钦总统向为反法西斯战争作出杰出贡献特别颁发的纪念勋章。虽然阎宝航未能亲手将勋章挂在胸前，但历史的史册永远记载了这位情报大师的伟绩，北京科影制片厂以此史实拍摄了纪录片后，人们才知晓这鲜为人知的传奇故事。

胡济邦（1911—1995）浙江永康人。自幼聪明伶俐，勤学好读，在当地考入初级师范学校，后又考入杭州女子政法学校学习。1928年以优秀成绩进入国立中央大学（现南京大学），在校期间思想进步，在1931年抗日学潮中由于参加学生运动被学校开除，后来去北京大学做了旁听生继续学业。

胡济邦有着过人的语言天赋，加上勤学苦练，掌握了英、法、俄、日、匈、拉丁语言，1934 年秘密加入中国共产党，后又经国民党元老覃振介绍加入了国民党。她以出色的外语水平进入了外交部并被派往驻苏联使馆工作，任三秘兼新闻发言人。1949 年 3 月她组织参与了国民政府驻苏联使馆的起义，后绕道香港返回祖国，在新成立的外交部办公厅任副处长，并直接参加了对外交官的培训工作。1956 年调到人民日报社为高级记者并出任中国记者协会国际联络部部长。1956 年匈牙利发生动乱时，她深入实地采访，向国内发回很多真实的报道，为中央制定相关政策起了重要作用。当匈牙利总书记卡达尔来中国访问见到毛主席时，夸奖说："胡济邦很勇敢，工作非常出色。"1979—1985 年胡济邦在丈夫毕季龙担任联合国副秘书长期间，出任中国驻联合国代表团参赞。胡济邦是一位将外交官与记者两个职业出色结合的典范。

胡济邦是学习班中女同志们最爱戴与尊敬的老师了。胡济邦身材娇小、面目清秀、谈吐文雅、着装得体，面颊总是挂着微笑，一看就知道她是一位知书达理的江南女子。当时人们只知道她是一名地下党员，从中国驻苏联使馆起义后回国。但随后才逐渐得知胡济邦的传奇人生，那精彩的片段让人惊讶、让人赞叹。

胡济邦英文很好，经她在国民政府兵工署工作的二哥介绍到兵工署署长俞大维家做英文家庭老师。地下党布置她收集国民党第五次围剿苏区的情报，她利用家庭教师的身份做掩护，轻而易举地获取国民党围攻中央苏区的兵力部署的机密情报，并通过设在南京中央路 305 号中央特高课秘密联络点"正元实社"转交给李克农。还有一次地下党让刚进入外交部的胡济邦弄十几本护照，她毫无惧色答应下来并很出色地完成了任务。胡济邦是《中苏文化》驻苏联的特约记者，也是在第二次世界大战期间中国唯一活跃在苏德战场上的女记者。她以犀利的笔锋揭露了德国法西斯所犯下的滔天罪行和走向失败的必然之路，以饱蘸热情的词语颂扬了苏联反法西斯战争的艰辛历程和胜利喜悦。她娇小薄弱的身影，时而出现在莫斯科保卫战红场上庄严雄壮的阅兵现场，时而又穿梭在斯大林格勒冰天雪地的战壕中。她发表的《莫斯科保卫战》、《列宁格勒的九百个日日夜夜》、《解放后的斯大林格勒》的长篇文章；与美国记者斯诺合写的《三个斯摩棱斯克女郎》的通讯；在距离敌人300米的崔可夫将军指挥部所做的访谈录；以及在战俘营中对德军鲍卢斯元帅、坦尼尔中将、史列麦中将等德国将领狼狈之状的新闻通讯等脍炙人口的作品，在中国抗日战场上引起极大反响，鼓舞了中国军民抗击日本帝国主义的士气和信心。

斯诺是苏联批准在苏德战场上进行采访的五名美国记者之一。他写的《苏联战时游记》中曾这样描述胡济邦："胡济邦女士是中国唯一驻苏战地新闻记者。苏德的战争如何？我看中国武官的分析是错的，胡济邦女士说胜利一定属于苏联红军那才是正确的。"胡济邦曾在二战期间采访过同盟国在苏联举行的各种重要会议，以及1946年作为国民政府外交部长王世杰的秘书参加了法国巴黎国际会议。胡济邦见到过斯大林、罗斯福、杜勒斯、张伯伦、丘吉尔、戴高乐等著名领袖，并且采访过列宁夫人、列宁弟弟、铁托、卡达尔等重要人物。前几年一位记者采访原联合国副秘书长毕季龙，询问胡济邦生平时，因毕季龙已年迈九十岁、记忆力衰退，无法清晰地讲述胡济邦的许多往事了，但他仍然明确地说出："胡济邦在斯大林格勒战场向法西斯开过枪。"

阎宝航、胡济邦相继去世了，仍健在的老人们一提起潇洒博识、风趣幽默的阎宝航和风姿楚楚、和蔼可亲的胡济邦时，都动情地表述了他们的感谢与怀念之情。

吃穿住是必修之课

清晨，一缕阳光投入房间，新的一天又开始了。在新华饭店的走廊上二位将军相遇了，在互致早安的问候之后就闲聊了起来。一位将军见对方不停地打着哈欠、伸着懒腰时便问道："昨天晚上睡得如何？""别提了，那弹簧床太软了，一个晚上翻来覆去没睡踏实，过去睡硬板床一躺下就进入梦乡了，就是睡地铺大炕、钻草垛也比这床睡得舒服呀！"另一位将军发着牢骚。"我们也是命该如此，苦可以吃这福却享受不了，我告诉你一个好办法吧！”说完就贴着他的耳朵说了起来：“我是和孩子们一起睡在地板上的。”原来，在饭店里每家都分配了一个大房子，父母睡在床上，孩子就睡在地板上。正当他们低声交谈时，阎宝航走了过来问：“你们在聊些什么呀？”二位将军嘿嘿一笑：“我们睡不惯这里的弹簧床。”阎宝航笑眯眯地说：“这也是对你们的一种培训。”

在外交部大礼堂旁边的一间大屋子是女同志们学习着装的课堂。每次来上课时不少人手中总带着装鞋子的包。以前行军打仗走上百里都不在乎，可换上高跟鞋走路都走不稳了，时间一长脚跟痛得厉害。她们实在是穿不惯高跟鞋，所以一上课换上高跟鞋，一下课又马上换上合脚的布鞋。但为了今后外交工作的需要她们坚持苦练。当然，她们很庆幸自己不是小脚，因为当时外交部有个不成文的规定：“小脚不能出国。”曾有位女同志迟迟未能与丈夫同行出国工作，几经探询打听后才知是因为自己是个小脚。

仪容仪表课是女同志们最感兴趣的课了。原先她们对穿旗袍、高跟鞋、涂脂擦粉是有抵触情绪的，认为那是旧社会资本家、地主太太小姐们的形象。虽然她们对穿着肥大的军装已习以为常了，平日里也没有那么多空余时间打扮自己，但女人对美的追求是天生的。尤其是通过学习知道了在外交场合中着装、美容是体现一个人的素质和精神面貌，是对别人的一种尊重，是代表国家尊严时，她们就更加关注修饰自己的形象了。讲授仪容仪表课的老师是胡济邦，她不仅仅系统地讲述了在各种外交活动的着装要求和规矩，而且身教重于言教，每次出现在大家面前时总是仪容干净整洁，服装色彩、样式搭配和谐，加上她体态匀称、面容姣好，更是吸引大家的目光。从厌恶到习惯，从羡慕到入迷，每当胡济邦换了一身新的装束，大家都要将她团团围住，边欣赏边请教地交流起来。胡济邦的穿戴成了她们模仿的榜样。经过培训后的外交官夫人们后来在国外任职期间，以雍容大方的风姿、艳丽多彩的中式服装着实吸引了不少外国记者的追捧，时常有大幅照片登上报纸的显要版面。

讲如何吃西餐课的是阎宝航。他见多识广、诙谐幽默，用生动的语言和引人发笑的故事将原本枯燥的课讲得有声有色。从吃西餐时的礼仪谈到对各种风俗习惯的应对；从吃西餐时的规矩说到西餐程序的安排；从吃西餐时的注意事项讲到餐具的使用方法等。当年一位老同志的笔记是这样记下的："吃鸡时应用刀将骨头去掉，不要用手拿着吃；吃鱼时不要将鱼翻身，要吃完上层后用刀叉将鱼骨剔掉后再吃下层；吃肉时要切一块吃一块，块不能切得过大，也不能一次将肉都切成块；吃鱼、肉带刺或骨的菜肴时不要直接外吐，可用餐巾捂嘴轻轻吐在叉子上放入盘内；吃面条时要用叉子先将面条卷起然后放入口中。"还有句顺口溜：鱼刺鸡骨叉取轻搁，放在碟内别吐满桌；菜叶太大叠起再叉，清水飘花洗手莫喝。这一切对这些南征北战的老战士来说，真是如同：新媳妇上轿头一回。他们常年行军打仗风餐露宿，平日里与战士同吃一锅饭菜，饥一顿饱一顿，打了胜仗聚餐时也只是加几个菜而已。遇到可喜可贺的事也不过去穷乡僻壤的小饭馆里热闹一番。吃一顿饭有那么多讲究可真让他们不自在。不会就要学，他们就像当年操练枪棒那样，又挥舞起刀叉了。

给大家留下深刻印象的是阎宝航讲述李鸿章的故事："清朝末年总务大臣李鸿章出访欧洲诸国考察时出了不少洋相。一日在法国巴黎的一间豪华饭店里李鸿章设宴款待贵宾，酒足饭饱后李鸿章送客到门口，一边双手合十不时地作揖，一边按中国老理客气地寒暄说：'今日饭菜不好，招待不周，请诸位多多包涵。'站在旁边的饭店经理脸可挂不住了，一会儿红一会儿白。过后他找到李鸿章说：'你凭什么说我的饭店菜做得不好，以后我这饭店还怎么开呀！'还有一次，也是李鸿章设宴请客。客人还未到，李鸿章顺手拿起餐巾将自己面前的盘子擦了起来。站在一旁的服务生见到后连忙用餐巾又托了个干净盘子将李鸿章的盘子换走，没想到回头一瞧李鸿章又在那里擦盘子了。当换了第三个盘子时，李鸿章又拿起了餐巾，服务生再也忍不住了，客气地问李鸿章：'先生，您是不是觉得盘子不干净呢？我们使用蒸汽消过毒的。'李鸿章愕然一惊：'没有这个意思呀！'但他又无法解释自己刚才擦盘子的举动。"

一位已近暮年的外交官曾讲述过自己在多年的外交生涯中多次引用李鸿章的故事去教育年轻的外交官，让他们牢记：一件并不起眼的小事在外交场合上稍不注意，就会给自己的国家带来损害。这批外交官在后来成百上千次的各种宴会、酒会等外交活动中都能做到礼仪合适得体、举止文雅规范，不能不说是这次学习给他们打下了很好的基础。还应该提及的是这些外交官在将中华美食推向世界发扬光大中功不可没。中国的使馆中配备了国内最优秀的厨师，他们的高超技艺让一批国家元首、政要名流们叹为观止，钟情中餐成了挥之不去的情结。像对苏加诺、西哈努克等著名领袖，中国大使馆都定期送上几道他们最喜爱的中国菜肴。中国使馆举办的招待会、酒会、宴会等活动总是高朋满座，热闹非凡。中国外交官们通过这些活动广交朋友，密切关系，推动了中国外交的顺利开展。

亲口品尝梨子的滋味

这是一间豪华的“教室”，宽敞的大厅地上铺着珍贵的地毯，华丽的吊灯散射出温馨的光亮，桌上铺的雪白桌布白得让人不敢直视，那晶莹剔透的酒杯、那银光锃亮的餐具让人目不暇接，仿佛进入皇帝的宫殿。这是北京饭店的宴会大厅，是外交部特地为未来的外交官安排的一次实习课堂。在办公厅副主任阎宝航率领下，一对对衣着整洁的夫妇缓步进入大厅，他们精神焕发，男士着中山装一身绅士打扮，女士们则身着各式旗袍、高跟鞋、配上精美手包一派淑女装束，个个神采飞扬、光彩夺目。在他们闪烁着兴奋的目光中，更多的是好奇。这是他们经过一段训练后的一次“考试”，为了拿到好成绩他们都做了充分的准备。宴会有条不紊地进行着，彬彬有礼的侍者将酒分别倒入各式各样大大小小的酒杯中，一道道菜肴送上时又撤下上一道菜盘……宴会厅中安静有秩，大家都小心翼翼地照顾着自己眼前的美食，生怕出李鸿章式的洋相。可是没过多久就出现了不安定的声响，一位左手执刀右手拿叉的人在切盘中的一块肉时费了好大力也切不开，急得直冒汗；另一位在喝汤时汤匙叮当敲响盘子的声音引起众人的目光；还有一位则是面对散发浓浓黄油味的食物难以吞嚼入口，面带难色、唉声叹气。阎宝航在各桌间巡视着，不时地停下来纠正错误并示范正确的做法。他看气氛有点沉闷，就拿出说笑话的本事来调动大家的情绪。他讲道：“有一位国民党驻外大使在参加一次重要宴会时，在切鸡时一不小心鸡骨头蹦起落入另一位外国大使的脖子里，那位外国大使因礼节所限不好取出来，只好挺着脖子坚持到最后……”随着笑声，憋闷了许久的大伙儿也你一言我一语地说了起来：“我没吃饱，再上一盘饺子我也吃得下去”；“吃这顿饭要比攻一个碉堡还要累”；“我挺了几个小时腰都酸了”；“西餐的规矩太多我可记不住”……

在笑声中阎副主任作了总结，指出了一些同志在用餐中的不足之处，但更多的是表扬。几十年过去了，这难忘的一刻在一些人的回忆录中都多次被提及，可见这是一次多么难忘的往事。

在东交民巷使馆区苏联大使馆门前突然来了一大队人，这是外交部组织“文官班”、“武官班”的学生们参观。他们即将赴国外任职，但对未来要建的中国使馆是什么样子？怎么布局？怎样装饰？都还没有什么概念。让他们实地看看大使馆是太有必要了。他们畅通无阻地进入了苏联大使馆，苏联大使率领大使馆外交官服装整洁地站在使馆的各处，有礼貌地热情接待中国同行的到来。他们从大厅走到餐厅，从办公室走到会议室，甚至连卧房、厨房、车库等地也都进去转了。他们不停地提出各种问题询问苏联外交官，并得到满意的答复，有人突然想起上课讲的使馆为保密工作需要设置机要室时，就向一位苏联外交官提出要看看机要室的请求，只见那位外交官耸耸肩膀摇摇头什么也不说。这时提问的人才感到自己的冒昧，赶快摇摇手走开了。是啊，即使是兄弟关系也不能毫无保留地将使馆核心秘密公示于众呀。“文官班”、“武官班”的学生们通过第一次外事活动开阔了眼界、丰富了知识，使他们走出国门后心中更有数了。

还有一次应该记录在案的事是大使学习呈递国书，请看耿飚在回忆录中是如何描述的：

有一次我和黄镇、曹祥仁等同志就外交礼仪问题交谈，大家都希望外交部派人来向我们讲解一下有关呈递国书的仪式。因为大使出国上任后的第一个重要外交活动，就是向驻在国国家元首呈递国书。但是呈递国书有什么程序和礼节，要说些什么话，我们一无所知。

正当我们谈得热烈的时候，阎宝航同志推门进来了。“老阎，来得正好！就请您给我们讲一讲怎么呈递国书吧！”“啊，不行，不行！”他忙不迭地摇手，“我又没有当过大使，能讲出什么名堂！不过我可以把你们的这个要求反映上去。”

不久他兴冲冲地来告诉我们：周总理指示，过几天有位东欧国家驻华大使向毛主席呈递国书，到时安排十位驻外大使去现场观摩学习。

呈递国书仪式在中南海怀仁堂内举行。当我们走进怀仁堂时，只见接见大厅已经布置妥当，但并没有我们的位置。我们在哪儿观摩呢？是站着看，还是坐着看？我正猜想时，工作人员却过来把我们分别引进大厅旁边的几间小屋里。

大厅和小屋只隔着一排窗户。那时的窗户并不是玻璃窗，而是在窗格上糊着洁白的窗纸。屋内有桌子椅子。“喔，这是休息室。是不是等会儿举行仪式时要站着看，所以先让我们在休息室里坐一会儿？”我说。“不”，工作人员笑着说：“你们几个就在这里观看。”“怎么？在这里观看！”大家都感到意外。

这时周总理来了，他在查看了大厅的布置和各项准备工作后，走进我们所在的小屋，用欢快、爽朗的声调向我们打招呼。“同志们好！你们看，在这里观摩条件还不错吧？”“这里有桌有椅，条件倒是不错，只是……”有位同志说了半句话就迟疑地停住了。“只是什么？”周总理问道。“只是隔了一道墙壁，变成壁后观了！”周总理笑着说：“只是隔着一排窗户嘛！这不叫壁后观，这叫窗下学礼。”他考虑了一会儿，忽然从桌上拿起一支削好的铅笔，“有了！我看不如用铅笔尖戳个小洞，这样既可以看又无伤大雅。”

这时毛主席和外宾都已抵达，呈递国书的仪式即将开始，所以周总理立刻离开小屋向大厅走去。我们分别从铅笔尖戳出的小孔向大厅观看。大使已经站在毛主席面前，双手捧着国书准备呈递。毛主席面露笑容，神色显得庄严而亲切。那位大使一面呈递国书，一面口中致辞。毛主席致了答辞。

仪式结束后，有同志建议趁热打铁演习演习。说干就干，我们就在小屋子里演习起来。正在这时候，周总理又走了进来。他一面点头表示赞许、一面笑着说：“你们演习是必要的，但是我要提醒你们：刚才观摩中的程序和动作，只能作为参考。因为各个国家对呈递国书中的礼仪规定各不相同。所以你们上任后，要向驻在国的礼宾部门虚心请教，取得他们的帮助和配合。”接着又满面笑容地说道：“毛主席听说你们在这里观摩，很高兴，要接见你们。”毛主席要接见使大家喜出望外，便兴高采烈地随周总理向大厅走去。

外交部还举办了一次小型外交文书展览，有国书、颂词、照会、电报、备忘录、协议书等外交文件的实物。在建国初期，许多对外文件因没有印刷条件是用毛笔书写的，因此使馆中毛笔字写得好的同志就派上用场了。

大使的任命正式下来后，各位大使立即到外交部各业务部门实习了一段时间，熟悉业务、了解情况。解放初期相关书籍较少，不少人都托人去上海采购回来，认真学习研究。

女同志的烦恼

有位外交部领导在一次谈话时说：“女同志出国后就不任外交官了，主要做好夫人工作，开展社交活动。”这可让女同志们不高兴了，她们为求妇女解放参加了革命，是经过战火考验的军人，出国后却没有职务和岗位，游手好闲这算什么呀！晚上几个人聚在一起，你一言我一语地说了起来，越说越不平静，最后推举黄镇夫人朱霖、韩念龙夫人王珍为代表向外交部反映意见。当周总理得知此事后就让邓颖超代替他去做夫人们的工作。邓颖超苦口婆心、推心置腹地与夫人们谈心，讲夫人工作也是革命工作的一个部分，非常重要，使馆里人少事多还有许多工作都可以干。她还举自己的例子说：“在国共谈判期间与周总理在南京时，她也没有正式职务，当过会计，帮忙抄写文件、刻过蜡版。还有一次接了一个电话，说是找周太太，认为电话打错了，就把电话挂了，后来才反应过来是找自己的……”邓颖超的话入情入理，让夫人们心服口服，怨气也就烟消云散了。曾有位夫人随丈夫到一个国家工作，丈夫安排为总领事，而夫人只是做做收发工作。这位夫人当过李富春的秘书，她给周总理写了一封信反映情况，周总理找到外交部有关领导，询问能不能给她安排一个领事的工作干？……因为当时按国际惯例，夫人们都不算外交官，故未给夫人安排外交官头衔。后来根据中国的实际情况，在使馆工作的女同志依据原先职务，再按外交官级别安排对内职务，如对内参赞、对内一秘、对内二秘等。女同志正式有外交官身份的大使、参赞等头衔那是在 20 世纪 60 年代的事了。

首脑外交

大使是外交职务的一种称呼，全称应为“特命全权大使”。大使是一国元首向驻在国元首派遣的等级最高的外交代表。他的言谈举止在派往国家有着特殊的影响，他的使命是维护与代表本国利益的一种对外活动，他所执行的方针、政策是国家大政方略的一项具体实施，因此大使的行为不能以个人身份去度量，而是作为国家发言人的角色出现。国家大政方略又是由政府首脑、执政党领袖所掌握，外交事务是他们管理国家的重要方面，首脑领袖们的思想意识、政治理念、执政能力、个人好恶、兴趣爱好等常常会影响到外交工作的开展，因此常有将“国家外交”浓缩为“首脑外交”之称。既然是“首脑外交”，那么派出国的大使就是自己信得过的，而且能够正确表述自己意愿的人，而大使要想履行好自己的使命与职责，就要不断地去理解、实施首脑、领袖们的意图。首脑、领袖与大使之间有着紧密的沟通与联系。

毛主席与大使们

毛主席是中华人民共和国主席和中国共产党主席，向来关注与重视中国的外交工作。毛主席的智慧与才华体现在外交上，有着许多画龙点睛之作，他对问题精辟的分析、远瞻的见解，以及出人意料的创举常常让世界叹为观止。

毛主席集体接见大使有多次：

第一次是在1950年毛主席接受罗马尼亚驻中国大使卢登科呈递国书仪式之后。毛主席听说各位大使前来观摩学习这次呈递国书仪式的程序与规定，就让周总理安排与大使们见面。周总理将各位大使逐一向毛主席做了介绍。当介绍到耿飚时，毛主席风趣地说："喔，老乡来了。"接着毛主席又说："长征时我在你那里吃过西瓜，甜酸苦辣咸五味俱全，还有那顿饭吃得很好……"

毛主席指的是1935年红军长征到达甘肃东部的时候，10月初的一个下午，毛泽东、周恩来、张闻天、叶剑英、博古、王若飞等同志到住在通渭县城的红军第一大队视察。大队长杨得志负责汇报工作，大队参谋长耿飚负责接待工作。耿飚到伙房一看，没有什么可以拿得出手的东西招待领导。于是就拿了几块银元到县城一家小饭馆定了二桌酒席。大家刚一入座，兴致勃勃的毛主席挥挥手连声说："合兵、合兵。"当时管会师叫合兵。两桌在一起后大家频频举杯为红军顺利到达陕北而干杯。饭后耿飚又搬上几个西北大西瓜来，毛泽东将辣子、米醋、酱油一起抹在西瓜上吃，边吃边说："这叫甜酸苦辣咸五味俱全，吃起来香得很哩！"周恩来也说："这是五味西瓜。"就这样这顿饭给毛主席留下了深刻印象。

当周总理将黄镇介绍给毛主席时，毛主席一边握手一边又像想起什么似的，问道："黄镇，你原先那个名字王士元不是很好嘛，改它做什么？""我脾气不好，需要提醒自己镇静。"黄镇答道。毛主席说："黄镇这个名字也不错。《楚辞》中说，白玉兮为镇，玉可碎不改其白，竹可黄而不可毁其节。派你出去，是要完璧归赵喽，你也做个蔺相如吧。"

当周总理将姚仲明向毛主席介绍时，毛主席说："知道，不就是那个《同志，你走错了路！》的大作者么！"

当大家坐好后，毛主席和大家谈了起来。毛主席首先阐述了新中国成立后的国内外形势与任务，并就为什么从部队挑选一批将军出任驻外大使一事解释说："解放军历来是我们培养干部的地方，所以中央决定从部队中挑选一批干部。"

毛主席回答大使们提出不会外语时说："现在我们高级干部中懂外语的人很少，但也不能不派大使呀！暂时不懂外语也可以当好大使。汉朝的班超、张骞不是也不懂外语么，但他们出使西域，非但不辱使命，而且功绩卓著。"

毛主席还说："你们之中有好几位都是参谋长、政治部主任，擅长调查研究，出国以后要发扬在部队时的长处，搞好调查研究工作。你们要学习宋朝沈括，他每到一个地方都将当地的地形地物绘制成图，并将物产、风土人情弄得一清二楚，使以后与辽国谈判时掌握了主动。"

毛主席还风趣地说："将军当大使好，你们不会跑掉。"这句话蕴藏着毛主席对大使们的高度信任。

第二次接见大使们是在 1952 年 4 月新中国第一次使节工作会议期间。毛主席听取了各位大使出使两年中的经验和体会，肯定了二年来外交工作取得的成绩，勉励大家要善于总结经验，进一步做好工作。

毛主席第三次接见大使们是在 1954 年 7 月，当时，周总理参加日内瓦会议期间回国短暂停留一个星期，在百忙中周总理还是安排正在国内休假的几位大使们向毛主席汇报工作。当周总理向毛主席介绍王幼平时，毛主席笑着说："我知道，列宁很谦虚。"其他大使都不解其意，接见出来后大家纷纷询问王幼平，毛主席说的这句话什么意思？王幼平告诉大家，事情是这样的：1954 年 1 月 21 日是列宁逝世 30 周年纪念日，苏联驻罗马尼亚大使麦尔尼柯夫向王幼平谈了许多列宁谦虚、诚恳处事的故事，王大使听了后非常感动，将谈话摘要报回国内。从毛主席说的这句话中可以看出，毛主席对驻外使节报回国内的报告看得很仔细。列宁的那些趣闻轶事给他留下了深刻印象。

毛主席第四次接见大使们是在 1956 年中共召开第八次代表大会期间，毛主席接见了几位参加会议的大使。听完汇报后，毛主席问在场的大使是否看过戴高乐的回忆录，当得知大家都没有看过时，就建议大家抽空看看这本书，说这是一本值得一读的书。在谈到驻外使节向国内写汇报时，毛主席嘱咐大使要亲自动笔写，并询问写文章时是如何写的？有什么体会？大使们一致请求毛主席给他们讲讲，毛主席就谈了写文章六字诀窍“思、谈、听、看、放、改，在动笔前要做到前三个字，在写出初稿后要做到后三个字”。“另要注意一事一报，不要把几件事情写在一起，要开门见山，先写明事由，再加以叙述分析。好比看人，先看清他的面貌，再看他的手足、服饰……”毛主席的一番点拨，不仅仅是教大使们写文章，而且是教他们如何做人做事，使大使们终身难忘。

第五次大使们集体见毛主席是在1958年，陈毅当了外交部长后，也如同周总理的做法，在大使们回国述职期间安排他们去见一回毛主席。毛主席向大使们谈了许多对国内外大事的看法，如破除迷信、大炼钢铁、中苏关系、西藏问题……毛主席时而语气平淡、时而又慷慨激昂；时而谈古论今、时而又畅谈未来。大使们在聆听中获益匪浅，更多的是让他们去思考自己在外交工作中如何去贯彻实施好毛主席的指示。

毛主席第六次接见大使们是在1964年8月。

毛主席第七次接见大使们是在1965年1月。

周总理与部下

周总理是中国外交的缔造者和奠基人，是中国外交路线、方针、政策的总策划人，是文装解放军的统帅。他那睿智的应对能力，他那不卑不亢的民族气节，他那朴实无华的儒雅作风，他那公而忘私的献身精神，他那严于律己的高尚品德，他那热情洋溢的亲和力，不仅是在中国，而且在世界上也都是有口皆碑、万众颂扬。周总理在新中国成立之后兼任外交部长，在开创新中国的外交方面更是功勋卓越、伟绩生辉。据有关统计周总理一生出访和接见各国首脑539人，33770人次。539人中有452人为96国的国家元首、政府首脑，87人属于国际性或地区性组织首脑。从1949年到1975年，周总理会见外宾共达6620批次，年均265批次。在他的领导下，新中国的外交从无到有、从小到大、由弱变强；在他的率领下，一批由外行成为内行的外交官在国际外交战场上成长为令人瞩目、令人生畏的文装解放军。周总理为中国外交运筹帷幄、审时度势、纵横捭阖、旷达飒爽、呕心沥血的光辉范例将世世代代相传永存。

周总理在给未来的外交官作报告时说道："新中国的外交怎么搞？过去那一套还能不能用？满清的慈禧太后、北洋政府的袁世凯、国民党的蒋介石都是跪在地下搞外交。中国 100 年来的外交史是一部屈辱的外交史。我们不学他们，我们要有独立的精神，要争取主动，要有信心。"

在讲到外交工作特点时说："外交工作很光荣，但责任很大。平时工作犯了错误，群众还可以原谅。外交工作则不同，被人家抓住把柄就要被打回来。外交工作不能乱来，不能冲动，遇事要仔细想想，多分析研究。""请你们这些打过仗的同志来，是因为外交同军事一样，不过是'文打'而已。军队在平时要演习打靶，假想作战。外交工作也一样，要假想一些问题，不要冒昧，不要轻敌，不要趾高气扬，不要无纪律乱出马，否则要打败仗。"

周总理还强调指出：外交工作授权有限，必须严格纪律。一切事情都要事先请示汇报，这点很重要。要组织一些同志学习驻在国的语言，既显得尊重人家，也便于工作。要注意学习驻在国的长处，天涯处处有芳草，任何一个民族能存在下来一定有很多优点。

周总理特别嘱咐：外交无小事，要防止大国沙文主义。周总理还要求外交官做到："行动合乎立场，举止合乎身份，言语合乎分寸，礼貌合乎常规。"

很多健在的老人都非常清楚地记得周总理在中南海西花厅出征点兵时的情景。第一批派驻国外的外交官经过学习并组建好班子后，就要奔赴国外新的工作岗位。在每个使馆即将出行前，周总理都要将使馆的主要外交官及夫人召集到中南海西花厅。外交部办公厅主任王炳南逐一将外交官籍贯、家庭状况、来外交部前所在单位及职务等情况向周总理作介绍。周总理一手拿着简历一边拉家常式地询问着每个人的情况，他那和蔼可亲的话语使大家激动、拘谨的情绪很快地缓和下来。周总理检查了大家的准备工作情况，并一再问大家是否还有需要帮助做的事情，对他们出国后的任务和注意事项一一做了交代。许多外交官都是第一次面见周总理，这次接见让他们欣喜若狂，周总理的音容笑貌，亲切诙谐的言语使他们终身难忘。更让他们想不到的是在10年、20年之后，具有超凡记忆力的周总理再次见到他们其中一些人时，仍然能叫出他们的名字，谁是哪个部队来的、谁是谁的亲戚、部下、老乡等情况一清二楚，使他们惊讶不已、佩服万分。

周总理与部下关系非常密切，他是慈祥的长辈又是严厉的老师。他身体力行、以身作则、诲人不倦、倾吐心血地教他们学习如何做好外交工作。他对部下体贴入微、知人善用，但对他们的缺点错误却绝不姑息。

讲述这样一件事情吧：

1971年11月20至27日越南总理范文同率越南党政代表团访问中国，受到中国热烈隆重的欢迎。当时越南抗美斗争形势大好，在越南南方连续打了三个胜仗。这次范文同来中国访问是为求得中国更大的援助。经过中越双方总理会谈取得满意成果。中方十分重视范文同的访华，接待安排细致周密，但没想到还是出现了疏漏。

11月21日周总理与范文同总理在钓鱼台国宾馆举行会谈。会谈结束后双方起身离座时，范文同总理笑眯眯地对周总理说："贵国恢复联合国合法席位，我们也小有贡献。"范文同这句看起来很平常的话却让周总理怔了一下，片刻后周总理笑容可掬地连忙走过去与范文同握手说："谢谢，非常感谢越南政府和人民的支持！"

范文同所指的"小有贡献"是这样的。1971年8月在联合国围绕恢复中国在联合国合法地位的激烈斗争之时，越南外交部发言人发表声明，支持中国关于台湾的立场，支持恢复中国在联合国的一切合法权利。1971年10月25日第二十六届联合国大会以压倒多数的投票通过决议，恢复了中国在联合国的合法权利。此后，越南《人民报》又发表了评论："向中国人民表示祝贺。"

周总理送走范文同后，王幼平看到周总理脸色沉了下来，知道在什么地方出了差错，但没有想到周总理会生那么大的气。参加会谈的代表陆续返回17号楼驻地。一进楼门王幼平就听到周总理批评人的声音，他知道躲不过去了，只好硬着头皮走了进去。周总理与叶剑英元帅坐在客厅沙发上正在批评韩念龙副部长："我们这些人还能活几天?！你们应该把把关！

大国主义思想什么时候才能根除？……”王幼平想悄悄地进去到后面找个座位坐下，可是被周总理看到了，冲着王幼平说了起来：“还有你，住在人家国家，不帮人家说句话！是不是怕说你右倾……”

周总理是位重情感讲礼仪，做事十分尊重别人，而且细心周到的人。周总理为没有能够主动向范文同表示感谢越南支持中国恢复联合国席位的支持一事，感到不安与内疚。

事后王幼平也很后悔，他是中国驻越南大使，又刚从越南前线回来更有不可推卸的责任。如果当时能够提前告诉周总理一句，就会避免出现让周总理陷入这么被动尴尬的局面了。在自责中王幼平更深深地领悟到周总理讲的“外交无小事”的重要了。

周总理是外交官们最崇敬和爱戴的领导。在他们几十年的外交生涯中，周总理的一举一动是他们效仿的楷模，周总理的一言一行是他们行动的指南。他们对周总理的感情至深至厚、忠诚不二。在危险时刻他们挺身而出，不怕牺牲地保护周总理的安全。

这旦想讲述的是 1955 年万隆会议期间，以黄镇大使为首的外交官们为保卫周总理安全的一段往事。

1955 年在印度尼西亚召开的第一次亚非会议（简称万隆会议），是由印度、印度尼西亚、缅甸、巴基斯坦、锡兰五国发起组织的亚非地区 29 个国家参加的具有历史意义的盛会，是高举反对帝国主义、殖民主义旗帜，显示新兴国家团结的伟大创举。中国应尼赫鲁、苏加诺、吴努等首脑的邀请参加了这次会议。中国对这次会议非常重视，派出以周恩来总理为团长、陈毅元帅为副团长的政府代表团前往参加。

盘踞在台湾的蒋介石不甘心以往的失败，对新中国在国际上不断增长的威望恨之入骨，千方百计地破坏捣乱，针对这次周总理出访印尼制定了“一号”暗杀计划。3 月份公安部门获得蒋介石特务要暗杀周总理的情报，情报确实可靠，情况十分严峻。当这一情况汇报给周总理时，去还是不去，成了中央讨论的核心问题。最后周总理决策，不失去这次为中国开拓国际舞台的机会，一定要准时参加。如何去又是一个重要问题，因为从香港到雅加达一星期只有两班航轮，走水路不安全，经商定租用印度航空公司“克什米尔公主号”飞机为包机。该机是一架价值百万美元的豪华飞机，虽然只启用4年，但已经安全航行11163个小时。在与印度航空公司的协议中确定4月11日“克什米尔公主号”飞机12点飞抵香港，停留一个小时后作为中国包机飞往印度尼西亚。但是万万没有想到的是，蒋介石特务收买了机场清洁工，并在飞机上安装了定时炸弹，制造了震惊世界的“克什米尔公主号”飞机爆炸失事事件。

雅加达，中国驻印尼使馆里一派忙碌景象。为了迎接中国政府代表团的到来，大使黄镇、参赞陈叔亮将自己的住所腾出来准备给周总理和陈毅下榻。4月11日使馆人员正准备去机场迎接中国政府代表团的到来，下午4时印尼外交部办公厅主任紧急约见钟庆发参赞，告知据孟买通讯社的报道，“克什米尔公主号”飞机在沙捞越北面海域上空发生空难，飞机坠落大海，机上人员生死未卜。当黄镇听到这一消息时，大为震惊，“周总理、陈毅及代表团其他成员是否在这架飞机上？……”黄镇紧张得透不过气来，但他必竟是身经百战的军人，临危不乱的他大踏步地走进办公室，立刻，办公室成了“临时指挥部”，一道道命令迅速传出去，在没有硝烟的战场上展开了一场战斗。在与国内紧急沟通后获悉，周总理及代表团成员均不在这架飞机上，黄镇紧张的心情才稍有些放松。周总理和中国政府代表团在万隆会议上的安全保卫工作成为非常重要的问题摆在面前。黄镇首先立即召开全使馆工作人员大会做了战斗动员，全体人员都处于战斗准备状态。然后与有关人员针对当时形势和复杂环境进行了周密细致的分析研究，制定了几套应对方案。随后黄镇大使调兵遣将，派刘丰强与印尼警方会谈，加强保安措施；委派武官茅琛对“克什米尔公主号”飞机失事做善后处理；派总领事馆的黎笑村和胡训陶到出事地点进行调查，对使馆人员在会议期间的安全保卫工作做了细致的分工……

在仰光，中国驻缅甸使馆。4月14日凌晨2时接到国内加急电报：通报了“克什米尔公主号”飞机坠落事件。周总理决定改变行程计划，由北京起飞先到仰光稍事停留后再转飞印尼，当日中午可到达仰光。望迅速与吴努总理联系，因时间紧迫，望速复。姚仲明大使接到电报后立即乘车奔向吴努总理官邸，向总理卫队长说明奉中国政府之命，有万分火急机密情况要面见吴努总理。卫队长马上跑入吴努总理卧室，稍过一会儿就安排姚仲明在会客室等候，吴努总理披着衣服慌忙走进会客室，急切地问："出了什么意料之外的大事?"姚大使将北京来电一一相告。吴努总理一听很紧张，一再说："我们倡导召开亚非会议，只想这是件大好事，没想到帝国主义竟敢下此毒手，进行破坏!"他主张劝周总理不要参加亚非会议了。姚大使表示亚非会议关系到亚非人民反帝、反殖，奉行和平共处五项原则的重大问题，我们总理怎能置身之外呢？吴努总理又建议：他和奈温将军再加上你这位大使坐汽车到中缅边界，去迎接周总理从陆路来行吗？姚大使回应："来不及了，周总理的飞机大概已在飞行中了。"吴努总理沉思片刻说："看来我们只有在机场迎接总理了!"然后他果断地说："为了保证周总理在空中的安全，缅甸空军将在空中为周总理护航!"

周总理到仰光后，与印度、缅甸、埃及举行了四国会谈。会上大家群情激愤，纷纷声讨反动势力对"克什米尔公主号"飞机采取的卑鄙行径。4 月 16 日周总理的专机在印度、缅甸、埃及等国元首专机起飞之后，也起程飞往印度尼西亚。几个小时之后，突然北京又发来急电，询问："周总理到哪里去了？他临起飞前是否告诉你他要去什么地方？为什么尼赫鲁、吴努、纳赛尔等人的专机均已相继抵达雅加达？惟独周总理专机不曾到达？望速查！盼速告!"这一电报顿时让刚刚平静下来的使馆又陷入了紧张状态。还好没多会儿，北京又来电告知：周总理因气候原因在新加坡机场做了短暂停留，这才使大家如释重负。

在雅加达玛腰兰机场欢迎的人群拥在道路两旁高楼窗前，人山人海，彩旗飞舞，一片欢腾的海洋。但也有与之不和谐的景象：一批人在吹口哨、喊口号进行捣乱。机场内戒备森严，到处都是全副武装的军人巡逻把守。机场停车场上停着三辆悬挂着中国国旗的小汽车，这是中国使馆特意为接周总理而准备的。周总理下了飞机，立刻在几层人群的簇拥下走出机场。按黄镇的部署：第一层由黄镇、公安部副部长杨奇清及周总理的警卫员进行贴身保护；第二层由使馆人员密集组成人墙；第三层是由代表团工作人员和新闻记者形成合围圈，阻挡外人进入；再外层则是印尼军警警戒保护。用自己的血肉之躯保护周总理的安全是一幅多么令人感动的场面啊！

在乘坐汽车的安排上也是独具匠心，黄镇授意夫人朱霖上了第一辆车，黄镇陪同周总理在第二辆车上，陈毅在第三辆车上。后面的两辆保卫车也做了具体安排，一旦发生情况，两辆车一左一右保护周总理乘坐的车。朱霖坐在疑似周总理专车上在通过夹道欢迎的道路上急驶时，她没有紧张，她希望万一真出了险情，就让她这辆车来保护周总理吧！在使馆为会议时的安全保卫工作做安排时，陈毅元帅也做了指示："人人都要做保卫工作，我也是周总理的警卫员……"公安部副部长杨奇清也做了安排："申健、康矛召你们是外交官又懂外语，而且身高体壮，以后周总理出行你们走在前面，必要时挡一下……"在以后的日子里，周总理住房外总有二人日夜看守着；周总理进出会场，身旁总是有许多人相拥而行，他们目光敏锐地四处观望；周总理坐的专机旁有武官为首的一批使馆人员轮流严密监护。周总理的警卫员成元功在回忆当时情况时讲：我腰中的枪子弹都是上了膛的。在那样严峻的形势中，周总理安然无恙地开完会，不能不说是这批外交官保驾护航的忠心所在。

这里还想讲几句偏题的话：2004 年外交部将早期一批档案解密，其中有"克什米尔公主号"事件相关文件，看后仍有不少疑惑。周总理和中国政府代表团为什么能在"克什米尔公主号"事件中幸免于难？第一种说法是周总理受吴努总理邀请到缅甸访问而未乘"克什米尔公主号"，可是根据中国驻缅甸大使姚仲明回忆，周总理是于"克什米尔公主号"出事后（4 月 11 日）的第三天（4 月 14 日）才向吴努提出到仰光转飞印尼的。第二种说法是中国已获悉情报，得知"克什米尔公主号"有危险，并与港英当局及印度航空公司紧急交涉过，因而周总理改变了行程计划。但是为什么还会让那些乘坐此飞机的人去冒如此大的风险呢！第三种说法是周总理刚刚做了阑尾炎手术，需要休息几天，赶不上"克什米尔公主号"，而改乘印度空军霸王号。相差仅几天，此说法有缺欠之处。第四种说法是声东击西的安排，早就安排好周总理的行程，以防万一、有备无患。但缺少依据，推测而已。期望这个历史疑团能早日得到更准确的答案。

毛主席、周总理的名片

名片在社会交往活动中广泛使用已司空见惯，甚至让人感到有泛滥之嫌。如果告诉你在建国初期毛主席、周总理就有名片时，那么会让你大吃一惊，马上会问："真的吗?"现在可以肯定地回答："是真的!"据《解放军报》2005 年 11 月 18 日有篇文章披露，半个世纪前领袖们的名片已被发现。彭明治的女儿彭幼明女士在整理父亲的遗物时找到了保存下来的毛主席、周总理的名片。

毛主席的名片长 11.9 公分，宽 6.3 公分，黄纹纸，竖版仿宋繁体铅印"毛澤东"三个字。周总理名片略窄一些，竖版仿宋繁体铅印，右侧写着"中央人民政府外交部部長"，中间印有"周恩來"。

据彭幼明女士介绍，新中国成立时她父亲是第四野战军 13 兵团副司令兼参谋长。外交部成立后缺少驻外外交官，中央调彭明治出任第一位驻波兰大使。这两张名片是在第一次毛主席接见十位"将军"大使后周总理交给彭明治在对外活动时使用的。细心的彭明治将军将它们保存了下来。革命的文物、时代的见证、稀有的收藏令人大开眼界!

走马上任

大使组班子

第一批驻外使馆人员除驻苏联使馆外一般在 20—30 人。周总理对大使们说："现在干部很缺，大使由中央来选定，使馆的干部由大使自己解决。方法是：大使物色、提名，然后将名单报请中央组织部下调令。"选配使馆人员的重任落在大使们的肩上。麻雀虽小，五脏俱全，能否组合一批有能力、有专长，可靠又能相互协调配合的人形成一个战斗集体是今后在国外开展工作的重要基础。除了外交部推荐的一批外交官外，大使们又在自己熟悉了解的干部中根据工作的需要去选配了一批人员。

黄镇将当时与他一起在军调部新乡执行小组工作过的团长郭谨，翻译翟明，副官黄凤麟调到驻匈牙利使馆；

王幼平将在平原分局党校参加整风学习时任大连地委委员刘靖宇，在豫皖苏军区工作时熟悉的救济总署干部赵政一，以及从部队随同来京的参谋李品明调到驻罗马尼亚使馆；

姬鹏飞将在延安、新四军时的部下王雨田和在三野时的部下宋之光调到驻德意志民主共和国使团；

倪志亮将在东北军政大学、中南军政大学时的部下吴晓达调到驻朝鲜使馆；

彭明治未从自己部下选人，他将随同曹祥仁来外交部的中央二局余湛调到驻波兰使馆；

袁仲贤将在部队熟悉的部下康矛召调来，任驻印度使馆参赞；

韩念龙去巴基斯坦的使馆班底是以他在朝鲜战俘营工作时的人员为主，像周南、温业堪等都是从抗美援朝战场转到驻巴基斯坦使馆。

许多大使还将自己在部队时的警卫员带出国作为使馆的保卫人员。大使们还物色了一批烹饪高手作为使馆厨师，这些人以特有的技能为开拓中国外交、弘扬中华美食做出了贡献。

出国准备

新中国成立时，满目疮痍、百业待兴，经济状况十分困难。但为了让中国外交官体面出行，每对夫妇根据职务发了二千万至三千万（旧币，一万相当于新币一元）的费用。这笔费用按当时的物价水平而言是相当可观的。过去在部队是供给制，零花钱很少。许多人把钱拿到手时感到沉甸甸的，不会花也舍不得花，如何去购置衣物成了他们犯难的事了。除了一套必须准备的像样点的礼服外，其余的物品都是去原东单旧货市场、大栅栏旧货商店中去购买补充的。能省就省点，能少花钱就少花钱，精打细算地去使用。为此有的人还曾出过一些“洋相”。一位同志在大栅栏旧货商店中经过讨价还价好不容易买了一套衣服，兴高采烈地向别人展示，可当他知道这是一套二手“寿服”无法对外穿时，心里可沮丧了。王稼祥大使夫人朱仲丽曾回忆：出国前她常去逛东单旧货市场，但一直没能给王大使买到价格合适的西服，只好买些面料带到苏联，但打听到苏联做西装的价格也不低，最后是她自己动手裁剪缝制的。黄镇夫人朱霖讲，她那时将部队发的羊皮大衣外面换了粗呢面料，有好几十斤呢！结余下来的钱他们在抗美援朝时都捐献给了国家。据符浩夫人焦玲讲：“当时发的钱感到十分珍贵，我留下了些样品至今还妥善收藏着。”

在准备出国期间，还安排一些同志回家探亲，让他们探望父母、安排子女。

儿女情长

百善孝为先是中国几千年来的传统美德。孝敬父母是每个做子女的应承担的责任和应尽的义务。对父母是否能够做到具有孝顺之心和孝敬之力是衡量一个人道德水准的一把尺子。“不孝子孙”是民间一种非常严厉的咒语。这些军人在战争年代抛头颅洒热血为穷苦大众谋幸福，战争中由于环境与条件所迫，无法在父母身边尽一个孩子的孝敬之力、孝顺之心是可原谅的，但他们思念父母之情，报答父母之恩是时刻铭记在心的。经过一代人艰苦卓绝的、前仆后继的奋斗，新中国成立了，劳苦大众翻身做了主人。这些军人进了城掌了权，能够好好地孝敬父母，是实现他们多年的愧疚之情、补偿以往未尽之意的最大心愿。他们有的人迫不及待地将父母从穷苦的农村接到身边；有的人准备安好家后立即迎接父母的到来。但是当他们接到去国外工作的新任务后，环境和条件又一次让他们无法在父母身旁去尽子女责任和义务，打算让父母过上好日子安度晚年的愿望又因为相隔万里而无能为力了。在国事与家事之间，他们的选择是坚定的。他们将接到身旁的父母又送回老家，又一次得到父母的理解与支持，老人们像当年送他们参加革命一样，又一次将他们送上征途。军人一次又一次的奉献，在他们军功记录中增添光彩的还有他们的父母。

有一件事让人心酸，让人感慨。黄镇夫人朱霖在一篇文章中提到他的父亲，是这样写的：

“我的父亲是1960年去世的，我们1961年初从印尼回国参加会议时，他已经不在人世了。回到家中看到父亲给我的最后一封信，这封信整整压了3个月。信中说：我现在病得很厉害，不知你回来了没有，希望给我寄二两红糖、一两茶叶，我觉得嘴里没味，不愿吃东西……看了信以后，我哭了，他毕竟是我的父亲，他只有我这么一个独生女儿。他刚60多岁，对我也没有多大的要求，只是有时想到北京看看外孙们，最后想要那么一点点糖和茶都未能如愿。北京家中的孩子们小，又不懂事，接信后没有人管这件事，他老人家该有多么失望和痛苦啊！”

如果朱霖当时就在老人身旁，即使是上天揽月的事也会拼命去办，更何况是二两红糖和一两茶叶这样并非难以办到的事呢！老人家带着遗憾离去，让朱霖常常处在自责之中。

黄镇夫妇已有四个孩子了，在战争年代无法带在身旁，都分别送到根据地的老乡家里代养。解放后孩子们都陆续被养母们送到北京。全家刚刚团聚。为了完成出国任务他们依依不舍地又将孩子们分别送到亲戚、战友家抚养。

“可怜天下父母心”，有哪个父母不疼爱自己的孩子？为了革命工作的需要，这些外交官们舍小家为大家，他们忘我地战斗在外交第一线上，但他们又无时无刻地惦念远在万里之遥的国内的孩子。孩子们的健康、学习、品德、生活等情况常常使他们揪心思念、夜不能寐。幸好当时有北京育才学校、北京育英学校、北京十一小学、北京八一小学等住宿学校解了他们的燃眉之急和后顾之忧。这种状况直到20世纪50年代后期外交官们在北京有了家后才逐渐得到好转。但家中也是孩子当家，自己管理自己。当时有一件有趣的事：因为电话资源稀少，只要家中一安装电话，孩子们就知道父母快回家了，于是就急忙进行大扫除迎接父母回家。

符浩夫人焦玲曾讲述了这样一件事：她到驻蒙古使馆工作不久，有一次因公临时回国，飞机到达北京机场后，她乘坐机场的车进城。路过船板胡同时，看到孩子所在的幼儿园，就控制不住思念的感情，急忙下了车。人还没有进幼儿园大门，车已离开。这时突然发现装有文件的皮包丢在车上，顿时心急发慌起来，顾不得去看孩子，就快速去外交部报告。办公厅主任王炳南当即严厉地批评了她，阎宝航副主任一方面批评她，一方面像对孩子一样安慰她，并派了车让她立即返回机场，取回了皮包。符浩在使馆看到外交部对她的批评并要给她处分的电报，更是焦急万分。她无心去看望孩子，办完公事后她很快返回使馆。

近日，笔者在北京西郊解放军政治学院李欣老将军（当时他是中国驻德意志民主共和国使团武官）家采访时，他讲道，当年外交部有个规定：每对夫妇只能带一名6岁以下的孩子随行出国，年满6岁必须送回国内。当时他有个3岁的儿子和一个未满月的女儿，经过反复商量决定将女儿留在姥姥身边。当他讲到女儿没能吃上一口母亲的奶时，90岁老人的泪花在眼中闪烁。时光过去50多年了，但对女儿那种愧疚之情让人难以忘怀。

还有一次，当笔者询问已经白发苍苍的余湛夫人佐伊当年孩子是怎样安排时，老人告诉我，她当时有两个孩子，一个两岁另一个才几个月。两岁的孩子经过李克农副部长特批进了外交部的幼儿园，另外几个月大的孩子找了个奶妈放在战友家代管。笔者又问："不是可以带一个出去吗？"佐伊阿姨答道，"是的，我也跟余湛谈过，可他瞪了我一眼，说那还工作不工作了？"像这样要做出选择安排子女的事，在第一批外交官家庭中比比皆是，困难是很困难，但在他们面前没有克服不了的困难。

一位已经跨入60岁的老人在回忆往事时，仍然清晰地记得50多年前的一件事情：那是北京西郊一所住宿制小学，在操场的旁边有座二层楼的卫生所。一个男孩静静地坐在窗前向外眺望，他因得了传染病——猩红热被隔离，不能像往日那样与同学们一起上课，不能在课余时间与伙伴们嬉闹玩耍。虽然校长、老师时常拿着水果点心来探望，虽然医生护士像对自己孩子一样体贴入微地治疗、护理，但他仍感到孤独。晚上睡觉时常常做梦想到爸爸、妈妈，醒来时枕巾已被泪水打湿。他的最大心愿是爸爸、妈妈突然出现在面前，但这美好的愿望一次又一次地破灭了。他的爸爸、妈妈远在万里之外的他国工作，不能陪伴自己的孩子。常言说父母对自己孩子成长中的每件大事都了如指掌，但对外交官来讲可能就难以做到了，也许孩子的病痛与思念会被流逝的岁月永远掩埋。每当放假休息，同学们被家长接走时是他最难受的时刻。虽然在过节时总是有不少父母战友接他回家热热闹闹过得也很快活；假期里常常在叔叔伯伯家与他们的孩子挤在一起过得也很开心，但毕竟他的家在学校，他没有自己的家。如果说父母因工作需要未能尽心照看孩子是一种牺牲，如果年幼的孩童未能在父母的身旁得到应该获得的抚爱也是一种牺牲，那么两代人的牺牲不也是对中国外交事业的一种奉献吗？

很多外交官孩子的名字也有外国情结，就像那些名叫"抗战"、"延安"、"解放"、"自卫"、"建国"一样也有着时代的烙印。1952 年 2 月 3 日，王幼平大使夫人史洪潮在罗马尼亚布加勒斯特医院生了个大胖小子，王幼平大使给儿子取名叫涅高游。这个名字来自罗马尼亚喀尔巴阡山的两座著名山峰之一，当地人把涅高游称作英雄峰，把曼德拉称为神女峰。孩子送回国上幼儿园时，老师认为这个名字叫起来不顺口，就按谐音改为王野牛，上学时又改为王野。在王幼平离任时，罗马尼亚部长会议主席、大国民议会主席格罗查设家宴欢送王幼平大使夫妇，在闲聊时得知王幼平大使在罗马尼亚喜得贵子，而且是以罗马尼亚著名山峰涅高游为名时，十分高兴，起身举杯祝贺并索要照片一看，当看到孩子光着屁股趴在床上的可爱样子时，笑着在照片背面签上自己的名字，并对王幼平大使说："30 年后我再接受他呈递的国书。"时过境迁，格罗查已经作古，涅高游（王野）也未能如约去罗马尼亚呈递国书，但这段趣闻堪称佳话。还有像姚仲明大使的儿子名字是为纪念印尼收复西伊里安而叫姚西伊，康矛召大使的儿子在新德里出生叫康德里……

如果说外交官有特权的话，那就是通邮免费。就像当年军人免邮资一样，不管距离远近，来往信件不用付邮资。外交部有个神秘部门——信使队，不定期地专职向驻外使馆送达各种机密文件，顺便将国内家属的信件带出去，再将使馆人员回信带回国。只要贴上 4 分钱的邮票，国外的信就可以顺利寄到家中了。有时为了赶时间就将寄往国外的信直接送到外交部的一个信箱，连4分钱邮票也省了。来往通信虽然邮费免了，但时间却没有保障，一两个月能收到就算不错了。家书抵万金，每次信使的到来给使馆人员带来了欢乐与喜悦，对信使的接待也是破格的待遇，接送、就餐、住宿都安排得非常好。但对未收到信的人，也带来了烦恼与担忧。由于不掌握送信的周期，常常会有这样的事情发生；接到父母来信时经常被责问为什么没有写信，可下一次来信时又说一下子收到好几封信看都看不过来了。父母期望孩子们能多谈些学习和生活情况，可孩子们小又不擅长写信，往往是几句话就草草了事。即便是这样，每封信也会给父母带来许多的安慰和满足。

艰辛的赴任之路

在20世纪50年代，出使他国时虽然不再像古代的使者走路、骑马、乘船那样辛苦，但旅途也并不轻松。虽然飞机、火车、汽车的出现大大缩减行程时间，减低了旅途疲劳，可是路的遥远和交通工具的落后也让外交官们体验到行程的艰辛。

王稼祥大使第一次去苏联时是乘飞机去的，从大连乘苏军飞机整整用了三天三夜的时间才到达莫斯科。

耿飚大使率使馆大队人马二三十人是乘了七天八夜的火车到达莫斯科，可他们到达目的地瑞典斯德哥尔摩却是在两个月之后了。原来瑞典每年7月和8月是法定休假期，瑞典国王及王室成员都去一个岛上休假了，外交部的官员们也休假了。瑞典外交部值班官建议中方9月份到，才能进行呈递国书等项活动。于是派驻瑞典使馆的同志们只好在莫斯科停留，进行一些参观学习。耿飚很后悔当时出行前没有与瑞典已到任的驻华大使沟通，那样就不会出现这样进退两难的事了。

吉雅泰大使是乘坐吉普车去赴任的。因为吉雅泰身体不好，有心脏病，医生建议他不要乘飞机，而当时通往蒙古的火车暂停。时间不等人，吉雅泰决定乘车去中蒙边界，再换乘蒙古外交部安排的汽车去乌兰巴托上任，几百公里的颠簸路途是十分辛苦的。

真正“走马上任”的是罗贵波。越南民主共和国成立于1945年。1948年法国入侵，法强越弱，越南政府撤出河内，在北部山区坚持抗法斗争。新中国成立后，越南很快承认了新中国，中国也于1950年1月18日第一个宣布与越南建立外交关系。但由于越南抗法斗争形势严峻，我国没有正式向越南派遣大使。中央派时任中央军委办公厅主任罗贵波为中共驻越共的联络代表，后任中国驻越南总顾问、顾问团团长，1953年9月任首任驻越南大使。

他赴越南上任可谓是历尽艰辛、险象环生。不仅是跋山涉水，而且边修路边行进，还要与广西中越边境上的土匪交战。1950年1月罗贵波接受任务后立即启程南下去越南。从北京乘火车沿刚刚修复的京汉铁路去武汉、行程用了40多个小时。由衡阳到桂林的一段路，因铁路未修好，罗贵波又急于早日到达越南，当地部队就派了一辆火车头送罗贵波与同行的越南同志。火车头走走停停，铁路被破坏了，当地政府组织民工抢修，罗贵波一行也下车一块干。修好一段走一段，从衡阳到桂林只有362公里，却走了两天两夜。罗贵波一行8人与司机、副司机挤在小火车头里，由于地方狭小只能轮流在司机休息的地方躺躺。饿了就停车，在路边的小饭摊上吃点饭。到了桂林后，前面铁路破坏得更厉害，一时无法修复，而且土匪活动十分猖獗，部队就派了一个连的兵力武装护送。五辆卡车上都架着机枪，全副武装随时准备战斗。汽车只能白天走，公路坑凹不平，路况很差，整整走了四天才到南宁。武装车队从南宁到靖西也是打打停停，中途还与抢劫两辆客车的土匪发生枪战，救回被土匪绑架的四名女学生及被抢走的旅客财物。从靖西到边境小镇岳圩，道路破坏得更加厉害，汽车无法通行，罗贵波只好下令将在汽车上的电台、药品、行李分装在几匹骡马上继续前进。

当一行人进入越南境内时，受到越南国防部长武元甲的欢迎。在越南一个营的部队护送下向200公里外的越共中央所在地行进，翻山越岭，趟水过河，很多地方不能骑马要靠两条腿步行。吃住也很困难。进入深山老林后，几乎无路可走，战士手持砍刀在前面开路，干一会儿就气喘吁吁，马上又换上一批人前去开路。行军途中还常常受到法国飞机的骚扰，一般是昼伏夜行。最令人恼火的是树上、草上、地上的蚂蝗。它叫旱蚂蝗，身子又细又弯颜色发黑，它能够在远处就闻到人体的气味，待人走近时把身子一缩再一伸，就无声无息落在你的身上开始吸吮你的血，让你毫无察觉。等在月光下发现时，它已经吃得圆溜溜，无论你打它、拍它、揪它，它有一半身子钻在你肉里就是不出来，每个人身上爬几条蚂蝗不算是新鲜事。就这样200公里的路走了十几天。

在长征、范文同、武元甲、孙德胜等越共中央领导人为罗贵波举行的欢迎宴会上，只有四菜一汤：一盘烤鸡，鸡瘦如柴；烤猪肉，肉很薄没有肥膘；罐头牛肉，是缴获的战利品；空心菜；汤是东洋菜汤，此菜生长在小溪碧清的流水中，味道鲜美。每盘菜数量很少，平均到每个人吃不上几口，大家只能尝尝，不敢多吃也吃不饱。就是这样一顿饭也让越南后勤人员费了好大劲儿才备齐的。

罗贵波回忆起赴越南上任之经历时，感慨地说，与自己在红军长征时的那些日日夜夜有着许多相似之处。

轨迹觅踪
——新中国第一批驻外大使

中国第一批首任驻外大使任期长短不一。最短的是驻苏联大使王稼祥，因身体不好，1951年就卸任回国。还有驻印度尼西亚大使王任叔也只有一年多时间就于1951年被调回国内。任职期最长的是驻瑞士的冯铉，先是公使，后中瑞两国建立大使级外交关系后又出任大使，一共在任近9年，1959年才卸任回国。次之是驻缅甸大使姚仲明任驻缅甸大使近8年。

这批大使第一任期满后大部分仍然留在外交战线成为外交部核心领导的组成部分。他们是王稼祥、袁仲贤、姬鹏飞、耿飚、黄镇、罗贵波、王幼平、韩念龙、姚仲明。另外，彭明治、谭希林、倪志亮回国后又重新回到军队工作。曹祥仁、冯铉、吉雅泰、王任叔离开外交部调到其他部门工作。他们后来的经历简述如下：

王稼祥：外交部副部长、中共中央对外联络部部长，中共十届中央委员。

袁仲贤：外交部副部长。

姬鹏飞：外交部副部长、部长，四届全国人大常委兼秘书长，五届全国人大副委员长兼秘书长，中共中央对外联络部部长，副总理，中共中央委员，国务委员，国务院港澳办公室主任，中央顾问委员会常委。

耿飚：驻巴基斯坦、缅甸、阿尔巴尼亚大使，中央联络部部长、党的核心小组组长，国务院副总理，国务委员兼国防部长，中共中央军委秘书长，全国人大五届代表、六届副委员长、外事委员会主任委员，中共九、十、十一届中央委员，中央政治局委员，十二、十三届中顾委常委、十五大特邀代表。

黄镇：驻印度尼西亚、法国大使，驻美国联络处主任，外交部副部长，中宣部第一副部长兼文化部党组书记、部长，对外文委党组书记、主任，中共九、十、十一届中央委员，六届全国人大外事委员会顾问，五、六届全国政协常委，中顾委常委。

王幼平：驻挪威、柬埔寨、古巴、越南、马来西亚、苏联大使，外交部副部长、顾问。

罗贵波：外交部副部长，山西省省长。

姚仲明：驻印度尼西亚大使，文化部副部长，对外文委副主任，六、七届全国政协委员。

韩念龙：驻瑞典大使，外交部副部长。

彭明治：河北军区司令员，北京警备区副司令，中国人民解放军武装力量监察部副部长，1955 年授予中将军衔。

谭希林：军委训练总监部副部长，北京军区副司令员，1955 年授予中将军衔。

倪志亮：解放军后勤学院副教育长，中国人民解放军武装力量监察部副部长，1955 年授予中将军衔。

曹祥仁：机械工业部副部长，中共黑龙江省委、浙江省委书记处书记。

冯铉：国务院副秘书长，全国人大副秘书长，中共中央对外联络部副部长，外文出版局局长，中共十、十一届中央委员，十二届中顾委委员。

吉雅泰：中共内蒙统战部部长，内蒙政协副主席，内蒙人民委员会副主席，中蒙友协副会长，全国政协常委，中共八大监察委员会委员。

王任叔：外交部党组成员，人民出版社副社长、副总编辑，后任社长、总编辑，中联部亚非研究所室主任。

在谈及第一批驻外大使时有一个人值得做一些介绍，他就是首任驻印度尼西亚大使王任叔：

王任叔出任大使和上任一年多就被调回国内都是谜。王任叔出任大使时是统战部的一名副处长，级别远比其他大使低，又没有显赫的战功作为支撑，那么为什么会选择他作为首任驻印度尼西亚大使呢？这就要从王任叔的历史寻找一下答案了。王任叔是浙江奉化人，是蒋介石的老乡，在家乡时是名教员，后来到广州革命军总司令部机要科任代科长。在那个时期他参加了共青团后又转为中共党员。蒋介石叛变革命时，他将预警情报通过党组织转告周恩来。在上海他参加了左翼作家联盟，笔名为巴人，是与鲁迅同时期活跃在文坛上的著名杂文作家。抗日战争时期他一直在印度尼西亚从事抗日活动，对印度尼西亚十分熟悉。建国初期曾以在印度尼西亚多年研究的成果给外交部人员做过一个报告，让大家十分钦佩。也许这些就是选择他做首任驻印度尼西亚大使的一些因素吧。可是王任叔在印度尼西亚当大使任职才一年就被调回国内，这又是什么原因呢？据说是王任叔在香港的一家报刊上匿名发表了一篇评论印度尼西亚某位领袖在抗日战争胜利后曾与卷土重来的荷兰殖民当局关系的文章，后被印度尼西亚当局查出。就不宜再做大使了。还有一种说法是：在一次招待会结束后，王大使光着膀子喝饮料，被记者偷拍了照片登在报纸上，影响了他的仕途。

王任叔一生命运多舛，经历坎坷。他曾在 1927 年、1931 年、1935 年三次做过国民党的牢，1946 年抗日战争胜利后在印度尼西亚又被荷兰殖民者关押坐牢。文化大革命中又再次坐了牢，后被遣送回老家。在村边一间破茅草屋中，病困潦倒，没有亲属在身旁照料、没有医生来治病。叫天天不应，叫地地不灵，孤苦伶仃地度过了一生中最悲惨的日子。最后在半疯状态下离开了人世。

另外，曹祥仁的结局也是很悲惨。文化大革命中他是浙江省委书记受到很大冲击，后来他身患重病在当地得不到医治就到北京来求治。由于文化大革命中受到的迫害尚未平反，在战友们的帮助下勉强进入解放军301医院，但只安排他住在地下室就医。后来在周总理关照下住进北京医院。在这里，这位15岁就参加革命、走过二万五千里长征之路、在解放中国的战场上拼杀奋战多年的老红军离开了人世。

……

毛主席、周总理和党中央决定要建立一支由军人组成“文装解放军”的外交官队伍，不仅仅是任命一批将军出任大使。而且还调配了许多各类各级别的军人组合成系统的队伍。许多在军委情报部情报干部培训班学习过的军人和陆续从部队调来的军人成为外交官队伍中的中坚力量和栋梁之材，在日后的外交实践中成长为出色的外交官。现将部分人员的情况汇集成表，仅供参考：

姓名	入部前在何单位任何职	参加过文官班或武官班	出任第一批外交官时的任职	后来在驻外使馆的任职
卫永清	中共南京市委青委		驻印度孟买总领馆领事	驻土耳其、委内瑞拉、肯尼亚大使
王雨田	四野特种兵纵队后勤部副部长	文官班	驻民主德国使团参赞	驻苏丹、肯尼亚、刚果（布）、联邦德国大使
王崇理	三野22军九师政治部主任	武官班	驻保加利亚使馆一秘	驻牙买加、联合国日内瓦办事处大使
王　泽	河北军区师副政委	武官班	驻丹麦使馆参赞	驻尼泊尔、毛里求斯、秘鲁、墨西哥、瑞典大使

姓名	入部前在何单位任何职	参加过文官班或武官班	出任第一批外交官时的任职	后来在驻外使馆的任职
甘野陶	皖北行政署民政科长		驻朝鲜使馆参赞	驻芬兰、阿富汗、马达加斯加大使
申　健		武官班	驻印度使馆参赞	驻古巴、印度大使
许文益	四野 45 军 135 师团政委	武官班	驻民主德国使团二秘	驻蒙古、黎巴嫩大使
李清泉	二野 21 军 61 师副政委	武官班	驻捷克使馆参赞	驻瑞士大使
李　石	华北野战军 19 兵团炮兵团政委		驻朝鲜使馆一秘	驻中非、乌干达大使
李玉池	空军司令部办公室主任		驻巴基斯坦使馆一秘	驻索马里大使
李恩求	四野 15 兵团兼广东军区政治部宣传部长		驻波兰使馆参赞	驻捷克大使
余　湛	中央军委工程学校办公室主任	武官班	驻波兰使馆一秘	驻加拿大大使（外交部副部长）
何　英	四野 41 军 121 师副政委	武官班	驻印度尼西亚使馆参赞	驻蒙古、坦桑尼亚大使（外交部副部长）
杨琪良	一野 2 师副政委	武官班	驻波兰使馆参赞	驻摩洛哥、阿尔及利亚、尼日利亚、葡萄牙、卢森堡（兼）大使
陈叔亮	天津市公安局秘书长		驻印度尼西亚使馆参赞	驻罗马尼亚、柬埔寨大使
陈肇源	18 兵团司令员周士弟秘书		驻瑞典使馆参赞	驻缅甸、西班牙、印度、英国大使

姓名	入部前在何单位任何职	参加过文官班或武官班	出任第一批外交官时的任职	后来在驻外使馆的任职
张彤	二野18军54师参谋长	武官班	驻瑞典使馆武官	驻扎伊尔、巴基斯坦、埃及、联邦德国大使
张世杰	三野24军71师副政委兼政治部主任	武官班	驻捷克使馆一秘	驻尼泊尔、索马里、西班牙大使
宋之光	三野29军255团代政委		驻民主德国使团二秘	驻民主德国、英国、日本大使
吴晓达	东北军政大学、中南军区军政大学队长		驻朝鲜使馆二秘	驻休斯敦总领事
郑为之	四野40军师副政委	武官班	驻巴基斯坦使馆参赞	驻丹麦、阿根廷、委内瑞拉、比利时、卢森堡（兼）大使
孟英	鲁中军区分区副政委	武官班	驻缅甸使馆参赞	驻中非、蒙古大使
林兆南	66军区政治部团级部员、前进报社社长		驻印度尼西亚雅加达领事馆领事	驻叙利亚大使
柳雨峰	二野4兵团情报处长	武官班	驻印度加尔各答总领事馆领事	驻布隆迪、加蓬、圣多美与普林西比大使
国鹰	一野师副参谋长	武官班	驻印度尼西亚使馆一秘	驻老挝大使
周南	志愿军战俘营		驻巴基斯坦使馆三秘	驻联合国副代表（外交部副部长）
姚念	三野师政治部主任	武官班	驻印度使馆参赞	驻突尼斯大使

姓名	入部前在何单位任何职	参加过文官班或武官班	出任第一批外交官时的任职	后来在驻外使馆的任职
郝　汀	一野司令部作战科科长	武官班	驻瑞典使馆参赞	驻阿富汗大使
宫达非	鲁中日报社社长、总编，鲁中南党委办公室主任、秘书处长		驻缅甸使馆一秘	驻扎伊尔大使（外交部副部长）
胡定一	南京军管会外事处		驻印度使馆三秘	驻英国大使
赵政一	河南省政论交际处处长		驻罗马尼亚使馆二秘	驻塞拉利昂、博茨瓦纳、哥伦比亚大使
柴成文	二野情报处长	武官班	驻朝鲜使馆参赞	驻丹麦公使
符　浩	三野98师政治部主任	武官班	驻蒙古使馆参赞	驻越南、日本大使（外交部副部长）
温　宁	三野7兵团政治部敌工部副部长		驻捷克使馆参赞	驻阿尔及利亚大使
温业湛	志愿军9兵团战俘管理			驻埃及、朝鲜、加拿大大使（外交部副部长）
彭　华	中央军委联络部天津联络局处长		驻瑞士使馆参赞	驻几内亚大使
曾涌泉	华北军政大学副校长，石家庄警备区司令		驻苏联使馆公使	驻波兰、民主德国、罗马尼亚大使（外交部副部长）
谢　黎	绥蒙区政府交际处处长		驻缅甸使馆参赞	驻荷兰代办、南斯拉夫大使
魏宝善	四野43军128师384团政委	武官班	外交部交际处副处长	驻多哥、喀麦隆、阿根廷大使

姓名	入部前在何单位任何职	参加过文官班或武官班	出任第一批外交官时的任职	后来在驻外使馆的任职
戴　平	四野45军134师教导大队大队长		驻印度加尔各答领事馆领事	驻马达加斯加大使

注1. 此表按姓氏笔画排列。

2. 文官班——外交部首批外交官培训班；武官班——军委情报部情报干部培训班。

3. 第一批外交官任职时间是指1952年首届驻外使节会议前。

第一批外交官中还有一批刚从学校毕业懂外语的学生。他们年轻有为、朝气蓬勃，在外交战线上经历了风风雨雨的锻炼，成长为出色的外交官。新中国初期派往国外的年轻人后来有不少人出任大使，据不完全统计他们是：

姓名	出任第一批外交官时的任职	后来在驻外使馆的任职
孙志诚	驻波兰使馆职员	驻贝宁大使
齐怀远	驻民主德国使团随员	驻联邦德国公使衔参赞（外交部副部长，国务院外事办公室主任）
杨许强	驻丹麦使馆职员	驻伊拉克大使
张德维	驻越南顾问团翻译	驻泰国、柬埔寨、越南大使
周明基	驻缅甸使馆随员	驻缅甸大使
周善延	驻捷克使馆随员	驻斯里兰卡、马尔代夫大使
胡　岗	驻印度尼西亚使馆随员	驻马来西亚大使
胡景瑞	驻波兰使馆随员	驻几内亚比绍大使
郭　洁	驻波兰使馆随员	驻荷兰代办、大使
郭丰民	驻瑞士使馆随员	驻联邦德国大使

姓名	出任第一批外交官时的任职	后来在驻外使馆的任职
禹惠民	驻瑞士使馆随员	驻几内亚大使
顾　亟	驻瑞典使馆随员	驻西萨摩亚大使
谢启美	驻瑞典使馆随员	驻联合国副代表、联合国秘书长
崔明堂	驻民主德国使团机要	驻特立尼达和多巴哥大使

注：第一批外交官是指1950年至1952年首届驻外使节会议之前。

逝者如斯，第一代外交家们已经相继辞世。但是他们的音容笑貌、精彩人生依然传世于人间，流存在人们心中。当我们梳理开拓者走过的人生轨迹时，可以清晰地看到他们由外交上的外行变成内行的行程每一步，都刻印着军人的品德、军人的性格、军人的胆略、军人的毅力、军人的忠贞、军人的气魄、军人的果敢、军人的作风。面对扑朔迷离的国际形势、变幻莫测的外交风云、错综复杂的国际关系、跌宕起伏的历史进程，他们临危不惧、沉稳应战、尽职尽责、不辱使命。沐浴过硝烟战火锤炼的军人们又在没有硝烟的战场上再创辉煌。历史选择了这批军人走上外交之路，历史又证明了他们是当之无愧的优秀外交官。

在追溯那不朽的历史篇章时，他们那种微笑中饱含着共产党人的铮铮铁骨，灵活中蕴藏着刚毅的原则，沉稳中洋溢着智慧的风采，豪爽中展现着国际主义的博大胸怀，是值得现代的外交官和未来的外交官永远学习并传承、发扬光大。用毛主席的一句话作为本文结束语：“将军当大使，好!”

本文参考：《将军大使王幼平》世界知识出版社，云水著；《将军不辱使命》解放军文艺出版社，尹家民著；《耿飚回忆录》江苏人民出版社。

“91人大字报”的来龙去脉

一、寻迹追踪“91人大字报”原文

在追寻老一代外交官的足迹展开时，首先就将目光聚焦在“91人大字报”上，将它作为首选课题。因为我知道这份大字报在文化大革命中是一份有影响力的大字报，它是一批老外交官们为保护陈毅、批判极左思潮的一次勇敢的集体行动，后来得到毛泽东主席的肯定与赞扬。

这份大字报标题为：《揭露敌人，战而胜之——批判“打倒陈毅”的反动口号》。然而，广而传知的却是外交部“91人大字报”。一提起“91人大字报”，就知道是那份外交部91名中高层干部在文化大革命中保卫陈毅的署名大字报，由此说明这91个人是这份大字报的重要组成部分，有着特殊的作用。在文化大革命“黑云压城，城欲摧”的形势下，像外交部这样重要的部门，91名中高层干部联合署名，态度鲜明地支持与保护已被中央文革小组定性为“二月逆流”黑干将的陈毅，这种逆潮流而上是当时罕有的事情。尤其是在这91人中有不少人早就是社会熟知的人物，还有相当一部分人仍在外交部重要岗位上坚持工作的领导干部，更是引人注目。敏感的话题、尖锐的见解、重要的人物，使得“91人大字报”成为社会关注与议论的焦点，是当年一份具有影响力的大字报。在拨乱反正后的几十年中，参与“91人大字报”的绝大多数人，活跃在外交舞台上再创新功。他们以勤奋的工作、卓越的才干、优良的品德展示了优秀共产党员、出色外交官的风采。历史证明了91个人中很少有人在文化大革命中犯有政治错误而被淘汰。

我对“91 人大字报”只是耳闻，没有看过全文。只知道是一篇批判“打倒陈毅”的大字报，为此很多大字报的签名者受到了批判，做了检查。因此，梳理清楚“91 人大字报”的来龙去脉，就可以由表及里地认识、了解这批老外交官的优秀品德；就能去伪存真，将事实重新展现，让后人看到它的历史价值。

如何能够找到“91 人大字报”的全文和 91 个签名人的名单是至关重要的问题。“91 人大字报”是在 1968 年 2 月贴出的，当时由于文化大革命正处在“左”倾思潮泛滥之际，中央大权又被那些一心想打倒陈毅的林彪、江青一伙所把持，这份大字报逆势而行，自然“寿命”不长，没有贴出几天就夭折了，大字报被全文刊出的概率非常小。另外，91 个人的签名名单也是这份大字报的重要组成部分，他们的身份、经历及后续的发展都为“91 人大字报”在历史上的定位增添了分量。

在研读了《当代中国外交》、《陈毅传》、《耿飚回忆录》、《黄镇传》、《韩叙传》、《外交官回忆录》、《亲历联合国高层》、《大雪压青松——“文革”中的陈毅》等书，并从互联网上查阅了大量信息后，对“91 人大字报”简略经过及大字报主要内容有了初步了解。大字报是由余湛、陈楚、韩叙、赵政一为核心组织者、撰写者，章文晋、康矛召、张世杰、宋之光、林平、赵禁、杨克明等人出谋划策并积极参与。签名者为当时外交部的一批司长、处长和一批驻外大使、参赞、一秘。大字报题为：《揭露敌人，战而胜之——批判“打倒陈毅”的反动口号》。全文分为：“陈毅是毛主席司令部的人”、“阶级敌人的政治阴谋”、“极左思潮的泛滥”、“严重的政治恶果”、“热烈欢迎陈毅同志回来主持部务”五大部分，共计八千余字。但是这些简略情况并不足以反映出“91 人大字报”的全貌。

我开始寻访调查，在母亲张惠新的帮助下，询问了余湛夫人佐伊、陈楚夫人洪兰：是否保存“91 人大字报”的全文？回答令人失望：没有保存下来。后来佐伊阿姨提供线索，让我问问王栋大使夫人刘枫。一次我见到刘枫阿姨，当问及是否有时，她叹了口气说：“时间过去太久了，没保存住。”洪兰阿姨还打来电话告诉我最近出了一本新书，叶成坝写的《亲历联合国高层》中有介绍“91人大字报”的内容。符浩夫人焦玲阿姨也表示过：“我那里有，但现在找不到了。”

关于“91人大字报”的签名者名单也是我要重点寻找的。在文化大革命那样严峻的形势下，他们坚持真理、坚持原则、敢于斗争、不顾个人安危的事迹，应该让后人知道并载入史册。经过一番努力，初期只收集到20多人，显然是太少了，虽然将全部名单凑齐十分困难，怎么也应该有七八十人才说得过去呀。我知道“91人大字报”的签名者大多数是集中在报房胡同69号和99号的外交部宿舍和豫王坟的外交部宿舍里，我准备用笨办法一家一家地去核实……

正当我对寻找“91人大字报”及签名名单之事一筹莫展、进度缓慢时，2007年7月初的一天，突然接到佐伊阿姨的电话，她兴奋地告诉我：“你要的‘91人大字报’全文找到了，是韩叙夫人葛绮云阿姨将珍藏近40年的底稿拿出来了。”我高兴得差点蹦了起来，真不知道该说些什么话来感谢两位阿姨的热情帮助和支持。过了两天，佐伊阿姨亲手将一件密封的大信封交给了我，并告诉我：“葛绮云阿姨一直想将‘91人大字报’的始末整理出来，但因年龄大了，身体不太好就没有进行这项工作。听说你要就毫不犹豫地拿了出来。”当我手托着那信封，看着佐伊阿姨那慈祥的目光，我顿时感到这不是一般的递交，这是一份特殊的信任！这是一份历史的委托！更是一份殷切的希望！一股历史的使命感油然而生，我下定決心竭尽全力完成这义不容辞的神圣使命！

当我手捧着“91人大字报”的原稿复印件，逐字逐句地连续读了三遍，那磅礴气势、主题突出、结构严谨、层次有序、丝丝相扣的行文布局，让人不得不拍案叫好！那笔锋犀利、薄古厚今、情韵真纯、爱憎分明、掷地有声的张扬表述，让人不得不钦佩万分！那条分缕析、铿锵有力的论证中，所洋溢的忧国之情，所蕴含的义理之厚，处处闪烁着共产党员忠贞的拳拳之心！

翻开签名的名单，大部分人是熟人熟面孔。他们中有的是大革命时期参加革命的老党员；有的是参加过红军二万五千里长征的老战士；有的是活跃在敌后打击日本侵略者的游击队长；有的是指挥千军万马为新中国成立建立战功的将军；有的是潜入敌人心脏、获取重大情报的地下党员；有的是投笔从戎的年轻大学生……新中国成立之初，这些优秀分子被送调到外交部，成为出色的外交官。在 91 个人中，时任职务最高的是刘新权，任外交部副部长兼政治部主任；年龄最大的是许建国，当时 65 岁；大革命时期的老党员是许建国、柯柏年、甘野陶、周秋野；91 人中有 46 人为外交部的司、处级干部，有 45 人为驻外使馆的大使、参赞、一秘（其中大使 19 名）；有女同志 7 人，龚普生、许寒冰、郭力文、常玉林、季尼、李宝球、赵雪明；有两对夫妇是韩克华与郭力文、王国权与常玉林夫妇；林平是这份大字报的积极参与者，可却是夫人季尼签的名。

最让我惊讶和佩服的是龚普生和许寒冰两人的参与。龚普生是章汉夫副部长的夫人，章汉夫是外交部成立时的常务副部长，文化大革命初期患重病住院，后在家中休养。1968 年初造反派闯入家中，用担架强行将章汉夫从家中抬走并关押起来，说他是叛徒要审查。在如此处境下，龚普生仍能坚持真理，勇敢地在大字报上签名真是无所畏惧的举动。许寒冰是姬鹏飞副部长的夫人，虽然姬鹏飞当时仍在主持外交部的工作，但随时会受到造反派的围攻，许寒冰不怕因此事牵连姬鹏飞，在大字报上签名也是件相当不容易做到的事情。

找到“91 人大字报”的全文及 91 人的名单，对了解“91 人大字报”的全貌有了良好基础和重大进展。尘封 40 年后，“91 人大字报”终于完整无损地展现于世，葛绮云、佐伊阿姨的贡献功不可没。还有曾涛大使夫人朱黎青提供了“26 人大字报”原稿，也是有功之臣。

二、外交工作陷入困境

回顾轰动一时的“91 人大字报”的起因，要从 40 年前的文化大革命说起。文化大革命是一场由领导人错误发动，被反革命集团利用，给党、国家和人民带来严重灾难的内乱。时光荏苒，文化大革命已过去 40 年了，凡是亲身品尝过那段经历的人，当他们回首往事的时候，一股苦涩、痛苦、愤慨、悔恨的情绪便会涌上心头。那种充满宗教狂热般的信仰方式，那种“顺我者昌，逆我者亡”强盗逻辑的盛行，那种肆无忌惮践踏法律和对人权的侵犯，那种拳打脚踢式的造反……让人痛恨不已，难以忘怀。文化大革命对中国国民经济造成的损失是显而易见的。经过全国上下一致努力，克服了三年自然灾害带来的极端困难，1963 年至 1965 年国民经济迅速得到恢复与发展，人民生活得到很大改善。让人记忆犹新的一件事是在 1965 年，商业部门上家推销“爱国肉”，当时因生产发展很快，大量猪肉无法进入国家冰库储存，于是将库存肉倒出来进行销售。人们吃着物美价廉的“爱国肉”，从心中涌出“还是共产党好、社会主义好”的感言。可惜好景不长，在文化大革命中又陷入“缺肉少油”需要凭票证限量供应的生活。文化大革命使国民经济倒退了多少？因无确切的资料可供引证，不敢妄加评论。但至少是中国在世界之林的竞赛中丧失了许多宝贵的机遇和时光。若没有文化大革命的干扰与破坏，中国会更早地实现国强民富，这是毋庸置疑的。

文化大革命是在毛泽东的号召下发起的。出于对毛泽东和党中央的信任，广大党员、干部和群众都是拥护并积极参加运动的。外交部的运动在文化大革命初期也是正常进行的。部领导都认真做了自我检查，并虚心听取群众意见和批评。由于外交工作的特殊性，运动初期时外交部就通知驻外使领馆：采取正面教育方式搞运动。“树欲静而风不止”，“左”倾思潮也像细菌一样通过各个渠道传染了驻外使领馆，使之躁动不安。外交部长陈毅及时发现了苗头，为了维护大局，防止在对外关系上出现有损中国声誉的事情发生，他参照当时中央军委不搞文化大革命的“八项规定”，经过毛主席和周总理的批准，制定了驻外使领馆不搞大鸣、大放、大辩论、大字报的规定，并且不允许搞串联的“二七指示”。后来，为了不使在国外的外交官们落后形势，外交部决定所有驻外使领馆人员分两批于 1967 年初回国参加为期 3 个月的学习。

大使、参赞们满怀热情回国参加文化大革命的学习，但他们万万没有想到的是——刚踏上祖国的土地，就受到冲击、批斗。中国驻巴基斯坦大使章文晋，是一位温文儒雅的资深外交官。他一下飞机，迎面走来几位使馆的部下，还未等他打招呼问候，那几个人不由分说上来就将事先准备好的纸糊高帽和牌子扣在他的头上和挂在身上，现场就开上了批斗会，并游了街。当时有外国记者立即拍下了照片，不久就在国外报刊上登出，造成很坏的影响。中国驻匈牙利大使韩克华乘火车到达北京，家属去火车站接他，造反派不让家属接近韩克华，直接将他拉到部里进行审查、训斥后才让回家。驻南斯拉夫代办康矛召带领使馆二十余人回到北京，下车后在站台上找不到来接他们的人，要知道过去外交部在对出国人员的接送工作做得是十分体贴周到的。失望中大家只好各自拿着行李回家了。虽然这些大使、参赞在国外通过国外报刊对国内文化大革命的状态有所了解，做了些思想准备，但对如此突然巨变的形势仍显得出乎意料、不知所措。原先在国外工作时，小的使馆有十几人、几十人，大的使馆有近百人。大家远离祖国，长期相处，关系都很融洽，互相关心、互相帮助，并无什么大的纠葛或怨恨。虽然在工作或生活中也会有些摩擦，但并未达到不可调和的地步。然而这次回国参加文化大革命学习，上下级之间、同事之间的关系立刻趋于紧张，以往的感情、信任与和谐瞬间被激烈对抗所取代。大使、参赞们不管是不是“走资派”，一律靠边站，取而代之的是使馆里成立的造反派组织——战斗队，随后无休止的批斗会、检查会、审查会接连不断，戴高帽、挂黑牌、坐喷气式飞机（弯腰的姿态）等成了常事，甚至谩骂罚站、强制劳动、打人抄家的事也多有发生。中国驻刚果（布）大使周秋野在一次批斗会上被造反派强迫下跪接受批判。受到凌辱的周秋野一度想到自杀，在家人的劝说下才没有走上这条路。谈起往事，周秋野的夫人张越嘘唏不已。

文化大革命中还有一件让人匪夷所思的事，即：连党员都不是的造反派有权审查党员、干部，并能做出开除党籍、撤消职务的决定，甚至对以前党组织已经做过的历史问题结论也可以推倒重来。这种严重违反党的组织工作原则的事在当时到处可见，畅通无阻。在那个时候，讲什么都是多余的，只能默默地听着，默默地叹息。

外交部党委将驻外人员分两批调回国内参加文化大革命学习班，没想到第一批回国人员出不了国了，而且第二批人员也出不去了。这样，中国驻外使领馆成了空城，一切对外工作处于停顿状态，几乎关闭。中国当时与四十几个国家建立了外交关系，大使中除了驻埃及大使黄华是刚刚出国留任外，其余大使全部回国，而且有两三年时间未回所在国履任。这不是件小事，按照国际惯例，大使是否在任是衡量两国关系冷暖的晴雨表，中国长时间没有大使在任，是对所在国的不尊重，意味着与所在国的关系处于难以维持的地步。换句话说：中国差点与全世界绝交。文化大革命使中国连大使都派不出去，让世界看了场笑话。

在文化大革命中，外交部是国家机关中党组织和行政职能管理没有瘫痪的机构之一。外交部的部级、司级领导干部坚持岗位，履行职责。但在那种形势下，受到的压力，遇到的困难是非常大的。他们一方面要做好本职工作；另一方面又要应对造反派的干扰与破坏。外交部也成立了造反派组织——“革命造反联络站”，但只允许他们介入外交部文化大革命中的事宜，对外交事务只可以监督，外交大权属于中央。外交部的领导干部为维护中央外交大权做了不懈的努力，为此也得罪了造反派，吃了不少苦头。有时这边刚接待完外宾，那边就被拉上台开他们的批斗会；有时白天工作一天十分辛劳、疲惫，晚上还要与造反派斗智斗勇，通宵夜战；有时要坚持原则进行针锋相对的斗争，又要忍辱负重、委曲求全；有时上班迎着到处贴满打倒自己的大字报、标语，下班又会被人群围堵难以脱身……当年有一件事震惊中外，外交部常务副部长姬鹏飞、外交部副部长乔冠华被造反派责令在繁华市区——王府井卖造反派编的《批陈战线》小报，外国记者纷纷拍照发消息，给中国造成恶劣影响。他们尽心尽力地维护外交工作沿着正确道路走，尽量防止那些有损中国形象和威望的事发生。但是他们的力量和权力是有限的，在“坏人得势，好人受气”的世道中，他们已经指挥不了那些造了反的下属，面对那些百般纠缠和无理要求，让他们更多的是无可奈何。

三、陈毅受难

陈毅在文化大革命中历经磨难、跌宕起伏，受到了严重地冲击和批判。"文革"初期，他是中共中央政治局委员、中央军委副主席、国务院副总理兼外交部部长，而当他去世时，只保留下来中央委员、中央军委副主席的头衔。"文革"初期，他风华正茂、敢说敢做、言辞犀利，令对手心惊胆寒，使听者痛快淋漓、获益匪浅。然而在他人生的晚期，却抑郁寡欢、身患重病，面对那些祸国殃民的行为没有机会再登上舞台去加以痛击。从职务的变迁和情绪的变化，可以看到陈毅在文化大革命中受到的打击和摧残的严重程度。

陈毅生性耿直、原则性强，对违反党的原则和违背党的利益的事，敢于斗争，决不隐瞒自己的观点，决不随波逐流。在 1967 年的一次毛泽东主持的政治局会议上，中央文革小组的几个人逼迫刘少奇去清华大学交代问题。毛泽东不讲话，全场一片寂静。陈毅挺身而出，表示：少奇有什么错误可以在政治局内解决，要他去清华大学的方式不好。当刘少奇被迫表示同意去清华大学时，陈毅再次站起来发言表示不同意这样做。陈毅对将"聂元梓大字报"在报上刊登表示异议，认为"发动群众搞运动应该有领导、有秩序地进行。广播这么一张大字报，不经政治局讨论，个别人说了算，任意采取这样的行动，岂不是乱了套！"陈毅不赞成国家出钱、搞免费大串联，"不仅浪费国家财政经费、加剧社会动乱，对青少年本身也没有好处。"陈毅对刚调回国参加运动的大使们被残酷批斗大为气愤，他说："大使、代办负责对外斗争，后面火烧，怎能搞好对外斗争？无休止的批判，是谁给你们的权利？我已下定决心，不论你们要某某大使下跪、斗他，我还是要他回去当大使，我要坚持这一点。谁当大使谁不当大使，只有主席有权决定，你们现在还不能做这个主！外交代表是代表国家，你们去揪去斗，叫他们以后怎么工作？即使要调回，还要不要辞行拜会？大使都不去辞行拜会，涉及国家关系，是个大笑话，影响中国声誉！"陈毅反对“怀疑一切、打倒一切”，反对“批判资产阶级反动路线”，反对搞乱军队，不赞成写大字报整人，主张坚持正常工作，抓生产……

陈毅在1966年7月至9月三个月间，在各种大会小会上讲话30多次，对运动中的不正常现象和不健康之处无情抨击、坚决斗争。切中时弊、针锋相对的讲话使中央文革小组恨之入骨，暗中唆使造反派攻击陈毅。因此，陈毅每次讲话后都会出现很多大字报，攻击的调子越来越高，说陈毅历史上一贯反对毛主席，反对文化大革命，执行资产阶级反动路线，包庇工作组，镇压革命群众，同毛主席唱对台戏等。陈毅并不惧怕那些攻击他的大字报和打倒他的口号，照样一边抓好负责的外事工作，一边言辞恳切地利用各种场合与机会去纠正运动中出现的错误，挽回影响、减少损失。他常讲：“共产党员自入党的那一天起，就把生命全部交给了党，捍卫党和人民的利益，这是作为一个共产党员的起码要求，革命者不能怕字当头，怕挨批，怕戴高帽子。帽子天天戴，无非高一点罢了，这有什么关系！在大是大非面前，共产党员不能哼哼哈哈，怕这怕那，隐瞒自己的观点。是真正的共产党员要站出来讲话，维护党的政策，保卫毛泽东思想，不能容许歪曲毛泽东思想，不能容许打起红旗反红旗。”从陈毅一系列的讲话中可以看出他与中央文革小组不是一路人，思想、观点、立场大相径庭，水火不容。中央文革小组一伙对陈毅虽然恨，但由于陈毅的地位与声望，对他也无可奈何。

转折是从1967年开始的。在周总理的动员下，陈毅顾全大局答应做检查。1967年1月24日陈毅在人民大会堂向外事口的干部群众做了检查，这份检查是经过周总理审阅定稿的。检查的要点是对文化大革命的不理解；支持向各单位派工作组，犯了错误；给群众运动泼冷水等。陈毅检查后，得到全场热烈掌声。陈毅通过万人大会检查过了关，成为国务院系统中第一位被“解放”的副总理。

然而好景不长，陈毅又陷入厄运中。1967年2月16日在中南海怀仁堂召开的政治局会议上，原本议题是研究“抓革命、促生产”。后来，以谭震林、陈毅、李先念、聂荣臻、余秋里等几位副总理、老帅们，与列席会议的中央文革小组的张春桥、姚文元、王力，就文化大革命中老干部被打倒等问题展开了一场面对面的激烈斗争。陈毅说：“现在有人这么整老干部，我怀疑他们今后是不是也会搞资本主义，搞修正主义！”

毛泽东听了中央文革小组的汇报后，大怒。2 月 19 日凌晨，毛泽东召开政治局会议，但未通知陈毅、谭震林、徐向前参加。毛泽东在会上严厉地批评了陈毅、谭震林等人。并说，关于这件事，提议政治局要开会讨论，一次不行就开两次；一个月不行就开两个月；政治局解决不了，就发动全党解决。会后晚 10 点 30 分，李先念向陈毅、谭震林讲述了毛泽东在政治局会议上的讲话，大家都感到非常突然，并认为事情非同小可。晚 11 点 30 分，陈毅去找周恩来说明情况。2 月 20 日又与李富春交换了意见。2 月 19 日陈毅给毛泽东写了封信，恳切要求见面谈谈。连等了三天未见回信。陈毅又迫不及待地写了第二封信。两天之后，毛泽东回信了，信中写道：“历来犯错误的改也难”，结尾写了八个字：“见面有期，稍安勿躁。”毛泽东没有答应陈毅见面谈谈的恳求。2 月 25 日至 3 月 18 日，政治局在中南海怀仁堂开了 7 次政治生活批评会。会上江青、康生、陈伯达、谢富治等围攻、批斗陈毅、谭震林等几位副总理和老帅们。他们歪曲事实、颠倒是非、罗织罪名、无限上纲，说这是十一中全会以来最严重的反党事件；说保护老干部就是保护一小撮叛徒、特务、走资派，是为那些被打倒的人翻案；说是反对文化大革命，炮打以毛主席为首的无产阶级司令部；是要自上而下复辟资本主义，颠覆无产阶级专政……在会外，陈毅作为副总理兼外交部长精神焕发、谈笑风生地接待外国来宾。作为领导，还要处理解决各单位发生的问题，耐心地做群众工作，力求把外事工作和运动搞好。而一进入政治生活批评会，他则成了批判对象，只能听，不允许做任何说明和解释。最后，将 2 月 16 日怀仁堂政治局会议上几位副总理和老帅们的发言定性为反革命的“二月逆流”。自此，陈毅身处危境，不断地挨批挨斗。

1967 年 3 月 14 日，政治局政治生活批评会尚未结束，中央文革小组为后台在北京组织了 10 万人的游行，高呼反击“二月逆流”的口号。

随后，北京各处贴满了“打倒”、“火烧”、“砸烂”陈毅的标语和大字报。造反派组织了多次游行，到外交部要揪斗陈毅，并发生冲击外交部的事情。甚至在外交部门前安营扎寨，严重地干扰了外交部的工作。

政治局政治生活批评会后，陈毅被剥夺对运动的领导权，外事工作照常进行。在1967年8、9月份，又掀起了批判陈毅的高潮，分别于8月7日、8月10日、8月11日、8月26日、8月27日、9月3日、9月7日、9月18日开了8次大中型批斗会。在批斗会上，让陈毅站着听，一站就是几个小时。而且有一次造反派还冲到台上要揪打陈毅，被保卫人员挡住未得逞。面对那些歪曲事实、胡说八道、诬蔑造谣的发言，不能申辩，也不允许解释、澄清；耳朵充斥的是那些侮辱性的喧闹、叫嚣、起哄声，这一切使陈毅的身心受到极大伤害，每次批斗会后回到家中都是筋疲力尽、疲惫不堪。

1968年10月13日至30日，召开了中共八届十二中全会。在会上，又一次围攻参加所谓“二月逆流”的老同志。陈毅、叶剑英、李富春、李先念、徐向前、聂荣臻等连续受到批斗，他们只能听批判，不允许做任何声明、解释。给他们扣上“反毛主席”、“否定延安整风”、“为王明路线翻案”、“乱军”等大帽子。林彪也于10月20日跳出来指责“二月逆流”是严重的反党事件，是资本主义复辟的预演，是刘邓路线的连续，矛头指向毛主席、中央文革小组、革委会，目的是否定文化大革命，为刘邓翻案，为王明翻案，否定延安整风；“二月逆流”使毛主席的战略部署受到干扰。这次大会严肃清算“二月逆流”是完全必要的。在这次会议上，毛泽东还讲：“在这个世界上面，总是左、中、右，统统是左派，我就不那么赞成。九大代表‘二月逆流’的同志不参加，我看是个缺点。陈毅同志，你就以那个右的一方面的资格，以这个身份来参加九大。”

1969年3月下旬，陈毅接到中共上海市委发来的一封通知信。通知信上写道：上海市党员一致推举你为“右派代表”参加“九大”。来信还附有一张登记表要求填写后退回上海市委。陈毅的秘书对这种带侮辱性的说法愤愤不平，陈毅说：“主席在十二中全会上讲过这个话，不要同他们计较了。”

1969年4月1日至24日，中国共产党第九次代表大会在北京召开。陈毅参加了这次大会，并且是大会主席团成员。然而他是“右派”代表，又一次遭到粗暴批判。陈毅在会上一发言，就受到围攻、批判；不发言也要挨批，指责说：“你陈毅向来喜欢讲话，现在为什么不发言?”使陈毅品尝到世道是如此炎凉。在“九大”上，陈毅被选为中央委员，在九届一中全会上选为中央军委副主席，但被排除在政治局之外。

八届十二中全会以后，虽然没有正式宣布罢免外交部长职务，但却被安排“请病假”，陈毅的外交生涯被迫结束。从 1969 年 2 月 3 日至 10 月 17 日他被安排到南口机车车辆厂“蹲点”，接受“工人阶级的再教育”。

鉴于中苏关系日趋紧张，边境地区发生武装冲突。毛泽东在九届一中全会上提出“要准备打仗”。10 月 17 日林彪发出“第一号命令”。主要内容是警惕苏修的突然袭击。要求部队立即进入临战状态，全国开始大规模备战，并大量疏散人口。10 月 17 日晚，在看完体育表演后，周总理召集老同志开会，宣布战备疏散。陈毅去石家庄（原定陈毅去开封，徐向前考虑石家庄医疗条件稍好一些，主动提出与陈毅对换），徐向前去开封，叶剑英去湖南，谭震林去桂林，朱德、董必武、李富春去广州。另外，刘少奇被关在河南，邓小平被逐到江西……

在石家庄，陈毅看不到重要的中央文件，想到工厂、农村看看，也被河北省“革委会”主要负责人拒绝，说：“是来接受再教育、改造的，就该老老实实接受再教育。”在石家庄一年“软禁”的日子里，虽然没有批斗会，但使陈毅很受压抑。

中共九届二中全会于 1970 年 8 月 23 日至 9 月 6 日在庐山召开。毛泽东提议改变国家体制，不设国家主席。林彪坚持要毛泽东出任国家主席，毛泽东几次拒绝。为此，政治局内林彪一伙与江青一伙之间矛盾尖锐。陈毅被“软禁”在石家庄，作为中央委员的他，事先对此一无所知。在开会期间，林彪、陈伯达一伙掀起“毛泽东是天才，要毛泽东出任国家主席”的风波，真实的用意是毛泽东不当，那国家主席的位置就是林彪的了。在小组会上陈毅有个发言：“如果毛主席同意设国家主席，我赞成毛主席当国家主席。”出于对毛泽东的尊重，也讲了在中国革命的实践中证明毛主席是天才的话。就这样，陈毅莫名其妙地被卷了进去。在批判陈伯达的时候，又给陈毅扣上“二陈合流”的帽子，又一次挨整。被批斗，陈毅并不怕，但冤屈使他精神上闷闷不乐，加重了病情。

当时陈毅已感到身体不适，参加庐山九届二中全会后，他向黄永胜提出回北京治病，黄永胜蛮横地一口拒绝，哪儿来的回哪儿去，不同意陈毅回北京看病。后来陈毅病情加重，向中央写信要求回北京治病。经周总理批准后才返回北京。解放军总医院（301 医院）借口无床位拖延陈毅住院治病。住了院后又不积极给陈毅检查、治疗，以至于出现误诊为急性盲肠炎，在开刀时才发现是结肠癌，仓促之中的手术做得并不理想。

1972 年 1 月 6 日，在寒风中，陈毅闭上了那双并不愿闭上的眼睛。他把忧国忧民的忠心带走了，他把永不屈服于邪恶的心灵带走了。他把对党、对祖国、对人民的爱献给了子孙；把对敌人的憎恨与不屈不挠斗争的一生留给了历史。林彪的“机毁人亡”让陈毅那对紧锁的双眉得以舒展，但他期待的“公平的评价”，在他有生之年并未见到。陈毅逝世后，没有发布讣告，也没有公布治丧委员会名单。然而，当在陈毅追悼会之前，毛泽东出人意料地决定出席让人们感到欣慰。毛泽东一言九鼎说的“陈毅是个好同志”，为陈毅做了盖棺定论的结束语。毛泽东自新中国成立以来，只出席过任弼时、陈毅的追悼会，陈毅得到的尊重和待遇要远比刘少奇、彭德怀、贺龙、陶铸等人，以及在文化大革命中迫害致死的无数老革命、老干部要强得多了。

人们也可能要问，对陈毅“身后褒之，何如生前保之?”纵观陈毅在文化大革命中的经历，前九个月他畅快地“说”着，后五年则是被按着头“批”着。正是由于有前九个月“表现”的前因，才会有后五年挨整的“后果”。换句话说，假如陈毅文化大革命初期的九个月不讲或少讲话，那么很有可能不会挨整，并且保住官位，甚至飞黄腾达。但对嫉恶如仇的陈毅来讲，显然是做不到的。为此，不妨摘录几段陈毅的“警世恒言”就能找到答案。

1966 年 11 月，陈毅在外交部干部大会上讲：

“我已做好准备，因我讲话多而受到批判，犯错误或惨遭不幸，被打成‘黑帮’，坐班房，被罢官撤职，这不要紧。我不愿意躲到一边不讲话，放弃我的领导，顾虑这样，顾虑那样，不讲话，不表态，做一个和事佬，如果这样，我觉得可耻。

“如果对运动中出现的不健康现象不敢说出自己的意见，提出批评，光讲好话，我就有愧于一个共产党员，有愧于一个老共产党员。

“如果看到问题不讲话，我这个共产党员一个铜板也不值。我陈老总就是不识时务，如果我在这里只讲好话，就不会有人贴我大字报。可是我不是那种哼哼哈哈的人，光讲文化大革命好得很！伟大！你好，我好，恭喜发财！我素来不是这个性格。在一场大的运动中，如果大家只讲好话，不敢讲存在的问题，只有一片赞扬声，而不容许讲不同意见，那是很危险的呀！大跃进年代，一片赞扬声，到处放卫星，结果是虚报浮夸风之泛滥，造成非常严重的后果，这样的事，大家记忆犹新，难道我们还不应该从中吸取些教训吗?”

1967 年 2 月 16 日接见归国留学生代表时，陈毅滔滔不绝、坦诚直言地讲了七个小时：

“朱老总今年 81 岁了，历史上就是朱毛。现在说朱老总是军阀，要打倒大军阀朱德，人家会说你们共产党怎么连 81 岁的老人也容不下，人家会骂你共产党过河拆桥呀！

“贺龙是政治局委员、元帅、副总理，怎么一下成了大土匪?！这能服人吗？这不是给毛主席抹黑吗?

“现在有些人作风不正派！你要上去，你就上嘛，不要踩着别人上嘛！不要拿别人的鲜血染红自己的顶子！中央的事，现在动不动就捅出来，煽动一些不懂事的娃娃在前面冲。

“这样一个伟大的党，只有主席、林副主席、总理、伯达、康生、江青是干净的。承蒙你们宽大，加上五位副总理。这样一个伟大的党，只有 11 人是干净的！如果只有 11 人是干净的，我陈毅不要这个干净！把我拉出去示众好了！”

在 1967 年 1 月，陶铸突然被打倒，陈毅愤慨地说：“党内第四把手、中央书记处常务书记、中央宣传部长、国务院副总理，又是中央文革小组顾问，不经中央集体决定，随随便便点名批判，就这么喊打倒就打倒，还有什么党纪国法?！他们指责陶铸执行刘、邓路线，真是荒唐！陶铸是在中央政治局常委改选后调到中央工作的。改选后，刘、邓实际已靠边站，没有再提出什么路线方面的问题，怎么能说他执行刘、邓路线呢？他们要批刘、邓，陶铸不赞成，就说他是保皇派，横加罪名，把他打倒。他们这些人呐，就是搞顺我者昌，逆我者亡。唉，我们的党呀，让这些人把持，如何得了啊！

……

陈毅直言不讳的讲话让造反派及其后台们汗颜，但也让一些善良的人们为陈毅的安危担忧。一位民主党派负责人给陈毅写信，劝他讲话要谨慎，最好少讲话。陈毅看了信后很感动，他派秘书登门致谢。那位老先生说："佩服陈老总性情直爽，快人快语。在交往中受益不少。只是目前在这种乱糟糟的情况下，多讲话势必招来更多的是非呀！古人云：'行高于人，众必诽之。'"陈毅听完汇报后说："'木秀于林，风必摧之；堆出于岸，流必湍之；行高于人，众必诽之'，这是战国时代魏国李萧说的。这三句话固然有哲理，其意在于劝人们遇事要采取明哲保身的态度。但对革命者来说，绝不能以这样的话作为自己的行为准则。如果怕被摧之、湍之、诽之，谁还敢起来闹革命？至于说什么'行高于人'，那是抬举我了。我站出来讲话，算不上什么'行高于人'，只是对运动中出现的不健康现象提出自己的看法。对群众进行政策教育，是一个老共产党员应尽之责。说'众必诽之'也不够确切，少数造反派受某些人操纵，贴大字报攻击我，这能说是众吗？依我看，这位老先生的话是代表了'众'人的希望，说明人们不希望乱，而且希望有人出来讲政策。所以，我不能因为怕受到攻击而不讲话，该讲的话我还是要讲。"

从各个方面史料的分析判断，文化大革命初期时，毛泽东并未想扳倒陈毅，而是期望陈毅支持他发动的文化大革命。但陈毅并不完全理解与支持文化大革命，而且发表了许多与毛泽东的思维、打算、做法、安排、部署相左的言论。尤其是 1967 年 2 月在怀仁堂与中央文革小组争辩时触犯了毛泽东的权威，整整陈毅也就是难免的了。如果说在陈毅危难时毛泽东没有保他，也不符合事实。毛泽东批示对陈毅要"一批二保"。并于 1967 年 5 月 1 日晚在天安门观看焰火时和 6 月 24 日陈毅陪同毛主席接见刚果

（石）留学生时，毛主席两次都拉着陈毅一块来照相，并私下对陈毅说：“我是保你的。”在中共八届十二中全会上，毛泽东谈到“二月逆流”时说：“这件事嘛，要说小就不那么小，是件大事。要说那么十分了不起呢，也没有什么了不起。他们有意见要谈，几个人在一起，又都是政治局委员，又是副总理，有些是军委副主席，我看也是党内生活许可的。他们也是公开出来讲的。”毛泽东话是讲了，但并未给“二月逆流”平反，陈毅的处境并没有得到改变。原因何在呢？大概是“政治斗争”和“政治利益”使然吧。像陈毅这样身经百战、战功赫赫、为党和人民做出了巨大贡献、忠于革命事业的无产阶级革命家，在文化大革命中无端挨整、含冤去世，是文化大革命无数悲剧中的一个。

如何评判“91 人大字报”的对与错，是与非，应该从如何评价陈毅谈起。

陈毅是我军的创建人和领导人之一，新中国的建国功臣，是共和国的元帅，是中国政府的副总理兼外交部长。他的一生，光明磊落、豁达大度、刚正不阿、一身正气。他是真正的共产党员，坚持真理、敢于斗争；他是文豪儒将，博古通今、文韬武略；他是开国元勋，赤胆忠心、忧国忧民；他是军人外交家，谈吐潇洒、不怒自威。就是这样一位功绩赫赫、德高望重的元帅，在文化大革命中也被那股妖风欲摧之、欲毁之，受到非议、迫害和折磨。后来积郁成疾，不幸于 1972 年 1 月 6 日逝世。

关于陈毅的追悼会，当时被江青等人把持的政治局决定：以中央军委名义举行，由李德生主持，叶剑英致悼词，周恩来出席，其他政治局委员不参加。对参加追悼会人数也作出限制。宋庆龄以及许多民主人士要求参加追悼会，都没有得到允许。陈毅 1 月 6 日逝世，毛泽东是 1 月 8 日审阅中央报送关于陈毅追悼会的报告时才得知的。毛泽东将悼词稿中所写的“有功有过”四个字删去后画了圈。毛泽东要参加陈毅追悼会，是在追悼会当天，也就是 1 月 10 日中午才决定的。按日常惯例，毛泽东午饭后要午休一会儿，可那天他显得烦躁不安，无法入睡，随手拿本书看，又看不下去。也许是陈毅的逝世，林彪的叛逃，使他看清了谁是大忠大勇，谁是大奸大佞。中午 1 点多钟，毛泽东通知工作人员，要去参加陈毅追悼会。

说完，穿着睡衣就向外走，警卫员连忙随手抄起了一件灰色的大衣给毛泽东穿上，并将蓬乱的头发稍加整理。毛泽东要参加陈毅追悼会的事工作人员迅速告诉周恩来、汪东兴。周恩来立即对追悼会的事宜做了重大调整，一方面紧急通知在京的政治局委员、中央委员、中央部委领导、民主人士、国际友人西哈努克夫妇等人参加追悼会；另一方面亲临会场，提高规格，重新布置。原本下午3点开始的追悼会，毛泽东1点多钟就提前到了八宝山公墓。毛泽东见到陈毅夫人张茜时，张茜激动地说："主席怎么也来了?"毛泽东流着眼泪，沉痛缓慢地说："我也来悼念陈毅同志嘛！陈毅同志是一个好人，是一个好同志。"后来谈话时又说了一遍："陈毅同志是一个好人，立了功劳的。"还说："他为中国革命，世界革命做出了贡献，这已经做了结论了嘛！"张茜关切地说："主席，您坐一下就回去吧！"毛泽东摇摇头说："不，我也要参加追悼会，陈毅是井冈山的老同志嘛！给我一块黑纱。"毛泽东见到西哈努克时还说了这样一段话："今天是为陈毅同志举行追悼会。陈毅同志是拥护我的，林彪是反对我的。林彪，他跑了！他的飞机摔到蒙古温都尔汗的沙漠里。他摔死了！"这是中国最高领导人首次对外透露林彪出逃身亡的消息。

"大雪压青松，青松挺且直；要知松高洁，待到雪化时。"这首诗出自陈毅元帅的《冬夜杂咏·青松》，它是陈毅的座右铭，更是对人生的一种表白。这首诗体现了陈毅俯视苍茫人世的灼见，献身中华沃土的誓言，恪守为人处事的准则，书写正直人生的颂歌。天底下有杆秤，这杆秤就在人心间。当光明取代黑暗，正义战胜邪恶时，陈毅元帅就像那挺立的青松深深地扎根在人民心中，高高地屹立在祖国的险峻山峰之上。他的谈笑举止，他的奇闻轶事，他的掌故传奇，在民间广为流传，并会一代代传颂下去。文化大革命中曾流传过这样一个故事：有一次造反派开会批斗陈毅。会刚开始，只见陈毅拿出毛主席语录，大声地说："请翻开《毛主席语录》第271页"，念道："毛主席说：陈毅是个好同志。"而那本《毛主席语录》只有270页。从这段故事的流传可以让人品味余长。人民爱戴他，人民敬仰他，人民缅怀他，这就是人民给与陈毅的公正评价，这就是历史写下的结论。"91人大字报"为保卫陈毅而战，是功是过，无须言明。

四、涉外事件频发

文化大革命中，由于极左思潮的泛滥，中国的外交工作和其他各方面的工作受到严重的干扰和冲击。涉外事件频频发生，据有关方面统计，在与中国已建立外交关系的四十几个国家中，中国与三十几个国家发生过外交纠纷，而且有许多事端是由于中方在外交上处理不当而引起的。这些国家中不仅有苏联、英国、法国等大国，更多的是周边的邻国，如缅甸、印度、印度尼西亚、柬埔寨、蒙古、朝鲜等，甚至与非洲的一些国家如刚果（布）等国也发生过不愉快的事情。由于国内的宣传机构声称"中国是世界革命中心"，要将"毛泽东思想伟大红旗插遍全世界"，唯我最革命，结果与各国关系处于紧张状态。许多人不遵守国际关系准则，不顾国家声誉，对一些外国驻华外交使领馆，文的武的一起上，在疯狂中干了一些荒唐的事情，如大规模的示威游行，围困、打砸、火烧外国驻华使领馆，造成极端恶劣的国际影响。在外交上，向来是实行对等原则：你驱逐我的外交官，我也要罗列罪名将你的外交官赶走；你搞我的示威游行，我也组织示威游行回敬；你砸我的使馆，我也实施报复砸你使馆。当时，那些在北京被砸使馆、伤及外交官的国家，在他们国家也对中国使馆采取了同样做法，造成中国使馆被砸、外交官被打的事屡见不鲜。外交照会、抗议、声明、谴责的新闻报道常见报端，甚至与有的国家断交。在混乱中，让世界感到中国失去了理智与控制。新中国成立后，树立起的国家形象及外交上的努力与成果毁于一旦。中国向来是礼仪之邦，以"温良恭俭让"对待邻国，向来是以友善待人、和睦相处为准则，然而文化大革命中极左思潮扭曲了中国的传统美德。

让我们回顾一下 1967 年发生的一系列严重涉外事件吧：

1967 年 1 月 25 日，在莫斯科红场发生了中国留学生瞻仰列宁墓时被苏联军警野蛮殴打的流血事件。69 人全部挨打，其中 9 人重伤。2 月 11 日，在北京工人体育场召开了数万人的"首都革命造反者欢迎我国留学生声讨苏修法西斯罪行大会”，会后进行了声势浩大的示威游行。全国各地都组织了大规模的游行示威活动。

1967 年 4 月 23 日，中国外交部负责人紧急召见印度尼西亚驻华大使馆临时代办巴伦，强烈抗议印尼军警包围、封锁我国驻印尼大使馆；武装劫持我国驻雅加达总领事徐仁的严重事件。4 月 26 日，中国政府发表声明，最强烈抗议印尼政府粗暴践踏国际关系准则，悍然宣布我国驻印尼大使馆临时代办和驻雅加达总领事为“不受欢迎的人”，丧心病狂地迫害华侨的反华暴行。从 4 月 24 日至 4 月 28 日，北京有 60 多万人到印尼驻华使馆进行抗议示威游行，并砸抢了印尼驻华使馆。

1967 年 5 月 6 日，香港新蒲岗一家工厂发生劳资纠纷，港英当局出动军警镇压，殴伤多人，拘捕 11 人。5 月 15 日，中国政府向英国政府提出强烈抗议，外交部在声明中说：“这次血腥暴行，是英国政府勾结美帝反对中国的阴谋的一部分，妄图以高压手段诋毁我国无产阶级文化大革命的伟大影响。”5 月 19 日，北京举行 10 万人集会，声讨港英当局暴行。

1967 年 6 月，中国驻德意志民主共和国大使馆的一辆公务车同德方的一辆载重汽车相撞，造成中国使馆人员死伤的事故。中国大使馆没有弄清情况，就向德意志民主共和国外交部提出“最最强烈抗议”，后来证实了那次事故是一次车祸。

1967 年 6 月 13 日，北京市高级人民法院判决印度驻华大使馆二等秘书鲁冠南间谍罪，驱逐出境，宣布印度驻华大使馆三等秘书魏杰为不受欢迎的人，限期三天内离开我国国境。作为报复，印度政府将中国驻印度大使馆一等秘书陈鲁直和三等秘书谢承浩宣布为不受欢迎的人，驱逐出境。6 月 17 日，数百名暴徒冲进中国驻印度大使馆，打伤 7 名中国外交官和 1 名印度花工，抢走中国国旗的严重事件。6 月 17 日，中国外交部就印度政府策划的袭击中国驻印度大使馆的暴行，向印度政府提出严重警告和最强烈抗议。6 月 18 日，北京红卫兵砸了印度驻中国大使馆。

1967 年 6 月 26 日，外交部副部长韩念龙召见缅甸驻华大使，强烈抗议缅甸政府唆使暴徒连续袭击我国使馆，杀害我专家，迫害我侨胞。7 月 1 日，中国外交部向缅甸驻华大使馆转交中国政府备忘录，严正拒绝缅甸政府在 6 月 29 日备忘录中提出的要求中国政府制止中国人民抗议缅甸反华暴行的示威游行的要求，并再次要求缅甸政府立即撤出缅甸军队对中国大使馆和华侨居住区的包围。到 7 月 3 日止，到缅甸驻华大使馆示威游行进行抗议的人数超过 100 万人。7 月 3 日，北京造反派组织在故宫午门召开了 10 万人的抗缅大会，声讨缅甸政府。会后大批群众涌到缅甸驻华大使馆，砸了大使馆的设施。

1967 年 7 月，在尼泊尔首都有少数暴徒到中国图片展览馆捣乱。中国驻尼大使向尼外交部提出口头抗议后，尼方申明珍视两国友谊，不允许损害两国关系的事情在尼土地上发生，为图片展览馆事件向中国道歉，对受伤受侮辱的中国人表示慰问。

1967 年 8 月 5 日，北京造反派在抗议和示威游行中砸了印度尼西亚驻华大使馆。此举导致中国驻印度尼西亚大使馆于 8 月 6 日和 10 月 5 日两次遭到袭击与捣毁。1967 年 10 月 23 日印度尼西亚政府照会中国，宣布关闭驻华大使馆，并要求中国也关闭驻印尼大使馆。中国外交部 10 月 27 日发表抗议声明。10 月 30 日两国外交关系中断。

1967 年 8 月 20 日，外交部就“香港抗暴斗争”向英国驻华代办处发出照会：“最强烈抗议港英疯狂迫害香港新闻事业，港英当局必须在 48 小时内无罪释放《新华社》香港分社、《文汇报》、《大公报》的 19 名香港爱国新闻工作者。必须撤消对《夜报》、《田丰报》、《新午报》的停刊令和 3 家报社的 34 名工作人员”。当天，由谢富治主持在北京工人体育场召开了数万人参加的声援声讨大会。

由外交部造反派联合北京造反派组织成立了“反帝反修联络站”，决定 8 月 22 日晚在英国驻华代办处召开数万人的“首都无产阶级革命派愤怒声讨英帝反华罪行大会”。会后，以英方在被通牒 48 小时逾期不作回答为由，于当晚 22 时 40 分，不顾警卫战士阻拦，强行冲入英国代办处。造反派冲入英国代办处后，不少英国外交官受到殴打。造反派将办公室中的桌椅、用品扔出窗外，后在各处点火焚烧，一时火光冲天，院子里一片混乱。执勤的解放军立即组织人力，奋力灭火，同时将英国代办处中的十几人保护起来。这就是发生在北京的“火烧英国驻华代办处”的暴力事件。

在刀光剑影与血雨腥风中，我们可以看到极左思潮对中国外交事业的破坏，对国家的形象、党的威望、人民的利益造成了不可低估的损失。为了更全面地了解与认识历史，不妨详述几个故事。

血溅莫斯科红场

肃穆的莫斯科红场，多少年来一直是世界人民心中的一块圣地，那里曾有革命领袖列宁的陵墓，也曾是第二次世界大战莫斯科保卫战时斯大林的阅兵场。

在1967年1月初的一天，这里发生了一场震惊世界的惨案，全副武装的苏联军警挥舞着警棍、拳头对一群手无寸铁前来瞻仰列宁墓的中国留学生痛下毒手。顷刻间，殷红的鲜血滴在红场洁白的雪地上。中国留学生欲哭无泪，愤怒的口号声、悲壮的国际歌歌声震撼着列宁墓。一场力量悬殊的对抗、一种在异国他乡被欺侮的民族义愤，迅速点燃中国对苏联的仇恨烈火。中国外交部发表强烈抗议，全国各地人民群情激愤，举行示威游行，中苏关系进入冰点。

40年过去了，至今我还清晰记得当时那张让人心灵震撼的照片：一排排手挽着手、捧着红宝书《毛主席语录》、头上淌着血的中国留学生，怒视着几个身强力壮、面带凶色、手持警棍的苏联警察，相互对峙着各不相让。这张照片给中国人心中刻上的是屈辱和仇恨。当文化大革命成为历史，人们重新审视这个事件时，也许会更能捋顺事情发生的脉络，也许会做出更客观的评价及总结出教训来。

1964年，国家为培养急需的外语人才，选拔了一批德才兼备的应届高中毕业生，送往法国、古巴等国家学习外语。这批留学生的机遇让他们的同龄人羡慕不已，不用参加高考又能到国外留学是件多美的事情呀。经过培训后，这批留学生陆续抵达所去的国家开始了留学生活。在法国、古巴等国的精心安排下和中国驻外使馆的关照下，他们很快地适应了国外环境，进入了紧张地学习生活。难得的机遇、肩负的责任，使留学生们各个勤奋学习，获得老师们的好评。

国内文化大革命的兴起，打破了留学生们平静的学习生活。一封封国内来信，使在巴黎学习的留学生们思想开始波动，不安心学习了。尤其是一位留学生将自己国内同学的一封来信给大家传看，信中有这么一句话："如果错过了这场'大革命'，将是终身遗憾……"更让他们对在国内参加文化大革命的同学们羡慕不已。当得知国内学校停课半年闹革命时，他们纷纷要求回国参加文化大革命。中国驻法使馆领导针对留学生们的思想，派出得力干部去做留学生的思想工作，希望他们正确理解文化大革命，好好学习。然而，这些留学生们已经听不进去正规的说教，每天晚上10点收听中央人民广播电台的对外广播；收集外国新闻媒体关于中国文化大革命的信息；交流并讨论国内来信的内容。他们对两年来待他们像亲生子女一样关怀、照顾的大使馆的叔叔阿姨们有了隔阂，产生不满，甚至有人到使馆去贴小字报，说使馆"压制革命，执行了资产阶级反动路线"。1967 年 1 月 18 日，中国驻法大使黄镇在全体留学生会议上，宣布了中央关于召回在国外的中国留学生回国参加文化大革命的通知。这时，早已按捺不住的留学生们欣喜若狂，各个摩拳擦掌，准备回国大干一场。

1967 年 1 月 24 日，60 名留法学生及 5 名辅导员返国途中到达莫斯科，准备与 4 名留学芬兰的学生一起，于 1 月 26 日乘火车回国。一到莫斯科，就有同学积极串联、组织要干点"事"。虽然在出国时已经去红场瞻仰过列宁墓，但在文化大革命中，在反苏修斗争第一线，代表红卫兵再次去红场给列宁、斯大林敬献花圈、表示忠心，意义非同一般。经过筹划，他们精心准备了两个花圈，一个献给列宁，一个献给斯大林。在当时中苏两党两国关系交恶的形势下，随时都会有意外发生。一个月前，中国留苏学生就被遣送回国。既然是去斗争，就要有所准备，就要不怕出事，不怕流血牺牲。他们事先安排好队形，在一个方阵中，女同学与体弱的男同学居中，四周都是高大健壮的男同学。并对活动程序作了安排。

1 月 25 日午饭后，65 名留法学生、4 名留芬兰学生，加上驻苏大使馆的陪同人员、翻译及新华社记者一同乘大轿车离开大使馆前往红场。出发前，大使馆用电话已经向苏联外交部通报了这次活动情况。20 分钟后抵达红场。那天天气阴郁、很冷，气温在摄氏零下 30 度，瞻仰列宁墓的人们已排成长蛇阵，有秩序地行进。一位警官引领已排好队的中国留学生抬着花圈插到队伍的中间。与此同时在中国队伍后面也加进了近百名苏联人。事件发生后才得知这些人是苏联便衣警察，是苏联警方采取的防范措施。

当中国学生的队伍快走到列宁墓时，几名警察上来阻止学生们抬着献给斯大林的花圈靠近列宁墓。众所周知的原因，斯大林的墓已被迁移出红场。几经交涉，苏方坚决不让步，为了不影响下一步的行动，只好将花圈放在陵墓一侧的小道上。

在列宁墓门前的大理石平台上，中国留学生排好方阵，摆好花圈，开始脱帽致哀。不到一分钟，一位苏联警官就冲着中国学生气势汹汹地喊道："够了！够了！"按照事先的安排，默哀后要集体朗读《毛主席语录》和唱《国际歌》。于是，一位领读的同学站了出来，他大声地说："请打开《毛主席语录》第22页。"同学们纷纷捧起红宝书，领读念道："我们伟大的领袖、伟大的导师、伟大的统帅、伟大的舵手毛主席教导我们……"话音未落，只见两名苏联警察冲上前将领读的学生左右架住，并向中国学生大喊："红场是个严肃的地方，不许喧哗！"使馆领队与翻译立即上前与苏联警察交涉、解释。这时，从学生队伍中又站出一名学生开始领读。"社会主义制度终究要代替资本主义制度，这是一个不以人们自己的意志为转移的客观规律，不管反动派怎样企图阻止历史车轮的前进，革命或迟或早总会发生，并且必将取得胜利。""斯大林是中国人民解放事业的忠实朋友。中国人民对于斯大林的敬爱，对于苏联的友谊，是完全出于诚意的，任何人的挑拨离间，造谣诬蔑，到底都没有用处。"

毋庸置疑，这两段毛主席语录是留学生们针对苏联领导而选择出来的。一位苏联指挥官恼羞成怒，马上命令守卫在列宁墓前的卫兵关上大门，同时向周围的警察及便衣警察发出行动信号。顿时，四周涌上许多人将留学生方队团团围住，连拉带推、横冲直撞，企图将留学生的队伍冲散。留学生们手挽着手，放开喉咙高唱《国际歌》。气急败坏的警察，硬是从队伍中把一个小个子同学拉了出来，劈头盖脸地将他打倒在地，并用大皮靴踢踩他的胸部。有几个身强力壮的同学立刻冲过去将他营救出来。

这时，留学生们的队伍被冲散了。

在几名苏军军官的指挥下，二三百名警察将中国留学生、使馆人员、新华社记者分割包围起来，三四个人围住一个中国学生拳打脚踢。几个苏联警察将中国留学生献给列宁的花圈撕得粉碎，一位女同学上前阻止时被一名军官拦腰抱住摔倒在地。几个苏联警察将中国学生抬起后扔到红场边的雪堆中。更可恨的是，那些警察棉手套中藏有铁块，打得学生们鼻青脸肿，鲜血直流，甚至伤筋断骨。随行的女翻译高呼口号，被苏联警察拉住脖子上的围巾使劲勒绞，差一点就透不了气。

台阶上、雪地里到处都散落着学生们的眼镜、围巾、鞋帽。同学们跌倒了又爬了起来，互相搀扶着，为受伤的人擦拭伤口，队伍又逐渐聚集起来。他们义愤填膺地高呼：“打倒苏联现代修正主义！”“列宁主义万岁！”高声朗读毛主席语录：“下定决心，不怕牺牲，排除万难，去争取胜利！”这时，同学们看到几名苏联警察正在追逐拍摄现场的新华社记者，似乎是要抢照相机，一位同学大吼一声：“同学们！快保护记者！”十几名同学跑过去将记者团团围在中间，保护住了记者拍下苏联警察暴行的照片。

半个小时后，许多外国记者闻讯赶来，红场上已是人山人海。有几位苏联老人高呼：“不要打他们！不要打学生！”还有人冒着危险冲上前来，为学生们指路冲出包围圈。也许是怕光天化日下的行凶会引起众怒，也许是怕他们的暴行被外国记者暴光，苏联警察撤走了。在清点队伍时，全体人员均挨了打，三十几名学生受伤，还有9名重伤（其中4人当场被打昏）。

当克里姆林宫的钟声在下午1点45分敲响时，学生们乘大轿车返回中国使馆。在车上，情绪激动的学生平静不下来，他们一遍又一遍地高唱《国际歌》。当车驶过闹市区时，有的同学打开窗户，向外挥舞着拳头高呼“打倒勃列日涅夫！”“打倒苏修！”等口号。幸好不在苏联警察的掌控中，否则还会给他们带来更大的灾难。晚上，在中国大使馆电影厅召开了“控诉苏修血腥镇压我留欧学生罪行”大会。朝鲜、越南、阿尔巴尼亚驻苏使馆都分别派出医生帮助救治伤员，并对中国学生的遭遇表示同情。

1月26日，除9名重伤员乘飞机回国外，其余的学生乘火车踏上返回祖国的行程。中国驻苏使馆给每个同学戴上大红花，敲锣打鼓地为留学生们送行。在去火车站的路上，苏联警察的摩托车在前面开道，两旁警车“护驾”，后面也有警车压阵，生怕这些学生再闹出麻烦。火车站上，早有许多外国记者在那等候，有的请学生讲述昨日红场事件真相，进行采访录音；有的请学生展示伤口进行拍摄。学生们更是士气高涨，高唱《国际歌》，朗读毛主席语录。虽然苏联警察大喊：“不许你们扰乱社会秩序!”但学生们根本不予理会，他们的声音吸引了很多游客围观。

斗争还在继续。在苏联列车餐车上，学生们就餐时见到许多反华的小册子，诸如《关于中国的事件》、《莫斯科新闻》、《中国红卫兵在红场上》等。中国留学生向苏方提出强烈抗议，苏列车长威胁说：“要知道，你们现在是在苏联领土上，再这样下去，就不给你们饭吃!”这种蛮横行为激起学生的更大愤慨，部分学生宣布绝食，他们在毛主席像前宣誓：在苏联的旅途中，绝不去餐车吃饭。此后，再也没喝苏联的一滴水，吃苏联的一片面包。当火车到达蒙古乌兰巴托市时，中国驻蒙古使馆的外交官带着许多食品前来慰问，学生们激动地表示：“有毛泽东思想和全国人民鼓舞着我们，一点也不觉得饿。”2 月 1 日，火车到达北京，参与莫斯科红场流血事件的中国留学生像英雄凯旋归来一样受到数万人的夹道欢迎，并给他们戴上“反修红卫兵”的红色袖章。2 月 11 日，在北京工人体育场内召开了“首都革命造反者欢迎我国留学生 声讨苏修法西斯罪行大会”，会后举行了声势浩大的示威游行。这批参加红场流血事件的学生被冠为“反修战士”的光荣称号。

岁月匆匆，抚今忆昔。当我们从研究历史的角度再次审视“血溅莫斯科红场”事件时，不难看出文化大革命时极左思潮在其中起着重要作用。这个事件发生的原因是什么？可不可以避免发生？一位亲历事件的人在追溯往事时曾这样说：“如果当时不在列宁墓前念毛主席语录、唱《国际歌》，事件就不会发生，当时太偏激与幼稚了。”这批留学生虽然没有经历国内文化大革命初期时的一段过程，但极左思想的传播与感染并不受国界和距离远近的影响。在惟我独左，惟我独尊，老子天下第一的思想支配下，认为在苏联也是“造反有理”，结果就可想而知了。在别人的国家，无视别国的法律与规定，制造纠纷事件，回到中国却受到英雄般的欢迎，这就是文化大革命极左思潮的思维逻辑，为以后发生的一系列恶劣的涉外事件开创了先河。应该将"血溅莫斯科红场"事件视为可悲的，而且是不应该发生的事情。当然，我并不认为苏联警方殴打中国留学生就是正确的。

火烧英国代办处

当文化大革命进入第二个年头——1967年时，全国各省市自治区都陆续发生了"夺权"闹剧。各地的群众组织纷纷派人进驻政府机构、报社等重要部门，宣布"夺权"。随后成立以派别为主体的"革命委员会"接管、取代政府的职权。这种违背国家宪法，没有得到立法机构批准程序的行为竟然得到"中央"的"认可"，让人感到不可思议。在混乱中，一些造反派组织的坏头头自我标榜、自封为官，摇身一变成为领导干部，混进权力部门。之后，围绕着支持与反对"革委会"，内乱愈来愈烈。从"文斗"发展到"武斗"，从"棍棒"升级到"枪炮"，各派势力纷纷抢占地盘，扩充"武装"，互相"械斗"，局势乱得到了难以控制的地步。"全国山河一片红"，各省市"革命委员会"成立之后，文化大革命丝毫没有"收尾"的迹象。到了1967年夏季，事态发展到巅峰，大规模的暴力冲突与流血事件频频发生。7月份武汉两大派别的冲突一度危及到正在武汉的毛泽东的安全；广西对立的两派抢劫了中国援助越南抗击美帝的军火，武装起来的造反派已是剑拔弩张，"战争"一触即发；哈尔滨一家生产轻型坦克的军工厂"炮轰派"用坦克外出"巡逻"时遭遇伏击，被"捍联总"用反坦克炮击中，车毁人亡；各大学中，各派别抢占校舍，构建"工事"，实行封建割据式的管制……

在北京，造反派们热衷于玩"国际大活儿"，动不动就是几万人的声讨××国大会，动不动就是几十万人、上百万人的游行示威。在幕后黑手的操纵下，连续发生了砸印度、缅甸、印度尼西亚驻华大使馆的事件，最严重的就是火烧英国驻华代办处。

新中国成立，英国于1950年1月6日致电中国，承认中国的新政府，并表示愿意两国建立外交关系。两国建交的谈判进展缓慢，主要是英国不彻底断绝与台湾国民党政府的关系。1954年6月，日内瓦会议期间，中国考虑到英国在印度支那问题上采取了有别于美国的立场，保守党政府一再表示愿意与中国改善关系，但英国在联合国对中国代表权问题仍持不明态度，因此，只同意与英国成立代办处。1954年6月17日，中英双方互派代办。

新中国成立之后，对以往的旧政府与外国签订的不平等条约进行了清理与废除，但从战略上考虑，与香港、澳门等相关条约未列在清除之列。文化大革命开始后，极左思想占了上风，也影响了香港局势，一些香港左派也行动起来。港英当局惶惶不可终日，对罢工、游行的群众采取武力镇压的手段，打死打伤数人，对一些报刊采取了停刊，并逮捕了记者。这样一来，中国与港英当局的矛盾激化。

1967年5月，香港一家工厂劳资双方发生冲突，工人们进行游行示威时遭到港英警察的武力镇压、开枪打死一人、逮捕数人。中国外交部对此事发表措辞严厉的声明，要求港英当局无条件接受中国政府的要求：立即接受中国工人和居民的全部正当要求；立即停止一切法西斯措施；立即释放全体被捕人员。惩办凶手，赔偿损失，保证不再发生类似事件。

5月19日，北京举行10万人群众大会，抗议港英当局的暴行。大会决议中向港英当局提出几项要求：1. 美国必须停止以香港作为军事基地；2. 香港国民党特务迫害亲共人士的罪行绝不能宽恕；3. 传播毛泽东思想的工作绝不能受到干扰。港英当局对此没有作出回答。

在中国与港英当局矛盾日益激化时，中国的宣传机构起了推波助澜的作用。《人民日报》以“血腥大屠杀”为题，报道港英警察开枪打死打伤二三百人，有意夸大只死一人的事实。《人民日报》6月3日发表社论，号召香港市民随时听从祖国的召唤，推翻港英当局的反动统治。

周恩来总理针对发生的一系列事端，立即召开了有外交部、外办、港澳工委等单位的会议，强调同港英当局斗争要严格遵守中央有关方针政策，坚持有理、有利、有节，批评了有关部门在香港问题上过左的做法，是无政府主义思潮。香港的工作照搬国内红卫兵做法，行不通。周总理还质问有关单位：“越搞越大的目的是什么？”

毛主席 1970 年 12 月 18 日接见美国友好人士埃德加·斯诺时说：“1967 年夏天外交部闹得一塌糊涂，有一个半月失去掌握，这个权掌握在反革命手里。”

1967 年 8 月 7 日，中央文革小组成员王力接见外交部姚登山和“革命造反联络站”的代表时极力煽动造反派夺权，他说：“揪陈大方向当然对”，“打倒刘、邓、陈的口号为什么不能喊？”“二十几岁的人为什么不能当外交部长？”“部党委的班子不动动怎么行？”……于是，外交部“革命造反联络站”和北京外国语学院“红旗造反兵团”等组织，砸、抢、封了外交部政治部，将外交部副部长的办公室贴上封条，副部长们被关押写检查，宣布夺了外交部的领导权。

造反派夺权后，立即策划并组织了“火烧英国驻华代办处”。当时港英当局下令查封了香港几家左派报纸《夜报》、《新午报》、《田丰报》，并逮捕了《新华社》香港分社、《文汇报》、《大公报》的 19 名记者及 34 名报社工作人员。8 月 20 日，外交部向英国驻华代办处发出限令 48 小时内解除对报纸的封查令和释放记者、报社工作人员的最后通牒，否则后果自负。外交部的一批反陈毅追随王力、姚登山的造反派成立“反帝反修联络站”，与北京高校红卫兵第三司令部“地派”联合，预备 8 月 22 日在英国驻华代办处召开声讨大会。当周恩来总理获知消息后，立即找来“反帝反修联络站”的负责人，想劝说他们不要这样做，但未能如愿。最后在得到该组织者不冲击英国驻华代办处的承诺后，周总理才结束这次艰难的对话，那时已是 8 月 21 日深夜了。

1967 年 8 月 23 日，《人民日报》发表消息：“首都红卫兵和革命群众一万多人昨晚到英国驻华代办处举行声势浩大的示威，在门前举行了声讨英帝反华罪行大会，并基于义愤对英国驻华代办处采取了强烈的行动。”这篇报道，以在“门前”开大会，掩盖了数千人闯入英国驻华代办处的事实；以“红卫兵”自发的“示威”，掩盖了一件有组织、有计划犯下的严重涉外事件，在国际上造成恶劣影响。

40 年过去了，为了在回顾历史事件时尽可能地恢复它的原貌，现将美国作家韩丁于 1971 年采访清华大学时写的：《百日战争——清华大学的文化大革命》（Hundred Day War: The Cultural Revolution at Tsinghua University）一书中，对直接参加“火烧英国驻华代办处”的清华大学“414”* 红卫兵头目高衡庆的采访记录及其他相关资料进行整理、加工，将这一事件的全过程进行了追记。

1967 年 8 月 22 日，在清华大学“414”总部值班的高衡庆接到一个电话，打电话的人自称是外交部“反帝反修联络站”的人。他简明扼要地说于 8 月 22 日晚，要在英国驻华代办处前举行一次抗议港英当局迫害香港新闻工作者的大会，邀请清华大学“414”红卫兵参加大会。高衡庆向他的头头汇报后，当即表态愿意参加这次示威活动。“反帝反修联络站”的人表示马上到清华大学来介绍情况。

清华大学“414”广播站立刻发出紧急通知：“‘414’的红卫兵们马上到××楼阶梯教室集合，召开紧急会议。”“反帝反修联络站”的来人衣着整洁、气度不凡，金丝眼镜后闪烁着狡黠的眼神，他用巧舌如簧的讲演开始了动员，他列举了港英当局的种种罪行，宣讲了外交部 48 小时通牒的照会。话锋一转，他讲道：“到现在为止，港英当局一直不作回复，到英国驻华代办处去开大会就是要压一压他们，显示红卫兵的力量，让他们知道经过文化大革命锻炼的造反派是不好惹的！”他还煽动说：“如果他们不按时答复，我们就要全力予以报复。文化大革命中，他们收集了我国许多重要情报，戴上改锥、钳子，到那以后有必要时打开他们的档案柜，把情报拿回来。”“大家要穿深色衣服，他们可能会向我们开枪，不要留给他们明显的目标。”“会英语的同学站在前面，都戴上电筒。”最后，他又拿出一张英国驻华代办处的位置示意图，标明代办处内各建筑物的位置及电源闸盒、水管等设施的位置。

向英帝示威的神圣，“神秘”任务的重托，使红卫兵们情绪高涨起

---

* “文革”期间，清华大学红卫兵组织“井冈山兵团”分裂为两派，一派为“井冈山兵团总部”，俗称“团派”；另一派为“井冈山兵团 414 总部”，俗称“414 派”。

来。当第一批红卫兵上路后，"414"又快速地将第二批红卫兵派了出去。英国驻华代办处位于日坛公园附近光华路使馆区内。天还不黑，英国驻华办事处已被数万名红卫兵围得水泄不通。开始，大家都很守规矩地坐在那里，呼口号、唱歌、念抗议书。天黑下来后，架起了探照灯，雪白的灯柱划破天空。高音喇叭不断传出："离最后通牒还有×小时，你们到底何去何从?"一遍又一遍的质问声加上震耳的"造反有理"的歌声和抗议的口号声使宁静的夜晚充斥着紧张气氛。清华大学"414"的高衡庆见到10点钟通牒的期限已到，他找到"反帝反修联络站"的负责人，问下一步该怎么办？得到的答复是："虽然周总理说了不让冲英国驻华代办处，但是群众要采取革命行动，谁能阻挡得了?"晚10点40分，在一位手持喇叭的人指挥与鼓动下，代办处正门开始躁动起来。先是向院内投掷墨水瓶等杂物，后来人群开始冲击有8排赤手空拳的解放军组成的人墙。有人试图从解放军人墙上爬过去，有的人爬上铁栅栏试图翻进去。几经反复冲撞，解放军组成的人墙给冲破了，人群涌入院内。在冲击正门时，北京外语学院的红卫兵从代办处西墙翻入院内，10分钟后又有人突破北墙。冲进办公楼的人将桌椅及一些用品从窗户扔出。晚11点左右在游泳池旁的车库开始点燃大火，顷刻间，烈焰升腾，东院里的门窗、地板、汽车房及7辆汽车被大火吞噬。在西院楼内，3个卧室、档案室及两辆汽车也被火烧着。不一会儿，呼啸的救火车赶来，在解放军战士的奋力协助下，大火被扑灭了。

英国驻华代办处的十几位外交官躲在办公楼地下室的一间密室中，外面的烟沿着风口灌了进来，在解放军战士的抢救、护送下，他们来到院子里，在这里他们挨了打。

英国驻华代办处临时代办唐纳德·霍布森在给他夫人的信中是这样描述的："当我们从地下室来到院子里时，院子里已有近5000人了。有人抓住我的头发拖，揪住领带勒，用手中拿着的东西朝我们打来。不一会儿，我头上遭到重击的地方鲜血直流，被打得昏昏沉沉的……代办处的人不仅受到唾骂、挨踢，还被强迫向毛主席像鞠躬。后来警察进行了干预，将我们撤离了代办处大院。在向外走时，还有人不断撕扯我们的衣服。""有几名女士曾经想到对面的阿尔巴尼亚使馆避难，但遭到拒绝，他们关上了使馆大门。两位姑娘进入了荷兰使馆，受到保护。”

广播中传出周恩来总理与中央文革小组几个人联名指示，命令所有进入英国驻华代办处的人立即撤出，停止一切破坏行动。这样，一场骇人听闻的反革命暴力事件才逐渐平息下了。清华大学的高衡庆说：“实际上，我们多数人都认为这种举动不大好，为什么我们国家要采取这种暴力？接到周总理指示后，我们都撤离了，都感到做错了事。大楼是怎么烧起来的，是个谜。”

8 月 23 日凌晨，英国驻华代办处被火烧起来后，周恩来总理紧急召见外事口造反派组织代表，强烈谴责了这次违法行为，并断然否定了造反派夺取外交部大权的方案，命令北京外语学院红卫兵立即撤出外交部。

8 月 25 日凌晨，周恩来总理单独召见了刚从上海毛主席那里回北京的杨成武，向他谈了最近北京发生的大事和对形势发展的担忧。并将王力“八七”讲话交给杨成武，让他立刻回上海交给毛主席看。8 月 26 日，毛主席对杨成武发出指示：“王（力）、关（锋）、戚（本禹）是破坏文化大革命的，不是好人。你只向总理一人报告，把他们抓起来，要总理负责处理。可先解决王、关，戚暂时不动，以观后效。”并在王力“八七”讲话稿上写上了：“大大大毒草。”随后，王力、关锋被隔离审查，1968 年 1 月，对戚本禹也做了同样处理。

北京发生“火烧英国驻华代办处”事件之后几天，中国驻英代办处也受到英方的报复，几名外交官被打得头破血流。众所周知，驻外大使馆象征着所属国的领土，不可侵犯；外交官享有外交豁免权，人身自由不容侵害。然而，在极左思潮的影响下，这种在世界外交史中罕见的践踏国际公约、侵犯外交使者的安全的事却在中国发生了，这是一件让中国蒙受耻辱的悲剧。为此，中国政府投入巨资修缮了被烧毁的馆舍，对毁坏的物品作了赔偿。周恩来总理在 1971 年 3 月 2 日接见新任英国代办谭森时就这次事件向英方作了正式道歉。

当闹剧成为历史，人们会关切地问那些放火歹徒是否受到了惩处？那操纵事件的黑手的内幕是否揭开？不得而知。在我探寻事件发生的经过时，感到"火烧英国驻华代办处"的始俑者是在制造大的国际纠纷，妄图从周恩来总理、陈毅外长手中夺取外交大权的一个阴谋，但最后因毛主席的决策使那幕后黑手未能得逞。当然，这只是我的一个猜测。

驴闹使馆——中国驻印度使馆被砸事件

在平时生活中，孩童们之间产生矛盾或纠纷，常常是你骂我一句，我就回敬你十句；你打我一拳，我就要踢你一脚；这次战败了，下一次就要赢回来。在国与国之间的外交往来中，有时也会有类似孩童之争的事情发生，甚至出现前所未有的怪异"斗"法。

这个故事发生在文化大革命中。1967 年初夏的一天，印度驻中国大使馆二等秘书鲁冠南驾车驶向北京郊外。当他看到路边有一个明显的路牌上醒目地写着："外国人到此止步！"时，稍微犹豫了一下就加大油门开了过去。其实，这个鲁冠南是个"中国通"，非常明白标牌上写的内容，但他认为当下中国正是动荡不定时期，不会管理那么严，趁乱不妨出去闯闯，说不定能搞到一些急需的、有价值的情报回来。当鲁冠南在一处标有"重要军事部门，严禁入内"的地方来回溜达时，被警卫人员发现并拘留。1967 年 6 月 13 日，北京市高级人民法院判决印度驻中国大使馆二等秘书鲁冠南犯有间谍罪，立即驱逐出境。中国外交部同时宣布印度驻中国大使馆三等秘书维杰因从事与其身份不相符的活动，为不受欢迎的人，限期 3 天之内离开中国国境。

印度政府不甘示弱，立即宣布中国驻印度大使馆一等秘书陈鲁直和三等秘书谢承浩为不受欢迎的人，扣上莫须有的罪名，限 3 日之内离开印度国境。因为当时中国驻印度大使馆的大使及一大批外交官均已回国参加文化大革命，大使馆留下的外交官中没有二等秘书，印方就将一等秘书陈鲁直列为驱逐名单。印方为求"对等"，匆忙将印度驻中国使馆的二等秘书鲁冠南的头衔提升为一等秘书。

印度在新中国成立后，于 1950 年 4 月 1 日就与中国建立了大使级外交关系，是第一个与中国建交的非社会主义国家。中国和印度两国有着类似的苦难与奋斗的经历。在国际上，印度主张恢复中国在联合国的合法地位，台湾应该归还中国。1954 年 10 月，印度总理尼赫鲁作为第一个非社会主义国家的国家元首访问中国。毛泽东主席送给尼赫鲁总理一把亲笔书写的扇子作礼品，扇子上写的是屈原《九歌》中的二句楚辞："悲莫悲兮生别离，乐莫乐兮新相知。"由此可见当时两国、两国领袖之间的友谊非属一般。1955 年在印尼万隆召开的亚非会议，应尼赫鲁、苏加诺等人的邀请，周恩来总理率中国政府代表团参加了大会。会议高举反帝反殖的大旗，通过了《关于促进世界和平和合作的宣言》，并就"和平共处五项原则"达成共识，是一次团结胜利的大会。那个阶段是中印关系最友好的时期。1959 年 3 月，西藏叛乱失败后，达赖喇嘛逃往印度。中印关系转为困难期。同年 8 月和 10 月，中印边境连续发生武装冲突。中印之间抗议与交涉骤然增加，形成"照会战"。1962 年 10 月，印方在边界挑起大规模武装摩擦，两国兵戎相见。"中印边境自卫反击战"胜利结束后，中国主动停火、撤兵，并将被俘人员释放、遣返，军用武器、装备归还，使边境地区的局势有所缓和。但那个时期，中印关系趋于冷淡。

文化大革命时期，中印两国在外交方面纠纷不断，两国关系紧张。那时，中国驻印度大使馆刚从原先租用印度一个土王叫"金厦"的宅院搬到建在使馆区的新馆舍，占地面积有 12 公顷。这里，房舍、树荫、绿草、鲜花布置得井井有条，勾画成一幅宁静与闲适的美丽图画。然而在 1967 年夏，这里却发生了像印度酷热的天气一样的火暴场景。自中国法院判决印度外交官鲁冠南犯间谍罪被驱逐出境后，中国驻印度大使馆就此打破了以往的平静。在大使馆门外的草坪上，印度警方搭起帐篷，安营扎寨，日夜监视中国使馆的动向，进出人员受到盘查，中国外交官外出办事、采买东西的汽车后面总是有人尾随盯梢。更让人可气的是印度警方有时从外面关上大门，阻碍通行，中国外交官奋力将大门打开，据理与印度警察辩论，严正告诫他们：这是中国大使馆，是中国领土，你们无权擅自关门。但是收效甚微。这种伴随着照会、抗议、交涉、辩论的舌战笔战尚属"文斗"范围，很快，让人难以想象的聚众攻打使馆的"武斗"也粉墨登场了。

1967 年 6 月 17 日下午 4 点，使馆门前聚集了大批身份不明的示威者。他们手中拿着反华标语、喊着反华口号，载满人的几辆卡车突然停在使馆墙外，接着一批人翻墙而入。他们手中拿着砖瓦棍棒，吵吵嚷嚷、气势汹汹地闯进大使馆，一边走一边用砖瓦砸大使馆的玻璃，院内的路灯几乎无一保全，办公楼左侧尚未启用的大使官邸门窗全部被砸，车库里的汽车也被推翻烧毁，连印度翻译的一辆私人摩托车也未能幸免。一伙人直奔院中悬挂中国国旗的旗杆而去……

虽然中国外交官事前已做了应对方案的准备，但面对这种突发的、如此野蛮的事态让他们目瞪口呆。当时，中国驻印度大使馆临时代办陈肇源恰巧去印度外交部晤谈，不在使馆。现场外交官中级别最高的、已被国内召回即将启程的陈鲁直一秘挺身而出，带领使馆人员冲出楼去，保卫国旗。陈鲁直 1943 年到上海圣约翰大学学习，1946 年加入中国共产党，1947 年在香港《大公报》、广州《南方日报》从事新闻工作，1952 年调到外交部。他是一介"书生"，面对众多暴徒，毫无惧色，冲在最前面，被打得头破血流，鲜血染红了衣裤。后来，头部流着血、胸部受伤的李思衡与印度花工格尔从暴徒手下抢抬回来的陈鲁直，经过检查，头部被砸破 7 处。在与上百名手持棍棒的暴徒搏斗中，手无寸铁的使馆人员刘忠富、王里仁、洪传家头胸负伤，后来经医生检查都是颅骨下陷、肋骨骨裂。随员章德良也是头部多处被砸流血，颈部流血不止。

由于双方力量悬殊太大，中国国旗被暴徒抢走，在中国外交官强烈抗议下，印度警方才施放烟雾弹以"驱散"肇事的"群众"。这时中国大使馆已是满目疮痍。事情并没有结束，使馆大门被印方打开，事先已安排好的几只毛驴突然被赶了进来。毛驴身上挂满了反华标语，"哦——噢"的鸣叫声充斥院落。毛驴在院子里乱窜，到处都留下杂乱的蹄印和恶臭的粪便。中国外交官对印方采用如此卑劣的手段羞辱中国感到无比愤慨。

当陈肇源代办回到使馆，看到 8 名被打伤的中国外交官和被砸得乱七八糟的使馆，对印度当局无视国际关系准则的行为无比愤怒，他设法紧急向国内汇报发生的事件，但由于印方的干扰、破坏无法联络。陈肇源代办急忙向附近的巴基斯坦驻印度高级专员打去求助电话。巴基斯坦专员立即前来探望、慰问，并派来高级公署医生为伤员一一诊视，仔细缝合、包扎伤口。第二天一早，全体外交官在已被清整干净的院子里站成一排，他们有的头上缠着绷带，有的受伤的手臂用吊带挂在胸前。在饱含着泪水、心中默默吟唱的国歌伴随下，一面崭新的国旗迎着朝阳又冉冉地在中国大使馆升起。

中国外交部通过外电报道获知在中国驻印度使馆发生的暴力事件。在与印方严正交涉后，与中国驻印度使馆取得了联系，在了解详情后，立即决定派专机去印度接回受伤的中国外交官。当中国飞机抵达印度后，在新德里帕兰姆机场，印度当局又导演了一场驱逐中国外交官的闹剧。当陈鲁直、成幼殊夫妇与陈肇源代办一起乘车到达机场，刚一下车，陈鲁直立刻被一拥而上的印度警察架走，送他去早已布置好的会场举行“送行”仪式。成幼殊下车后也被两位女警察强行拦住，在争执中成幼殊挂着毛主席像章的衣服被扯破。第二天，印度各大报纸在头条位置刊登了驱逐中国外交官的现场照片。有一张照片是头缠绷带的陈鲁直在两排印度警察的夹道中走向飞机。还有一份报纸刊登的图片是头颈部被绷带缠绕的章德良，正在印度机场海关办理离境手续，但图片说明却将章德良误认为是陈鲁直。这些照片刊登后并未给印度带来什么光彩，反而提供了打伤中国外交官事实的证据。

6 月 18 日，印度驻中国大使馆也被砸。

周恩来总理曾把印度驻中国大使馆被砸作为文化大革命中对外失控的一个实例进行了严厉的批评，他严肃地指出，要让自己的人民知道这样做是错误的。

互相砸打对方的外交机构，打伤外交官是违反国际法准则及不给对方应有的特权和礼遇的行为是在文化大革命中极左思潮泛滥时的产物。当人民认识到文化大革命中极左思潮祸国殃民的错误时，对当时在印度、印度尼西亚、缅甸、苏联、英国等国的中国外交官所遭遇的和所付出的代价，不知道他们会有什么样的感想?

这个故事的梗概来自目击者——中国驻印度大使馆二等秘书成幼殊的回忆。

纳赛尔总统礼品的遗失

这件事发生在文化大革命之中。

原阿拉伯联合共和国（现阿拉伯埃及共和国）驻华大使是个资深外交家，又是一个收藏家。在古老埃及历史的熏陶下，他知识渊博，在国内收藏界赫赫有名。他出任驻中国大使后，悠久的中国历史、文化让他赞叹不已。于是，他博览中国古书、研究中国古玩达到了难以释手的程度。

有一天，他信步来到北京东单的一家信托商店，他知道文化大革命期间在那里常常会有让人意外的发现，淘到喜爱的宝贝。商店不大，从柜台到地上堆满了各式各样的货物，大到旧红木家具、旧钢琴、旧自行车，小到旧照相机、手表、望远镜，柜子里挂满旧貂皮、狐皮大衣，壁窗中挤放着繁多的瓷器，各式物品应有尽有，琳琅满目。有的售货员高声与顾客侃着价格，有的售货员低头整理着物品，对进来的大使先生没有打招呼，也没有露出惊讶的神色，因为来商店闲逛的外国人实在是太多了。大使先生独自用那敏锐的目光搜索着柜台内外摆着的、挂着的、堆着的物件。突然，他的目光锁定在一个瓷罐下的垫盘，远望去那形状有点像阿拉伯的工艺品。他抑制住内心的冲动，不慌不忙地叫售货员将瓷罐递给他，像模像样地品赏起来。这是件清末民初的物件，他边看边聊并询问着卖价。他小心翼翼地放下瓷罐，漫不经心地让售货员将垫盘拿来看看。当他拿着垫盘仔细看时，发现那是一个银盘，精美的花饰让他一眼就认定这是埃及一位著名工匠的手工艺品。他把银盘翻过来一看，盘底刻着一行秀美的阿拉伯文字让他惊呆了，上面刻的是："赠给尊敬的陈毅外长阁下 纳赛尔 1963"。"这不是我们国家总统纳赛尔送给陈毅外交部长的珍贵礼品吗，怎么会流落到这个地方呢？"大使心中怔了一下后又转为狂喜，"这可是个天赐良机，立功、授奖、升官就靠它了！"大使控制住喜悦的心情，揣摸起该如何将它收进囊中。他不慌不忙地用流利的中文与售货员谈论起瓷罐的价格来。"这个瓷罐什么价？""100 元。""可以再降点价吗？它是民国初期的物件，不算古董。""那你出个价。""50 元。""不行，太低了，这是清朝末年的货，也有几十年了。”“那我出70元，再把那个垫盘给我。”“行，就这个价吧！”一个愿买，一个愿卖，买卖双方很快就做成了这笔生意。大使先生有经验地砍着价，目标似乎是那个瓷罐；售货员对这类东西见多了，尽早出手好腾个地方。大使先生将瓷罐与银盘拿到手后连包装都免了，急忙走到自己车前，打开后车盖将瓷罐扔了进去，拿了张报纸将银盘仔细包上，开着车就直奔位于东交民巷六国饭店的外交部去了。

在外交部，大使先生提出了紧急约见官员的请求。不一会儿，有关部门的负责人在会客室接见了大使先生，这位官员面带笑容客气地问：“大使先生，您有什么事需要我帮忙吗?”大使先生变得十分严肃地说：“今天我在贵国的一家信托商行里买到一件我国总统纳赛尔送给中国外交部长陈毅的珍贵礼品——银盘。可能是贵国因保管不善遗落在那里了吧。现在我已经将它买了回来，按照中国古语说得‘完璧归赵’。请贵国今后妥善保管好这象征埃中友谊的礼品吧！”说完，用双手将银盘托给中国官员。外交部的那位官员脸色由微笑转为吃惊，又变得满脸通红，一时语塞，不知该怎么样应答，最后十分尴尬地连忙说：“谢谢大使先生，谢谢大使先生！我一定向上级禀告大使先生的忠告！”当大使先生满意地将“收条”放进皮包，高高兴兴地回使馆去做他的美梦了。而中国的声誉在这不吵不闹的过招之中丢尽了脸面。

这件事成为文革中外交官们口头传述的话题，给我留下了深刻的印象。时间过去的太久了，已经无法去考证它的原貌。但是，当年造反派确实下令收缴过外交官们家中的外国纪念品、礼品，我就曾经用手推车将家中的一些大大小小的外国纪念品、礼品送到外交部，收货的人也没有给收条！为此我特意询问了几位健在的老外交官，他们说肯定有这件事情，但详细情况记不清楚了。在那样混乱年代的无政府状态下，各种奇怪的事情都有可能发生。当然，在编写故事时，也有“添枝加叶”，权当讽刺极左思潮的一段“政治笑话”吧！

五、26 位大使大字报

毛主席下令将王力、关锋、戚本禹抓起来之后，无疑是削弱了中央文革小组的力量，遏制住全国混乱的局面，形势开始有所好转。毛主席在王力“八七”讲话稿上写了“大大大毒草”的批语，使外交部文化大革命的运动转向批极左思潮，抓坏人的轨道上了。

与“91 人大字报”前后呼应，具有震撼力的是以耿飚、黄镇为首的26 位大使联合署名的题为“剥开伪装 追根查源”的大字报。这是一份狠批极左思潮的大字报：反对“打倒陈毅”；反对把我国正确的外交路线诬蔑为“资产阶级反动路线”；反对把我国 17 年来成就辉煌的外交工作说成是漆黑一团；谴责在外交部泛滥成灾的极左思潮影响下造成的严重涉外事件。大字报还毫不留情地点名批判了那些丧失革命立场、卖身求荣、投机钻营、助纣为虐投靠造反派的领导干部。

这批大使自回国参加文化大革命运动以来，由于是当权派，靠边站、挨斗受批，没有机会发表自己的观点。当他们亲眼目睹了那些攻击他们尊敬与爱戴的领导陈毅的言论与行为时；目睹了极左思潮将他们白手起家、辛辛苦苦取得的外交成果毁之一炬时；目睹了造反派篡夺外交大权后制造了种种性质恶劣、后果严重的涉外事件时；目睹了一批干部在极左思潮中的丑劣表演时，他们意识到一个伟大的党、一个伟大的国家正处于走向亡党亡国的边缘，他们坐不住了！他们像当年参加革命时那样奋笔急挥地参加了战斗！

文化大革命不仅使党在组织上、思想上发生了分裂，也使广大群众产生了对立与分裂，甚至影响到了社会的基础细胞——家庭，夫妻、父子、兄弟、情侣、朋友之间，因政治观点不同而反目的现象比比皆是。使得人与人之间的交往变得谨慎小心，言谈举止都留有余地。那么，这 26 位大使身处逆境，在造反派的严密监视下是如何聚集起来，拍案而起共同行动，向极左思潮进行斗争的呢？说起来十分有趣，这是在造反派的“帮助”下促成的。耿飚在回忆录中有这样一段描述：“‘文革’前我家住在东交民巷的外交部宿舍，我和姬鹏飞、曾涌泉、罗贵波四个副部级干部住在一个院子。‘文革’初期造反派就在住房问题上整我们，给我们带上‘修正主义’、‘资产阶级’的帽子。接着，他们又进一步勒令我们限期搬家。我被指定搬到黄镇家去住。造反派在住房问题上整我们，他们为这样的‘杰作’而自鸣得意，可是对我们来说，却是坏事变成了好事。因为在‘文革’中造反派可以部内部外到处串联，而我们这些挨整的对象却要规规矩矩，不许乱说乱动，相互之间连话也不准说一句。如被发现相互交谈，轻则被戴上‘搞黑串联’的帽子，重则给加上‘阴谋破坏文化大革命’的罪名。”耿飚与黄镇住在一起，有机会常常交换对文化大革命的看法。他们在交谈中都表示出对当时外交部形势的不满和忧虑。有一次，耿飚向黄镇提议：“是不是写张大字报对外交部的这些问题和那个‘王八七’讲话表示我们的看法?”黄镇欣然同意：“早有这个想法，我们起草后，给其他大使们传阅，赞成的可以签名。”耿飚、黄镇拟了草稿后让仲曦东大使执笔完成初稿。曾涛大使在回忆录中也谈道：“造反派不让当权派串联，但他们又给大使们创造了串联的机会。当造反派内部开会的时候，他们把大使、参赞赶到食堂去自学。大家学习都是很认真的，但时间长了总要互相交换意见，大使普遍想不通的问题是为什么要打倒陈毅? 大家议论造反派所揭发出来的陈毅同志的罪行实在很可笑。”

物以类聚，人以群分。在反对“打倒陈毅”的口号和反对否定17年外交路线与成果时外交部干部分为两大阵营。经耿飚、黄镇提议，于1967年11月初组织召开了大使们的座谈会。第一次会是在曾涛家里开的，有耿飚、黄镇、仲曦东、曾涛、康矛召、姚仲明、何英、许建国等12位大使。大使们有的是乘公共汽车，有的是骑自行车，还有的是孩子用自行车推来的。座谈会开得认真又热烈，他们不仅是外交家，而且是政治家。在认真学习了中央文件后，联系实际进行讨论，各抒己见。从国内文化大革命的形势谈到外交部内斗争的情况分析，从陈毅的丰功伟绩谈到造反派妄图打倒陈毅的恶劣表演……在座谈会上大家还认真进行批评与自我批评。有位大使的孩子在社会上名声很坏，大家批评他没有管教好孩子，请他注意。会开了一天，中午饭曾涛请大家吃了家乡菜“扬州狮子头”，仲曦东夫人刘锦琳还专程送来了饺子。第二次会是在耿飚、黄镇家开的，就写大字报的内容进行了讨论，并研究了找哪些大使签名等事宜。会后，在大字报上署名的有 26 位大使，占 45 个大使的一半以上。事后，还有不少大使抱怨事先没有通知，错过了签名。

大字报写好后，为慎重起见，决定发送到周总理那里去。于是打电话与周总理秘书联系，并将大字报送到国务院收发室。第二天，1967 年 11 月 12 日，大使们接到通知，周总理要接见大家。以往大使们每次回国开会或休假，周总理都要接见大使谈谈形势，谈谈工作。自 1967 年 2 月大使们回国参加文化大革命后，一直未有机会见到周总理，憋了一肚子话想与周总理讲。在中南海西花厅，周总理和陈毅接见了大使。大使们一个接着一个抢着发言，有的对外交部文化大革命发表了看法；有的对否定 17 年外交路线提出尖锐批评；有的对几个月来造反派对自己的迫害诉了苦水；更多的人指名道姓地点出外交部几个领导干部不坚持原则，跟着造反派喊打倒陈毅，还吹捧王力“八七”讲话；还愤怒地指责姚登山对周总理、陈毅的恶劣态度与妄想夺权当外交部长的野心。由于大家情绪很激动，有些话出口后引得周总理、陈毅都笑了。周总理说大使们也学会上纲了，又说大使中有少壮派啊！周总理对大使们提出的问题一一作了回答，他明确地告诉大家：外交部 17 年执行的是毛主席的革命路线，不是“三降一灭”，只能说个别问题上有错误；不能说外交部已经产生了特权阶层，只能说有特殊化，如果发展下去就有这个危险，所以毛主席指示“要来一个革命化，否则很危险！”外交部执行的是毛主席的干部政策。周总理针对大使们不服气的心情要求大家学习好毛主席著作，对群众不要有抵触情绪。周总理要求办个学习班，在两三个月的时间里，用三分之二时间学习“文革”文件，用三分之一时间学习外交路线、政策，春节前完成，然后该派出去的就派出去，大使离任时间太久是不好的。接见是从上午 11 点半开始，中午请大使们吃了顿“沙锅白菜丸子”后又继续，到下午 3 点半结束。通过这次接见，大使们心情舒畅些了。

关于 26 位大使写的大字报，周总理对内容没有说什么，只是说，你们二十几个人意见一致吗？大家异口同声地说，是一致的。周总理说，我看不见得。可能你们今天在这个问题上意见是一致的，在另外一个问题上就不一致了。第二天，大使们的大字报就在外交部贴出去了，引起了很大反响，对分清是非、弘扬正气起了劈山引路的作用。

现将26位大使写的大字报全文刊出，必要的地方做了些技术性处理。

剥开伪装　追根查源*

最高指示："假的就是假的，伪装应当剥去。"

在伟大的无产阶级文化大革命取得了决定性的胜利的总形势下，外交部和驻外使领馆广大的革命群众和革命干部，遵照伟大领袖毛主席关于"斗私批修"的最高指示，遵照中央首长"九·一"、"九·五"的重要讲话，坚决响应总理十月二十六日的号召，奋起捍卫毛主席的无产阶级司令部，积极投入了揪坏人、抓黑手的斗争，决心破获反革命案件，群情激愤，斗志昂扬。我部两个阶级、两条道路、两条路线的斗争更加深入，我部文化大革命运动重新回到了毛主席革命路线的轨道，形势一片大好。

我们在国外领导文化大革命学习和使领馆工作中，都曾经犯过错误，有些甚至是严重的错误。我们衷心地感激革命同志们对我们的批判，并诚恳地希望革命同志们对我们继续进行批判、帮助和教育。在保卫毛主席、保卫党中央、保卫无产阶级司令部、保卫社会主义事业的尖锐斗争中，我们坚定地站在毛主席的革命路线一边，和全体革命同志一道，积极战斗，决心争取这场斗争的胜利，誓把无产阶级文化大革命进行到底。

我们认为当前破获反革命案件的斗争，必须同追查极其严重的失

* 对文中出现的部分人名做了技术处理。——编者注

注：文中括号内文字为编者改动。

密、窃密、查揪"五一六"反革命分子、抓坏人、抓黑手的工作，更紧密地结合起来。

大家都知道，有一股反中央、反总理、反中央文革、攻击无产阶级司令部的反革命黑风，曾经一再侵袭我部。而王力"八七"讲话这株大大大毒草出笼以后，我部竟发生了篡夺中央外交大权，大量窃失核心机密，对革命群众和革命干部实行白色恐怖，违法乱纪，胡作非为，直至公然抗拒最高指示，犯了一系列极端严重的错误和罪行，使我部运动和外交工作一度脱离了毛主席革命路线的轨道，使党和国家遭受到不可弥补的损失，给七亿中国人民丢了脸。

王力的黑手为什么能伸入外交部？王力形"左"实右的反革命路线为什么能得逞于一时？毛主席教导说："外因通过内因而起作用。"我们必须认真地找出我部的内因。

我们认为，在内因中起主导作用的是，我部确有一小撮形形色色的资产阶级野心家。

姚××、冼×、邵××之流是臭名昭彰的政治扒手。

董××钻营投机，丑态百出。他和徐××同志大量泄失党和国家机密，罪责难逃。

潘××大使早在五月间就提出了"打倒陈毅"的错误口号，影响极坏。

陈××上窜（蹿）下跳，是一个罪恶的跳梁小丑。王××伙同小丑，狼狈为奸。

陈××之流的背后还有谁？这个问题不能不引起每一个革命同志的警惕和深思。

根据刘×同志赴阿尔巴尼亚就任前向联络站代表的谈话与活动，和我们所掌握的实际情况，我们认为刘×身为中央委员和部党委第一付（副）书记，背着中央、背着党委，煽风点火，打击别人，抬高自己，包庇坏人，陷害好人，颠倒敌我关系，混淆两类矛盾，蒙骗革命群众，形迹十分可疑！

遵照毛主席"多思"的教导，我们现在先提出如下几个问题：

第一，外交大权必须高度集中，外交工作受权有限。刘×对外交部根据这一特殊性经常请示总理，横加指责，矛头究竟指向谁？刘×诬蔑外交部长期执行资产阶级反动路线，妄图实际上否定十七年来外交工作的伟大成绩。这与陈××之流对抗中央，反对总理，把十七年的外交工作说得漆黑一团，又何其相似乃尔？

第二，张××罪恶滔天。刘×对张××的罪恶却仅说“无非是”这，“无非是”那，就是不提张××反党反社会主义反毛主席的滔天罪行，这是为什么？

刘×还不分青红皂白，诬蔑外交部仍然执行张××的干部政策，而对张××的主要干将却加以包庇，这又是为什么？

刘×说，张××在外交部就是一个有野心的人，难道部党委这些人就没有野心？这明明是恶毒攻击陈毅同志。陈××之流无耻地歪曲事实真象（相），诬蔑陈毅同志包庇张××。刘×与陈××之流一唱一和，互相呼应，“张冠陈戴”嫁祸于人，用心何其毒也！

第三，陈毅同志和姬鹏飞、乔冠华同志的错误是应该批判的。而刘×却歪曲事实，竭力为打倒陈、姬、乔制造舆论。陈××也把“打倒陈、姬、乔”的口号，归功于刘×。刘×还把自己装扮成受到排挤的坚持正确路线的代表，把陈××吹捧为高举毛泽东思想红旗的人，把冼×、邵××这些败类说成好人。真是物以类聚，人以群分。刘×和陈××之流究竟是什么关系？

刘×与陈××之流的言行，如此吻合，这是谋而合还是不谋而合？

陈××自称属于刘×的山头。这个跳梁小丑满以为抱住了一条粗腿，却不料在得意中泄露了天机。

我们希望外交部和驻外使领馆广大的革命群众和广大的革命干部，密切注视上述问题，进行揭发批判。

我们郑重宣布，我们在“斗私、批修”伟大纲领的指引下，决心同外交部和驻外使领馆的全体革命群众和全体革命干部一道，誓把外交部和驻外使领馆两个阶级、两条道路、两条路线的斗争进行到底。为争取无产阶级文化大革命的彻底胜利而坚决奋斗。

誓死保卫毛主席！

誓死保卫林付（副）主席！

誓死保卫党中央！

誓死保卫中央文革！

无产阶级文化大革命胜利万岁！

战无不胜的毛泽东思想万岁！

伟大的导师，伟大的领袖，伟大的统帅，伟大的舵手毛主席万岁！万岁！万万岁！

六七年十一月十二日

耿　飚　黄　镇　许建国　仲曦东　曾　涛　康矛召　赵行志
杨琪良　章文晋　张世杰　何　英　姚　念　柴泽民　熊向晖
韩克华　岳　欣　俞沛文　陈志方　周秋野　杨守正　陈　坦
珠叔亮　朱其文　姚仲明　王雨田　张海峰

26位大使简介（按照签名顺序）：

耿　飚：时任中国驻巴基斯坦大使；

黄　镇：时任中国驻法国大使；

许建国：时任中国驻阿尔巴尼亚大使；

仲曦东：时任中国驻捷克斯洛伐克大使；

曾　涛：时任中国驻阿尔及利亚大使；

康矛召：时任中国驻南斯拉夫参赞；

赵行志：时任中国驻日内瓦总领馆总领事；

杨琪良：时任中国驻摩洛哥大使；

章文晋：时任中国驻巴基斯坦大使；

张世杰：时任中国驻尼泊尔大使；

何　英：时任中国驻坦噶尼喀大使；

姚　念：时任中国驻突尼斯大使；

柴泽民：时任中国驻几内亚大使；

熊向晖：时任中国驻英国代办；

韩克华：时任中国驻匈牙利大使；

岳　欣：时任中国驻芬兰大使；

俞沛文：时任中国驻苏丹大使；

陈志方：时任中国驻乌干达大使；

周秋野：时任中国驻刚果（布）大使；

杨守正：时任中国驻索马里大使；

陈　坦：时任中国驻叙利亚大使；

陈叔亮：时任中国驻柬埔寨大使；

朱其文：时任中国驻越南大使；

姚仲明：时任中国驻印度尼西亚大使；

王雨田：时任中国驻肯尼亚大使；

张海峰：时任中国驻德意志民主共和国大使。

六、91人大字报

1967年年底的一天，北京正值寒冬季节。呼啸的北风卷起砂石扑向夜晚在街上匆匆行走的人群，似乎是在催促人们早点回家睡觉。夜晚11点左右，位于北京报房胡同99号外交部宿舍楼内，灯光一盏一盏地熄灭了，惟独有一家的灯光仍然闪烁着光亮，这是余湛家。这里，在窄小的客厅里，聚集着几个人正在低声谈论着，时而发出赞许声，时而又在争论不休，这是几位志同道合的外交官在对文化大革命交换着各自的看法。像这样的“政治沙龙”近期频频举行，参加的人员大多数就住在这个院子里，有余湛、章文晋、宋之光、林平、康矛召、张世杰等人，也有外来的，像住在报房胡同69号的陈楚，住在豫王坟的韩叙等人。

文化大革命进行了一年多的时间了，开始具有的新奇感和热情已经逐渐减弱，随之而来的是困扰与疑惑。尤其是近几个月外交部内外“打倒陈毅"的口号、大字报日益增多，气焰嚣张，使他们看在眼里急在心中。敏锐的政治嗅觉又让他们感到在"打倒陈毅"的背后还有更大的阴谋——指向敬爱的周总理，这更让他们心急如焚、坐卧不安。他们不明白：为什么像陈毅那样功勋卓著、文武兼备、人品高尚、名扬四海的人要被打倒？为什么在近期频频发生严重的涉外事件？为什么明明建国 17 年来新中国的外交偏要被扣上执行了"资产阶级反动路线"？……在无数次的讨论、争论、研究、探索、思考中，这批外交官捋清了一个主题思想，即"保卫陈毅，狠批极左思潮"。他们对喊"打倒陈毅"的人也作了具体分析，一种人是阶级敌人的破坏行为，对此一定要迎头痛击，以正气压倒邪气；另一种人是受极左思潮影响，认为越"左"越革命，调子越高越有造反精神。他们并不了解真相，对这些跟着跑的人要讲清事实、以理说服他们提高认识、改正错误。

经过一个时期的酝酿，他们认为写一份阐明观点、分清是非、拨乱反正的大字报是十分必要的。于是，闲谈变为行动。在提纲拟订好之后，有的人开始起草稿件，有的人收集资料，有的人四处联络人员，这一切都是在秘密状况下稳步进行的。据佐伊阿姨讲："当时因为那些核心人员的身份不宜去看大字报，我与季尼组成一对搭档，到外交部大字报集中的地方去看、抄大字报。我是远视眼，季尼是近视眼，她学过速记，于是我念稿季尼记录，将那些攻击陈毅的大字报内容抄下来提供给起草大字报的人作为参考资料。"大字报的起草、前期运作是在一个很小的范围内进行的，一般"政治沙龙会"是由余湛、陈楚主持；大字报是由韩叙负责起草；赵政一负责对外联络。在每次大字报草稿写成后都交给串联好的小组研究讨论，提出修改意见和建议。大字报经过反复推敲、字斟句酌、运笔着色、铺纸挥毫，在不长的时间里完成了第四稿。为了更好地了解大字报的形成过程及思路，现将葛绮云阿姨提供的韩叙在当时写的检查摘录如下：

交代草拟九十一人大字报中的一些构思情况

一、九十一人大字报的提纲是我整理的，"把颠倒的是非颠倒过来"的标题是我加的。当时的想法就是陈毅同志不是敌人，可是被当成敌我矛盾对待了，因此要把是非颠倒过来，这实际就是翻案。提纲共分四段，第一段陈毅同志是毛主席司令部的人是我提出来的，我当时引用了江青同志去年一月说过在关键时刻陈毅同志是站在毛主席一边的话，还提到毛主席在接见刚果（布）总统时对陈毅曾有评论，后来大家认为这段话不好公开引用，以后就谈到可以用各个历史阶段陈毅同志的表现来说明这问题。第二段打倒陈毅的口号是阶级敌人提出来的。第三段驳几种谬论。第四段严重的危害，主要思想都是张彤讲的，大家做了一些补充，然后我根据大家发言整理的。以后草拟大字报是以这个提纲为基础的。

二、草拟九十一人大字报所用的材料主要是自革命造反报、联络站大事记、陈总一月二十四日检查和张殿清的大字报上找的。

三、九十一人大字报的第二稿标题是《“打倒陈毅”的反动口号必须彻底批判》是陈楚提出，我们同意的。第三稿标题改成《揭露敌人，战而胜之——批判“打倒陈毅”的反动口号》也是陈楚提议，我们同意的。当时陈楚的理由是既然这一口号是阶级敌人提出的，它的本质就是反动的，而且还以开玩笑的口吻说过，打倒余湛，打倒陈楚，甚至打倒姬（、）乔都不能算反动口号，可是打倒陈毅性质就不同，因为这是关系炮打无产阶级司令部的问题。当时根本没有考虑过群众喊这个口号是战斗的口号，而是认为一概都错了。

四、九十一人大字报的第二稿中有一段叙述我们这些干部和陈毅同志共事中受到了他的教益，这是根据刘新权提议写起来的。记得在讨论提纲时刘新权说，在谈陈总错误的同时也要把陈总的正确言论放上去，例如陈总在一次司长会上讲马克思主义发展到列宁主义时代，就看你对列宁主义的态度。到今天则要看你对毛泽东思想的态度如何。这些精辟的讲话也要用，因为听了陈毅同志讲话后，使我们更加热爱毛主席和毛泽东思想了。后来这一段在第三稿时删掉未用。

五、给陈毅评功摆好部分，第四稿原来有两次反对过毛主席的正确路线的字句，后来改成犯过错误，可能是根据柯华串连组的意见改的，理由是说关于反对毛主席问题我们只听陈毅同志自己说，没有听中央在文件上这么讲过，因此不必写得这么具体，这实际是想减轻陈毅的错误，保陈毅的错误。

姚广、杨克明那个串连组曾建议要把古田会议时，陈总把毛主席请回来一段写上。余湛同我们商议后没有采纳，理由是如果只写把毛主席请回来，不写把毛主席反对走不合适。

关于一九四〇年那一段是根据毛泽东选集“放手发展抗日力量，抵抗反共顽固派的进攻”这篇文章的注释写的。

说陈毅是毛主席司令部的重要成员是陈楚提议的。

六、关于“采用各种卑劣手法”那一段，在议论提纲时只说了四种情况，就是①不能说和刘少奇在新四军一起工作就说是刘邓司令部的人。②关于和苏加诺“统帅”“元帅”的谈话问题。③冯耳元问题。④我已记不清（记录上有）到第二稿时发展成九种，到第三稿时凑成了十种，最后定稿时变成了十一种，这是在写稿过程中逐步凑起来的。

在取舍这些材料中关于陈毅同志给学习毛主席著作展览会题词问题，有人曾提出不要，认为这个错误并不小，但记得刘新权说过这个题词是抄主席的话。还有个原因是陈楚考虑，要去掉这一段，就没有批驳说陈毅反对毛泽东思想的例子了，因而留下。这才真正是大事化小，把一个极端严重的错误说成是缺点，这实际也是替陈翻案。

关于同苏加诺谈话的例子，是在讨论提纲时张彤和我提出的，我在写稿时建议写上去的。关于1965年记者招待会谈话的例子，听余湛说是仲曦东大使提议加上的。

七、关于《极“左”思潮的泛滥》一段原来没有，我同赵政一曾建议要谈一下极“左”思潮问题，并且提过可以写敌人利用极“左”思潮，极“左”思潮掩护敌人，可是这个建议陈楚未接受。当时我的活思想就是想把极“左”思潮的危害讲一讲，引起人们的警觉，想说明王力的阴谋能搞起来是因为利用了极“左”思潮。现在看来这完全是因为我的右倾保守思想，否定了革命群众运动。把革命群众出于对陈毅错误的义愤而表现的革命行动，也当成极“左”思潮一古脑地否定了。

陈楚原曾提议过用《极“左”思潮是敌人的同盟军》的小标题，后来又改成《极“左”思潮的泛滥》。

至于批驳“把彻底批判陈（、）姬（、）乔的斗争进行到底”那一段完全是接受乔冠华的意见而增加的，原来第三稿没有，到第四稿才加上。

八、关于陈总回来要先做检查问题，刘华秋同志提过我也反映过这种意见，但余湛讲应该相信陈总有毛泽东思想，陈总回来一定会检查，我们为什么还要提，我当时接受了他的意见，因此九十一人大字报中把刘华秋同志加的“尽快检查”给删掉了。

九、在第三稿写好后在我们串连组讨论时，林兆南表示他同意这张大字报，但他没有资格签字，他对大字报提了点意见，他说经过这段文化大革命，大家对陈总的阶级感情加深了，因此在第四稿最后一段中加了“更深的阶级感情”几个字。

韩叙

一九六八年四月八日

在第四稿的底稿上，还可以见到提出修改意见时留下姓的标注，可见当时参与者的认真负责的态度。大字报定稿后，组织观念很强的他们将底稿曾经交给部党委成员审阅，但出于当时的形势，党委并没有表态。大字报底稿还曾交给耿飚、黄镇过目。据耿飚回忆，他们赞同大字报的观点，但出于从策略上考虑，耿飚、黄镇、许建国、曾涛、仲曦东、康矛召等大使没有在大字报上签字。大字报定稿后立即抄了几份，呈放射态向外征求意见，即一个人向另一个自己信得过的人传递。还分片成立了几个小组对稿件进行讨论。没有开过大会，也没有做过动员，甚至他们之间也相互并不熟悉，也并不完全知道大字报是谁写的及形成的过程，但共同的政治观点使他们聚合在一起，最后会聚成有 91 人共同署名的大字报。

据佐伊阿姨回忆：当时住在一个院子里的何功楷，平时与大家的交往并不多。当他听说有这样一份大字报时，特地来到余湛家，小心翼翼地询问是否可以署上他的名字。当签上名后，他满意地走了。还有不少人听到介绍是一份“保卫陈毅，反对极左思潮”的大字报时，连全文都未看完就果断地签了名。因为发起者并未刻意在人数上做文章，否则再发展下去，签名者的数目就可能会是成百上千了。

“91人大字报”是在外交部（东交民巷六国饭店）和老部（东单外交部街）同时贴出的。洋洋洒洒几十张字迹秀丽、挺拔的大字报贴满了一面墙，蔚为壮观。大字报轰动了外交部，大字报前人头攒动，争先恐后地看，抄写者更是众多。在大字报墙前还有一个特殊景观，一群群人围成一个个小圈，只见各个情绪激动、人人口若悬河地争论着，他们是大字报的支持者与反对者在现场进行的针锋相对的辩论。有一位副部长在看完大字报后也在大字报上签下了自己的名字，但后来却被正在现场的“91人大字报”中的一位签名者冲动地上去将他的名字用墨汁涂去，因为他认为这位副部长在文化大革命中的表现不尽人意。“91人大字报”的影响很快地突破外交部的围墙，以令人吃惊的速度迅速地传播到全国各地。余湛的一位湖北老乡，也是干部，他到北京后打电话询问余湛是否参与了“91人大字报”，他告诉余湛：“这份大字报写得太好了，说出了我们的心里话！”大字报登出后，二十几位新华社、外经贸部、对外文委参加驻外使馆文化大革命的干部派代表找到余湛，要求将他们的名字加到大字报上，但因错过签名时间，未能如愿。外交部还出现了几个自称是“第92人”的签名者，外交部部长助理、新闻司司长龚澎在91个大字报签名者受到批判时还在公开场合讲：“我是没有签名的签名者，第92人！”

“91人大字报”逆势而行、仗义执言的举动，有人赞赏、支持，也有人诋毁、反对。佐伊阿姨讲：大字报贴出后的那几天经常去观察动向，她看到姚登山正在往本子上记91个人的名字。外交部还有45人联合给中央文革小组写信告这份大字报的黑状。事后，余湛讲：“如果没有人反对，这件事情就不正常了。”

如果说在战争年代，生与死的考验是衡量共产党员的重要标准，那么共产党执政后，在文化大革命中的表现好坏则是测试共产党员品德与忠贞的重要试金石。"91人大字报"正是一批献身信仰、坚持真理、守护原则、敢于斗争的共产党员，在文化大革命中的一篇杰作。假如有可能再次一一询问每个参与者，当时为什么会那样做？他们一定会异口同声地说："这是应该做的事情！"就是这样"应该做的事情"，您去做了吗？

91人大字报全文：

揭露敌人，战而胜之
——批判"打倒陈毅"的反动口号*

最高指示

"划清反动派和革命派的界限，揭露反动派的阴谋诡计，引起革命派内部的警觉和注意，长自己的志气，灭敌人的威风，才能孤立反动派，战而胜之，或取而代之。"

从去年四月开始，外交部围绕着"打倒陈毅"和反对"打倒陈毅"的问题，展开了一场惊心动魄的阶级斗争。这场斗争绝不仅仅是关系陈毅同志个人的问题，而是关系到对待毛主席和以毛主席为首的无产阶级司令部的态度问题，关系到外交部究竟由什么阶级掌权和执行什么路线的问题。一小撮阶级敌人坚决要打倒陈毅，广大无产阶级革命派，坚持对陈毅同志要"一批二保"。这场斗争，是一场资产阶级复辟和无产阶级反复辟的斗争，是外交部阶级斗争和路线斗争的焦点。阶级敌人的阴谋，必须揭穿，"打倒陈毅"的反动口号，必须批判。

陈毅同志是毛主席司令部的人

毛主席教导我们，一定不要忘记划清革命和反革命的界限。

---

* 对文中出现的部分人名做了技术处理。——编者注

注：文中括号内文字为编者改动。

陈毅同志究竟是无产阶级司令部的人，还是资产阶级司令部的人？是同志，还是敌人？这是大是大非问题。

四十年来，陈毅同志一直是跟着毛主席闹革命的，在各个历史时期，他执行了毛主席的革命路线，在毛主席的领导下，为党和人民建立了重大的功勋。

第二次国内革命战争初期，陈毅同志虽然犯过错误，但是，他很快地就认识了错误和改正了错误。从此，他就一直是忠于毛主席、忠于毛泽东思想的。在红军长征后，他出色地坚持了南方地区的游击战争。

抗日战争时期，陈毅同志坚决执行毛主席的正确路线，反对王明的投降主义路线，同项英进行了坚决的斗争。一九四〇年他遵照中央指示，不顾项英反对，率军北上，打开江北局面，对建设新四军，开辟华中根据地，发展华中抗日游击战争，都做出了重要贡献。

解放战争时期，陈毅同志坚决执行了毛主席的政治路线和军事路线，戎马匆匆，南征北战，为中国人民的解放事业立下了巨大功勋。

全国解放以后，在反对彭、高、饶反党集团，反对彭、黄、张、周右倾机会主义反党集团，反对彭、罗、陆、杨反革命修正主义集团，反对党内最大的一小撮走资派刘、邓、陶等历次斗争的关键时刻，陈毅同志都站在毛主席一边，同他们进行了坚决的斗争。

在十年的外事工作中，他协助周总理领导外交部，坚决执行了毛主席的革命外交路线。他坚决反对帝、修、反，坚决支持各国被压迫民族和被压迫人民的革命斗争，宣传伟大的毛泽东思想，反对刘、邓、王"三和一少"的修正主义错误路线。毛主席革命外交路线在国际斗争中所取得的伟大胜利，是同陈毅同志分不开的。

陈毅同志的光荣革命历程表明，他是毛主席司令部的重要成员。正因为如此，他一直遭到国内外阶级敌人的反对。饶漱石长期打击他，彭、罗、陆、杨阴谋陷害他，陶铸对他使用了“换头术”，“王八七”要坚决打倒他，帝、修、反也经常攻击和诬蔑他。

毛主席还教导我们，一定不要忘记划清成绩和缺点的界限。陈毅同志在过去的工作中，有这样那样的缺点和错误，有的也是严重的。在这次文化大革命中，他执行了资产阶级反动路线，检查以后，思想有反复，在对待群众态度上，又犯了错误。革命群众从爱护出发，批评他是应该的，许多意见也是正确的。但是，从他的整个历史和他的全部工作来看，他的缺点错误毕竟是支流，不是主流。正如周总理说的，陈毅“这样一个老同志奋斗了四十多年，战斗了四十多年，为党做过许（多）工作，也犯了不少错误，现在在晚年还在努力工作，努力改造，努力紧跟主席走，这样的同志我们应该帮助他”。但是，一小撮阶级敌人转移斗争大方向，把他的缺点错误毫无根据地说成是犯了什么“三反”罪行，硬要把他当成走资派来打倒。这个阴谋是绝对不能让它得逞的。

阶级敌人的政治阴谋

毛主席教导我们，这次运动的重点，是斗争那些党内走资本主义道路的当权派。但是，一小撮阶级敌人却乘机炮打以毛主席为首的无产阶级司令部。“打倒陈毅”就是这个阴谋的一部分。

一九六七年新年前后，“王八七”一伙炮制了一个打倒陈毅同志和其他几位付（副）总理、反对周总理的罪恶计划，掀起一股反革命逆流。他们的黑手也伸进了外事系统。他们的别动队“五一六”反革命分子刘××一伙首先公开提出“打倒陈毅”。

与此同时，刘×发表了臭名昭著的三月谈话，陈××抛出了斩断陈毅左右手姬鹏飞、乔冠华两同志的阴谋诡计，冼×积极网罗党羽，邵××，吴××之流煽风点火，形形色色的牛鬼蛇神纷纷出笼。他们同"王八七"一伙内外呼应，相互配合，明里暗里进行打倒陈毅的猖狂活动。

在这种背景下，前外联核心组在一些坏头头的操纵下，于去年四月十九日发表了"打倒陈毅"的反动声明，五月十日又提出了"打倒陈、姬、乔"的荒谬口号。

八月间，"王八七"从幕后走到台前，公开号召"打倒陈毅"，把"打倒刘、邓、陶"的口号篡改为"打倒刘、邓、陈"。叫喊打倒陈毅"大方向没有错"。

在这场丑恶的表演中，反党野心家姚××充当了大打出手的急先锋，犯下了不可饶恕的罪行。

一小撮阶级敌人，为了实现他们的阴谋，蒙骗和利用一些人，采用各种卑劣手法，编造了一大堆所谓"三反"材料，给陈毅同志加上种种莫须有的罪名，现仅粗略加以剖析，就可看出是些什么货色。

有的是凭空捏造，不择手段。例如，所谓陈毅攻击毛主席"乾纲独断"的"重磅炸弹"，就是走资派陈××的弥天大谎。

有的是颠倒黑白，混淆是非。例如，把陈毅同志用自己在第二次国内革命战争初期犯过的错误来教育干部要热爱毛主席的谈话，胡说成他一贯反对毛主席，不以为耻，反以为荣。

有的是篡改事实，歪曲原意。例如，把陈毅同志推崇林付（副）主席高举毛泽东思想伟大红旗、要向他学习的谈话，诬蔑为抬高自己，贬低林副主席。

有的是栽赃陷害，嫁祸于人。例如把陈毅同志对张××的反党活动进行的斗争，颠倒为伙同张××反对周总理，鼓励张××在庐山反对毛主席。

有的是小题大做，任意渲染。例如，把陈毅同志给学习毛主席著作展览会题词的缺点，夸大为抵制活学活用毛主席著作，反对毛泽东思想。

有的是攻其一点，不及其余。例如，把陈毅同志在社会主义革命和建设问题上说的一些错话，夸张为反对社会主义。

有的是断章取义，无限上纲。例如，把陈毅同志执行毛主席革命外交路线中的一些缺点错误，甚至把他在对外斗争中一些成功的事例（如陈毅同志在1965年记者招待会上的谈话和他同苏加诺关于“统帅”“元帅”的谈话），硬说成是推行刘、邓“三和一少”或“三降一灭”的修正主义外交路线。

有的是散布谣言，蛊惑人心。例如，胡说什么陈毅同志在中央军委扩大会议上，反对林副主席，被毛主席赶出会场。

有的是不顾条件，生拉硬套。例如，不管时间、地点、条件，不做具体分析，拿今天的政策和策略，否定过去正确的做法，把对的也说成错的。

有的是包庇敌人，陷害好人，例如，所谓打倒陈毅的王牌“冯耳元案件”，就是他们颠倒敌我，为迫害陈毅同志而制造出来的。

更有甚者，有的竟一叶障目，不见泰山。例如，把伟大领袖毛主席的最高指示，当成陈毅同志的话来批。

如此等等，不一而足。他们就是利用这些可耻的手法，泡（炮）制了七十万字的黑材料，大量印行，企图广为散发，声称“即使打不倒陈毅，也要把他搞臭”。

极“左”思潮的泛滥

阶级敌人只是一小撮，他们要打倒陈毅同志是违反广大革命群众的意愿的。提出“打倒陈毅”，广大革命群众是没有责任的。但是，为什么在一个时期内，竟能刮起这样一股妖风？为什么许多同志，包括我们中的某些同志在内，顶不住这股逆流的压力，看不清阶级敌人的阴谋，也跟着喊起“打倒陈毅”的口号？这是十分值得警惕、深思和引以为训的。

有些同志有一种小资产阶级的狂热性，缺乏无产阶级的革命性、科学性和组织纪律性。他们错误地以为越“左”越革命，调子越高“造反精神”越强。他们有一种无政府主义倾向。混入革命队伍的一小撮阶级敌人，以极“左”的面目出现，来迷惑他们。他们本身的弱点也容易为阶级敌人所利用，并被煽动起来，发展成为极“左”思潮。这种思潮具有极大的反动性和破坏性，它的实质就是不要无产阶级专政，实行资本主义复辟。受这种思潮影响的同志，怀疑一切，打倒一切，被阶级敌人利用来炮打无产阶级司令部。

有些同志“私”字当头，个人主义膨胀。他们的摇摆性很大。他们明知打倒陈毅同志不对，却迎合极“左”思潮，不敢坚持原则。其中有的是害怕“挨整”；有的是怕被说成“保守派”；有的是在压力面前发生动摇；有的是看风使舵、投机取巧；有的是随声附和、随波逐流。

有些同志缺乏阶级斗争经验，思想方法有片面性。他们看到大量歪曲事实、无中生有的所谓揭发陈毅同志的材料，不明真象（相），也不问个为什么，就轻易相信，误认为陈毅同志真的应该打到，错把打倒陈毅同志当做保卫毛主席的革命行动。

这些同志情况不尽相同，错误的程度和性质也不完全一样。就绝大多数同志来说，是思想问题，认识问题。但是我们应该清醒地看到阶级敌人的阴险性和狡猾性，认识到这些错误思想的严重性和危害性，自觉地把小资产阶级的思想纳入无产阶级的革命轨道。少数问题严重的同志，尤应及早醒悟，用实际行动同阶级敌人和极“左”思潮划清界限，回到毛主席的革命路线上来。

目前极“左”思潮已经受到批判，但还没有批透批臭。有人还说“打倒陈毅”的口号是群众提出来的，是得到群众拥护的，事情完全不是这样。这个口号是一小撮阶级敌人，违反广大革命群众的意志，利用极“左”思潮煽动起来的，是强加给群众的，是用以对抗中央的。如果现在还要打着群众的旗号，为“打倒陈毅”的反动口号辩护，那么，不是政治上糊涂，就是别有用心。

有人还说，打倒陈毅的口号是革命的，大方向没有错；或者说，只有打倒陈毅，才能挽救陈毅；甚至说，过去我们要打倒陈毅是对的，现在中央对陈毅“要一批二保”也是对的。这些论调都是错误的。有些同志主观上以为这样做是革命的，但实际上不把矛头指向真正的走资派，而指向无产阶级司令部的重要成员，怎么能说是革命的，怎么能说是大方向没有错呢？混淆了两类不同性质的矛盾，“把同志当敌人来对待，就是使自己站在敌人的立场上去了”，这怎么会是对同志的挽救呢？打倒陈毅的口号从来就是错误的，在毛主席提出对陈毅同志“要一批二保”的指示以后，还要为这个反动口号辩解，不是原谅自己，就是有意制造混乱。

还有人说，陈毅不能打倒，但必须“把彻底批判陈（、）姬（、）乔的斗争进行到底”。我们认为，陈毅同志有错误应该批评。当前的现实是，过去一年的长时间内，对陈毅同志的揭发和批判，是在“打倒陈毅”的反动口号下进行的，敌我颠倒，是非混淆，做的已经过头了。现在的主要问题是要澄清混乱，把颠倒了的是非重新颠倒过来。陈毅同志经受了文化大革命运动的严峻考验。他在接受批判中，那种甘当群众小学生的精神，值得我们学习。当前的中心任务是抓坏人，批判极“左”思潮。狠抓政策、纪律。运动的矛头始终应该对准一小撮阶级敌人。不应该把陈、姬、乔的问题当作主攻方向。也不应该把革命同志的错误老抓住不放。正确对待干部是忠于毛主席和忠于毛泽东思想的重要标志，领导干部也必须正确对待群众和正确对待自己。毛主席教导我们：“丢掉错误的观点，干部就站在面前了。”“不要吃老本，要立新功。”不论干部和群众，都要自觉地从极“左”思潮的影响和压力下解放出来，尤其要警惕一小撮阶级敌人转移斗争目标。

经过前一阶段抓坏人和批判极“左”思潮的斗争，证明我部人员绝大多数是好的和比较好的同志，他们本质上是要革命的，是热爱毛主席的。那些犯有这样那样错误的同志，大多数已经认识到自己受了阶级敌人的蒙骗，他们同那些一直坚持毛主席革命路线的同志，已经汇合在一起，结成一支浩浩荡荡的无产阶级革命大军，愤怒地把矛头指向真正的阶级敌人。少数暂时还受极“左”思潮影响的同志，我们相信，也会在阶级斗争和路线斗争中擦亮眼睛，迅速醒悟过来。

严重的政治恶果

在打倒陈毅的反动口号下，一小撮阶级敌人，在去年几个月的时间内，把外交部的文化大革命运动和对外斗争引上了邪路，造成了不可弥补的损失。

一、动摇和损害了无产阶级司令部的权威，动摇和损害了最高统帅的权威。

从去年一月到九月，总理、伯达、江青等中央领导同志，曾经一而再，再而三地指示，“陈毅是好同志”，对他“要听、看、帮”，“不能把打倒陈毅的口号强加于中央”，“不要上敌人的当”，“提出‘打倒陈毅’的口号对国家威望、对毛主席领导的国际斗争是不利的”，并传达了毛主席关于对陈毅同志“要一批二保”的最高指示。以毛主席为首的党中央，对陈毅同志的态度是一贯的，明确的，毫不含糊的。

但是，一小撮阶级敌人和一些极“左”分子，硬是要反中央之道而行之，坚决要打倒陈毅同志。伯达同志指示对陈毅同志“要听、看、帮”还不到四十八小时，他们就发表所谓打倒陈毅的“声明”。总理刚说不要上街游行，揪斗陈毅，他们偏偏要组织示威，向中央施加压力。中央越表示不能打倒陈毅，他们就越要打倒，调子越来越高，从“打倒陈毅”到“坚决打倒陈毅”，到

“誓与陈毅血战到底”，到“不打倒陈毅，死不瞑目”。谁保陈毅，他们就反谁，上抗中央，下压群众。总理保陈毅，他们就反总理，说什么“总理是打倒陈毅的阻力”。毛主席保陈毅，他们就反对毛主席，说什么“一批二保是保守势力的理论”，“就是最高指示也不能奴隶主义”。他们这种反动活动，猖狂到了无以复加的地步。一时间，群魔乱舞，毒草丛生，把外交部和驻外使领馆搞得乌烟瘴气。无产阶级司令部的参谋长周总理说话不灵了，最高指示得不到贯彻。这种状况绝不能容忍。

二、篡夺了中央外交大权，破坏了无产阶级专政。

中央明确规定，外交大权不能夺，机要权不能夺，业务和人事档案不能擅自动用。政治部是毛主席倡议设立的，不能砸烂。

但是，一小撮阶级敌人和一些极“左”分子，竟公然违抗中央指示，封闭了部党委，砸烂了政治部，篡夺了机要局，破坏了档案制度，泄露了大量机密，使中央的外交大权、人事大权、机要大权一度旁落和中断。

他们为了实现资本主义复辟的阴谋，狂叫陈毅滚出党中央，滚出外交部，诬蔑外交部执行了修正主义外交路线和修正主义干部路线，胡说什么外交部形成了特权阶层，谩骂外交部是卖国部。他们纠集一切反动势力，煽动和蒙骗不明真象（相）的人，把姬鹏飞同志、乔冠华同志和其他一大批虽有缺点错误但是革命的领导干部都当作敌人打下去，把坚持毛主席革命路线的广大革命群众和革命群众组织镇压下去。叛徒、特务、反革命分子，顽固不化的走资派和形形色色的牛、鬼、蛇、神纷纷粉墨登场。一时间，人妖颠倒，是非混淆，白色恐怖笼罩着外交部。这场关系到由什么阶级掌权的大搏斗，如果听任阶级敌人的阴谋完全得逞，外交部就要由无产阶级专政变为资产阶级专政，这种局面绝不能让它出现。

三、干扰了毛主席的革命外交路线，破坏了毛主席的国际战略部署。

一小撮阶级敌人和一些极"左"分子，他们之所以要集中全力地打倒陈毅同志，在对外斗争方面的根本目的，就是妄图改变毛主席的革命外交路线。

他们反对毛主席在国际斗争中以反美为主、在国际共产主义运动中集中力量打击苏修的战略思想，到处树敌，四面出击，推行一条冒险主义的路线。

他们反对毛主席的"利用矛盾，争取多数，反对少数，各个击破"的策略思想，不要同盟军，不要统一战线，推行一条孤家寡人的关门主义政策。

他们破坏毛泽东思想哺育起来的无产阶级国际主义的光荣传统，狂妄自大，强加于人，在国际交往方面，采取傲慢的大国主义的态度。

这条形"左"实右的反动路线执行的结果，削弱了我们对主要敌人的打击，损害了我们同许多国家的友好关系，丧失了不少国际活动和对外宣传的阵地，玷污了我们伟大祖国的声誉，帮助国际阶级敌人，孤立我们自己，造成十八年来前所未有的损失，起了帝、修、反所不能起的作用。冒险主义、关门主义和大国主义，实际上也是对外斗争方面的取消主义。

揭露敌人，战而胜之。坏事在一定条件下可以变成好事。一小撮阶级敌人的罪恶活动，暴露了自己，教育了我们。外交部广大革命群众和革命领导干部，在毛主席的亲切关怀和周总理的直接领导下，牢牢掌握运动大方向，紧跟毛主席的伟大战略部署，有力地批判了极"左"思潮，把坏人一个一个地揪了出来。外交部的形势一片大好。目前，他们正在奋勇前进，乘胜追击，去夺取无产阶级文化大革命的全面胜利。

热烈欢迎陈毅同志回来主持部务

"金猴奋起千钧棒，玉宇澄清万里埃。"经过一年多文化大革命的斗争实践，外交部广大革命群众和革命领导干部，对陈毅同志有了更好的了解，更大的信任和更深的阶级感情。一小撮阶级敌人在陈毅同志问题上制造的混乱，已开始得到澄清，被颠倒了的是非，正在被颠倒过来。目前国际形势一片大好，对外斗争急需进一步开展。伟大领袖毛主席号召我们抓革命、促生产、促工作、促战备。我们敬爱的周总理日理万机，十分劳累。我们同外交部和驻外使领馆广大革命同志一起，热烈欢迎陈毅同志尽快回来主持部务。我们将在以陈毅同志为首的部党委的领导下，努力活学活用毛主席著作，积极参加文化大革命运动，坚决响应毛主席“要斗私、批修”和“来一个革命化”的伟大号召，改造思想，做好工作，为把外交部办成一个红彤彤的毛泽东思想的大学校而努力奋斗。

无产阶级文化大革命胜利万岁！

毛主席的革命路线胜利万岁！

无产阶级专政万岁！

伟大的、光荣的、正确的中国共产党万岁！

战无不胜的毛泽东思想万岁！

伟大的导师、伟大的领袖、伟大的统帅、伟大的舵手毛主席万岁！万岁！！万万岁！！！

一九六八年二月十三日

王　栋　林　中　徐　明　李　超　王锦川　李强奋　何功楷
宋之光　国　鹰　申志伟　王明修　章　曙　崔明堂　胡洪范
董厚亭　裴坚章　关继云　孙志诚　王占元　杨克明　姚　广
赵　禁　凌　青　李连庆　周耀东　邢松鹊　王言昌　张占武
许寒冰　李宝球　杨虎山　叶成坝　周　觉　温业湛　梅兆荣
刘述卿　白景义　柳雨峰　龚普生　甘野陶　宫达非　赵雪明

马牧鸣	李云川	岳　良	柯　华	韩克华	许建国	姚仲明
朱其文	张灿明	柯柏年	王国权	谢邦治	秦力真	杨琪良
王雨田	何　英	周秋野	张世杰	陈叔亮	俞沛文	章文晋
李恩求	赵行志	岳　欣	熊向晖	曹　痴	郭力文	常玉林
于梦欣	王　泽	陈　铁	王惠民	季　尼	李玉池	张　彤
余　湛	陈　楚	符　浩	刘新权	葛步海	秦加林	孙盛渭
王越毅	戴　路	袁鲁林	王崇理	赵政一	王一木	韩　叙

91 人大字报签名者简介

王　栋：时任中国驻罗马尼亚大使馆政务参赞。后任中国驻瑞典、加拿大大使。

林　中：时任中国驻保加利亚大使馆政务参赞。后任中国驻阿尔及利亚、莫桑比克、意大利大使；外交部部长助理兼政治部主任。

徐　明：时任外交部日本小组组长。后任中国驻黎巴嫩、阿尔及利亚大使。

李　超：时任中国驻伊拉克大使馆政务参赞。后任中国驻牙买加、苏里南、墨西哥大使。

王锦川：时任中国驻越南大使馆政务参赞。后任中国驻塞内加尔、埃塞俄比亚、莫桑比克大使。

李强奋：时任中国驻也门公使馆政务参赞。后任中国驻也门、赞比亚、德意志民主共和国大使；外交部政治部副主任。

何功楷：时任中国驻阿联大使馆政务参赞。后任中国驻坦桑尼亚、塞舌尔、科摩罗大使。

宋之光：时任中国驻法国大使馆政务参赞。后任中国驻德意志民主共和国、英国、日本大使；外交部部长助理。

国　鹰：时任中国锡兰大使馆参赞。后任中国驻老挝大使。

申志伟：时任中国驻南斯拉夫大使馆一等秘书。后任中国驻斐济、基里巴斯、瓦努阿图大使。

王明修：时任中国驻保加利亚大使馆二等秘书。后任世界知识出版社社长。

章　曙：时任中国驻伊拉克大使馆一等秘书。后任中国驻比利时、卢森堡、日本大使；外交学院院长。

崔明堂：外交学院毕业，在外交部办公厅待分配。后任中国驻特立尼达和多巴哥大使。

胡洪范：时任中国驻瑞典大使馆二等秘书。后任中国驻巴布亚新几内亚、委内瑞拉大使。

董厚亭：时任外交部行政司人事处处长。后任中国驻捷克大使馆一等秘书。

裴坚章：时任中国驻缅甸大使馆二等秘书。后任中国驻新西兰、巴布亚新几内亚、利比亚大使。

关继云：时任外交部政治部保卫部部长。后调到农业部任副局长。

孙志诚：时任中国驻捷克斯洛伐克大使馆二等秘书。后任中国驻贝宁大使。

王占元：时任中国驻罗马尼亚大使馆政务参赞。后任中国驻圭亚那、特立尼达和多巴哥、古巴大使；外交部纪委常务副书记。

杨克明：时任外交部干部司司长。后任中国驻加纳、肯尼亚大使。

姚　广：时任外交部欧美司司长。后任中国驻波兰、加拿大、墨西哥、埃及、吉布提、法国大使；外交部副部长；中共十二届中央委员；第七届全国人大常委。

赵　禁：时任外交部总务司司长。后任中国驻保加利亚、也门、卢旺达大使。

凌　青：时任外交部国际法律条法司副司长。后任中国驻委内瑞拉大使；中国常驻联合国代表（大使）；福建省政协常务副主席。

李连庆：时任外交部苏欧司副司长。后任中央广播事业局第一副局长兼中央电视台台长；世界知识出版社社长兼总编辑；中国驻印度大使。

周耀东：时任外交部干部司教育处处长。

邢松鹚：时任外交部总务司处长。后任北京市外交人员服务局局长。

王言昌：时任中国驻丹麦大使馆政务参赞。后任《光明日报》社副总编辑；中国驻圭亚那、特立尼达和多巴哥大使；中国外交部纪律检查委员会书记；中共十三届中央纪律检查委员会委员。

张占武：时任中国驻德意志民主共和国大使馆政务参赞。后任中国驻塞拉利昂大使；世界知识出版社副社长。

许寒冰（女）：时任外交部干部司副司长。后任外交部领事司副司长。

李宝球（女）：时任对外文化联络委员会副司长。

杨虎山：时任外交部国际司副处长。后任中国驻利比亚大使。

叶成坝：时任外交部国际司处长。后任联合国副秘书长办公室主任、技术合作促进发展部司长。

周　觉：时任外交部西亚北非司副司长。后任外交部部长助理；中国驻土耳其、法国大使；国务院新闻办公室副主任；第八届全国人大常委。

温业湛：时任外交部西亚北非司处长。后任外交部副部长；中国驻埃及、朝鲜、加拿大大使。

梅兆荣：时任外交部西欧司副处长。后任中国驻联邦德国大使；外交学会会长兼党组书记。

刘述卿：时任中国驻苏联大使馆政务参赞。后任中国驻波兰、挪威、孟加拉国大使；外交部副部长；国务院外事办公室主任。

白景义：时任外交部总务司福利处干事。

柳雨峰：时任中国驻布隆迪大使。后任中国驻加蓬、圣多美和普林西比大使。

龚普生（女）：时任外交部国际司司长。后任中国驻爱尔兰大使。

甘野陶：时任外交部条约法律司司长，后任中国驻阿富汗、马达加斯加大使。

宫达非：时任外交部非洲司副司长。后任中国驻伊拉克、扎伊尔大使；外交部副部长。

赵雪明（女）：时任外交部机要局局长。

马牧鸣：时任中国驻印度大使馆政务参赞。后任中国驻西班牙大使、尼泊尔大使。

李云川：时任中国驻达荷美大使。后任朝鲜、瑞士大使；劳动人事部副部长。

岳　良：时任外交部办公厅副主任。后任中国驻丹麦、卢旺达大使。

柯　华：时任外交部非洲司司长。后任加纳、菲律宾、英国大使；第七届全国政协常委。

韩克华：时任中国驻匈牙利大使。后任中国驻几内亚、意大利、法国大使；外交部副部长；国家旅游局局长；第七届全国政协常委。

许建国：时任中国驻阿尔巴尼亚大使。

姚仲明：时任中国驻印度尼西亚大使。后任文化部副部长；对外文化联络委员会副主任。

朱其文：时任中国驻越南大使。

张灿明：时任中国驻蒙古大使。后任也门、芬兰大使；外交部副部长；最高人民检察院副检察长。

柯柏年：时任中国驻丹麦大使。后任中国人民外交学会副会长。

王国权：时任中国驻波兰大使。后任中国驻澳大利亚、意大利大使；民政部副部长。

谢邦治：时任中国驻保加利亚大使。后任中国驻阿富汗、芬兰大使；司法部副部长；中共十二届中央纪律委员会委员。

秦力真：时任中国驻赞比亚大使。后任中国驻瑞典、新西兰大使。

杨琪良：时任中国驻摩洛哥大使。后任中国驻阿尔及利亚、尼日利亚、葡萄牙大使；外交部政治部主任。

王雨田：时任中国驻肯尼亚大使。后任中国驻刚果（布）、联邦德国大使。

何　英：时任中国驻坦噶尼喀大使。后任中国驻乌干达大使；外交部副部长；第六届、第七届全国人大常委。

周秋野：时任中国驻刚果（布）大使。后任中国驻澳大利亚、南斯拉夫大使。

张世杰：时任中国驻尼泊尔大使。后任中国驻索马里、西班牙大使。

陈叔亮：时任中国驻柬埔寨大使。后任中国驻罗马尼亚大使。

俞沛文：时任中国驻苏丹大使。后任中国驻埃塞俄比亚、奥地利大使；中国驻联合国日内瓦办事处代表（大使）。

章文晋：时任中国驻巴基斯坦大使。后任中国驻加拿大、美国大使；外交部副部长；第七届全国人大常委。

李恩求：时任中国人民对外友好协会副会长。后任外交学院党委书记。

赵行志：时任中国驻日内瓦总领事。后任中国驻喀麦隆、伊拉克大使；上海市副市长、中共上海市委书记。

岳　欣：时任中国驻芬兰大使。后任中国驻多哥大使。

熊向晖：时任中国驻英国代办。后任总参二部副部长；中国驻墨西哥大使；中央统战部副部长；中国国际信托投资公司副董事长；第五届、第七届全国政协常委。

曹　痴：时任中国驻伊拉克大使。后任中国驻尼泊尔、塞浦路斯大使。

郭力文（女）：时任中国驻匈牙利大使馆参赞（对内）。后任中国妇女联合会书记处书记；中国妇联副主席；第七届全国人大常委。

常玉林（女）：时任中国驻波兰大使馆参赞（对内）。后任中国驻澳大利亚、意大利使馆参赞。

于梦欣：时任中国驻捷克斯洛伐克大使馆文化参赞。后任外交部办公厅副主任；中国驻黎巴嫩大使。

王　泽：时任中国驻巴基斯坦达卡总领事。后任中国驻尼泊尔、毛里求斯、秘鲁、墨西哥、瑞典大使。

陈　铁：时任中国驻芬兰大使馆参赞。

王惠民：时任国际关系研究所办公室主任。后任中国驻肯尼亚大使馆参赞。

季　尼（女）：时任中国国际贸易促进会驻智利代表处。后任中国驻智利大使馆、澳大利亚大使馆参赞。

李玉池：时任外交部总务司副司长。后任中国驻索马里大使。

张　彤：时任外交部第一亚洲司司长。后任中国驻巴基斯坦、埃及、联邦德国大使；国防部外事局局长。

余　湛：时任外交部苏欧司司长。后任外交部副部长；中国驻加拿大大使；第七届全国政协常委。

陈　楚：时任外交部西亚北非司司长。后任中国驻日本大使；中国常任联合国代表（大使）；国务院副秘书长。

符　浩：时任外交部办公厅主任。后任外交部副部长；中国驻越南、日本大使；第六届、第七届全国人大常委。

刘新权：时任外交部副部长兼政治部主任。后任中国驻苏联、阿尔巴尼亚大使；中共中央对外联络部副部长；第十一届、十二届中共中央纪律检查委员会委员。

葛步海：时任外交部礼宾司副司长。后任中国驻乌干达、赞比亚大使。

秦加林：时任外交部新闻司副司长。后任中国驻叙利亚、丹麦、摩洛哥大使。

孙盛渭：时任中国驻缅甸大使馆政务参赞。后任中国驻科威特、斯里兰卡、马尔代夫、芬兰大使。

王越毅：刚调入外交部待分配。后任中国驻奥地利、肯尼亚、土耳其大使；国家旅游局副局长。

戴　路：时任中国驻朝鲜大使馆参赞。后任中国驻塞浦路斯、乌干达大使。

袁鲁林：时任外交部新闻司副司长。后任中国驻阿曼大使。

王崇理：时任中国驻叙利亚大使馆政务参赞。后任中国驻牙买加大使。

赵政一：时任外交学会副秘书长。后任中国驻塞拉利昂、博茨瓦纳、哥伦比亚大使。

王一木：时任外交部政治部副司长。

韩　叙：时任外交部礼宾司副司长。后任外交部副部长；中国驻美国大使；中共第十二届、第十三届中央候补委员；第八届全国政协常委。

七、蒙受冤屈——91 人的自我检查

1968 年，文化大革命仍然在进行中，大权依然把持在林彪、江青等手中。"91 人大字报"亮相于 1968 年 2 月 13 日，很快就被中央文革小组定性成为"右倾翻案风"、"为'二月逆流'翻案"的代表作。于是，外交部的文化大革命从批极左思潮、抓坏人的方向转为批判右倾翻案风。风向突变，形势急转直下。

当"91 人大字报"贴出后，外交部副部长乔冠华到陈毅家中汇报工作时兴奋地告诉陈毅这个大好消息，并将大字报的重点内容复述给陈毅听。陈毅听后，十分感慨，沉思片刻后语重心长地说："天下自有公道在，有人出来说公道话当然好，但弄不好写这样的大字报又是给我帮倒忙啊！"

2 月 24 日，当周恩来总理获知在外交部贴出的这份大字报时，由于正在处理解决全国铁路瘫痪问题，抽不出身来，就让秘书钱嘉栋给外交部打电话转告他的意见：把大字报撤下来；要求写大字报的人作检查；要求外交部党委迅速采取补救措施，并对 91 人犯的"原则错误"进行批判。还特别强调："现在又是二月，去年二月的情况不应再出现。"第二天上午，又再次让钱嘉栋给外交部打电话，说："91 位同志、部党组和'大联筹'都要表态，不表态不批判，极'左'思潮又要出来。部党委不表态，就站不住脚。如果部党委不表态，我就来表态。"后来周总理在见到参与写大字报的司长们时，又严厉地批评他们：为什么不事先给他看一下！

当陈毅知道周恩来总理对"91 人大字报"的批评后，于 2 月 28 日给周总理写了封信，表态赞同周总理的处理意见，并愿意为 91 人犯的"错

误”承担责任。3月1日，外交部以大字报形式贴出陈毅给周总理的信作为陈毅的书面检查。3月6日，陈毅在外交部“大联筹”召开的大会上作了检查，他说：“这张大字报以‘打倒陈毅’的口号作为革命与保守、正确与错误的分界线是错误的。”又说：“‘打倒陈毅’的口号是根据我的一些错误提出的，希望在大字报上签名的同志也来揭发我的错误。”这就是陈毅为保护自己的部下免受批斗，在当时的形势逼迫下所能采取的唯一办法了，即将“错误”招惹来的火力引向自己的胸膛。

周恩来总理对“91人大字报”的批评，使大字报的发起者们陷入困境，一时难以接受，也发了不少牢骚话，余湛曾说过：“帮倒忙也是帮忙，总比那些不帮忙的要强呀！”他们弄不清楚，在文化大革命中周恩来总理一直是竭尽全力保护陈毅，而他们保卫陈毅的大字报为什么却是犯了“原则错误”？他们理解不了大字报是在批判极左思潮怎么就成了“为右倾翻案”之作？在酝酿写大字报的过程中，他们早就做好了充分的思想准备，即不惧怕由此而带来的挨斗受批。但是对来自他们最敬爱的周总理的批评，使他们感觉到了压力的沉重和事情的复杂性。他们是周总理亲手培养和率领的“文装解放军”中的骨干成员，周总理的话他们是要听的。于是，余湛、陈楚、韩叙、赵政一重新聚集在一起，代表大家写了一份检查。检查是在2月25日深夜写好，连夜抄成大字报。检查中承认“91人大字报”有“否定一切的倾向”和“原则性的错误”，即没有将“一小撮阶级敌人”和从善意出发而喊过“打倒陈毅”的群众区别开来，“从右的方面干扰了外交部和驻外使领馆的文化大革命运动。”这份两千余字的大字报于2月26日一大早在外交部贴出后又一次引起众人的关注。这份大字报的全文如下：

我们的检查

最高指示

“犯了错误则要求改正，改正得越迅速、越彻底，越好。”

二月十三日，我们九十一个干部写的"揭露敌人，战而胜之——批判'打倒陈毅'的反动口号"的大字报，有否定一切的倾向，有原则性的错误，从右的方面干扰了当前外交部和驻外使领馆的文化大革命运动。总理和革命群众都对我们提出了严肃的批评，这对当前运动的健康发展具有重大的意义，同时也是对我们最大的爱护和教育。我们衷心地感谢，诚恳地接受，并愿认真检查和坚决改正。我们收回这张大字报。希望同志们对我们的错误继续进行批判。

一、一小撮阶级敌人提出"打倒陈毅"的口号，是反动的，别有用心的。但是，革命群众喊过这个口号，是出于革命的热情。二者之间是根本不同的。我们大字报笼统地把"打倒陈毅"的口号说成是反动的，没有严格区分是从恶意出发的，还是从善意出发的，混淆了两类不同性质的问题，伤害了广大群众的革命积极性，这是违反文化大革命精神的。

二、在过去一年尖锐复杂的阶级斗争中，外交部和驻外使领馆的革命群众组织和广大革命群众，对一小撮阶级敌人打倒陈毅同志的阴谋活动，进行了积极的斗争和坚决的抵制。他们对捍卫毛主席的革命路线和保卫以毛主席为首的无产阶级司令部做出了重大的贡献。他们的斗争代表了运动的正确方向。但是我们的大字报对此没有充分地估计和肯定。甚至说在过去一年的长时间内，对陈毅同志的揭发和批判，是在"打倒陈毅"的反动口号下进行的，这就在实际上否定了广大革命群众对陈毅同志的正确批判。这是违背毛泽东思想的。

三、我们的大字报对陈毅同志缺乏一分为二的态度，对他的正确方面，说得多，摆得细。对他的错误方面，说得少，看得轻。有肯定一切的倾向。这是违背"一批二保"最高指示的精神的。

四、我们在写大字报的过程中，有些同志给我们提出了宝贵意见，但是我们没有认真考虑，严肃对待。在大字报贴出以后，许多同志也向我们提出了批评，但是我们又没有虚心接受，及时检查。直到总理提出了批评，我们才开始感到问题的严重性。这种对待革命群众的态度是十分错误的。

当前外交部和驻外使领馆批极“左”、抓坏人的斗争正在结合政策和纪律深入开展，形势一片大好。我们在这样的时刻，犯了这样严重的错误，对外交部和驻外使领馆的文化大革命运动造成了不应有的损失。这是一个十分沉痛的教训。

我们所以犯这个严重错误有各种原因，主要的是：

一、我们都是犯有错误的干部，都处在被批判和受教育的地位。我们缺乏自觉革命的精神和严格要求自己的态度，常常自觉不自觉地对自己肯定的多，否定的少。对群众的批评否定的多，肯定的少。我们这种右倾思想，反映在对待陈毅同志的问题上，就不能一分为二，就不能正确理解和执行“一批二保”的最高指示，就不能贯彻执行周总理关于反“左”要防右的指示。

二、在这次文化大革命运动中，我们都受到革命群众的批判和教育，本来是件大好事，是锻炼和改造自己的大好机会。但是，我们对待群众的批评，在灵魂深处有抵触情绪，常常自觉不自觉地站在群众的对立面，缺乏甘当群众小学生的精神。带着这种情绪去看待群众运动，就必然低估革命群众对陈毅同志批判教育的积极意义，就必然违背毛主席关于要正确对待群众的教导。

三、我们这些干部，在受到批判的时候往往有一股怨气，在要站出来革命的时候，却又有一股骄气。怨气和骄气都使我们不能正确对待自己。林副主席教导我们：“我们要把自己当作革命的一份力量，同时又要不断地把自己当作革命的对象。”可是，当要求我们作革命对象的时候，我们常常不能和群众站在一起，批判自己的错误，当要求我们作革命力量的时候，我们又往往高踞群众之上，指手画脚。我们的灵魂深处有埋怨群众不能正确对待干部的情绪。因此不能正确对待自己，也不大相信革命群众是通情达理的。

我们在上述这些问题上犯了这样严重的错误，归根结底是我们的资产阶级世界观没有得到很好的改造。文化大革命已经进行了将近两年，党和群众对我们进行了那么多的教育，可是我们还这样的不觉悟，不长进。我们的错误给外交部和驻外使领馆的文化大革命运动造成了干扰和损失，我们感到非常痛心，对不起毛主席，对不起党，对不起周总理，对不起广大革命群众。毛主席教导我们“错误和挫折教训了我们，使我们比较地聪明起来了，我们的事情就办得好一些”。我们一定要从这次错误中吸取教训，努力活学活用毛主席著作，虚心接受群众的教育，认真斗“私”、批修，坚决改正错误，正确地对待群众和群众运动，正确地对待自己，不断改造自己的世界观，同群众在一起，积极投入当前批极“左”、抓坏人的斗争，把无产阶级文化大革命进行到底！

一九六八年二月二十五日

王　栋	林　中	徐　明	李　超	王锦川	李强奋	何功楷
宋之光	国　鹰	申志伟	王明修	章　曙	崔明堂	胡洪范
董厚亭	裴坚章	关继云	孙志诚	王占元	杨克明	姚　广
赵　禁	凌　青	李连庆	周耀东	邢松鹞	王言昌	张占武
许寒冰	李宝球	杨虎山	叶成坝	周　觉	温业湛	梅兆荣
刘述卿	白景义	柳雨峰	龚普生	甘野陶	宫达非	赵雪明
马牧鸣	李云川	岳　良	柯　华	韩克华	许建国	姚仲明
朱其文	张灿明	柯柏年	王国权	谢邦治	秦力真	杨琪良
王雨田	何　英	周秋野	张世杰	陈叔亮	俞沛文	章文晋
李恩求	赵行志	岳　欣	熊向晖	曹　瘢	郭力文	常玉林
于梦欣	王　泽	陈　铁	王惠民	季　尼	李玉池	张　彤
余　湛	陈　楚	符　浩	刘新权	葛步海	秦加林	孙盛渭
王越毅	戴　路	袁鲁林	王崇理	赵政一	王一木	韩　叙

外交部文化大革命从批极左思潮又转为批“右倾翻案风”后，前段时间低着头的造反派们又趾高气扬起来。91 位大字报的签名者在所属单位都做了检查，受到批判。韩叙一连做了 10 次检查才算过关。耿飚、黄镇等 26 位大使写的大字报也被列为重点批判对象。而且造反派们认为耿

飚、黄镇等人是“91 人大字报”的后台，对他们的批斗上纲为“耿、黄反党集团”，在批斗会上常常喊出“打倒耿、黄反党集团！”“耿、黄不投降就叫他灭亡！”等口号。造反派在审问黄镇追查大字报的后台时，黄镇面不改色地回答：“就是我和老耿商量着写的，其他大使同意者签名，没有什么幕后策划者！”耿飚在回答这个问题时忽悠了造反派们一把。他答道：“策划人倒是有，但不在幕后！”“在哪里？他是谁？”造反派们面露喜色，以为找到了突破口，得到重要材料可以向中央文革小组邀功请赏去了。只见耿飚不慌不忙地用手指向自己，说：“策划人就是我呀！”气得造反派大呼“耿飚不投降就叫他灭亡！”“打倒耿飚！”的口号。造反派在这些软硬不吃的大使面前无计可施，于是除了七斗八斗、写检查及交代材料之外，对这些六十来岁的老人加重惩罚体力劳动的强度。

我在采访曾涛夫人朱黎青时，听她讲述了因为大字报而牵连到她女儿工作分配一事：她的三女儿当时是北京航空学院的学生，毕业分配时学院里的造反派说她父亲是“走资派”，是“91 人大字报”的后台，不能分配到保密的军工系统工作。当时学院的工宣队队长是个老工人，他说：“她父亲是大使，那‘91 人大字报’也是大使写的，她父亲怎么就成了后台呢？”最后，还是将她女儿分配到西安的一个军工厂里工作了。

面对所受到的委屈，这批久经沙场的“老兵”经受住了考验，没有人出卖自己的“灵魂”。他们坚信，真理一定能够战胜谬误，被颠倒了的是非一定能够得到重新的确定。随着时间的推移，91 位签名者发现事情并没有想象的那么严重而被“打倒”，“官位”并没有丢，而且工作的重担越来越重。在耿飚、黄镇担任“中共九大中央委员”和毛主席讲“我还是喜欢 91 人的”话之后，戴在 91 位大字报签名者及持相同观点人头上“为右倾翻案”的帽子终于被摘掉了。这时，他们才逐步理解了周恩来总理的良苦用心。

在研究史料中可以看出周恩来总理在对待“26 位大使的大字报”与“91 人大字报”的态度有所不同。周总理对“26 位大使的大字报”没有明确反对，是默许；对“91 人大字报”则是严厉的批评，这是为什么呢？在此谈些个人见解：第一，参加“26 位大使的大字报”和“91 人大字报” 的参与者当时并不能完全感触与把握到中国最高层的政治取向和形势发展的估量，因此时机的因素使得两份大字报遇到不同的结果。当毛泽东决定将王力、关锋、戚本禹抓起来时，是想纠正极左思潮造成的太大偏差，这样“26 位大使的大字报” 正逢其时；而“91 人大字报” 却在机遇上遭遇逆势，从随后召开的中共八届十二中全会和中共九大的动向来看，并未清除与终止极左思潮的影响，反而在政治上、理论上、组织上使极左思潮更加合法化了。站在中国政治最高层的周恩来总理，对这种政治态势看得一清二楚，他知道一份“91 人大字报” 并不能击垮极左思潮，反而会授人于柄。识大势才能谋大略，所以及时撤回“先锋部队”，保存实力，是最明智的做法。第二，周恩来总理出于保护这批干部而采取批判他们的做法。这句话从逻辑分析上可能会有些矛盾，但从实际效果来看就是如此。如果周恩来总理力保这批干部的话，在当时的形势下，一是保不住，二是会使自己处于被动地步。只有主动让他们“认错”，才有机会保存住这批干部，以备今后随时将他们放到重要岗位上去。后来的发展证明了这一点。从保荐耿飚、黄镇为党中央委员，从重新安排出国的大使，从外交部重要岗位的安排，都是从这批信得过的干部中选用的。还应该记住的是：在周恩来总理的“导演”下，利用毛泽东主席接见陈楚、符浩的时机，适时、巧妙地提出“91 人大字报”一事，得到毛主席首肯，彻底使受委屈的干部得到解放，一举扭转了外交部的局面。

八、“我还是喜欢 91 人的!”

在文化大革命中一个最大的特色是大字报，铺天盖地的大字报布满城市乡村、街头巷尾、校园机关。没有人统计过它的数量，甚至都无法作出粗略的估量。大字报内容各抒己见，无奇不有，随着形势的变化，重心和内容也会随之变化。大字报成了发表观点言论、辩论表白、揭发批判的最方便的手段。大字报还成为人们观察时局、获取消息、判断是非的重要来源。那个时候观看大字报是人们每日不可缺少的活动安排。然而，随着时间的流逝，大字报逐渐从人们眼中消失，失去了往日的风采和作用。当回顾文化大革命中的那些大字报时，感到记忆竟然是一片空白。但是，在新中国发展历史中，文化大革命是一段不可回避也不应该忘却的重要阶段，也应该留下反映当时真实的史料，让后人了解、认识和研究。有什么样的大字报值得留存呢？大浪淘沙后，“91人大字报”凸显其历史价值。

对于文化大革命中的大字报，得到毛泽东主席肯定的有三个：第一个是北京大学聂元梓等七人炮轰北京大学党委的大字报，在康生的策划下，并得到毛泽东的批准，1966年6月1日中央人民广播电台全文广播了这篇大字报，6月2日《人民日报》发表了《横扫一切牛鬼蛇神》的社论；第二个是清华大学附中红卫兵写的“造反有理”的大字报，毛泽东主席给清华附中红卫兵写了复信，对他们表示支持，肯定了“对反动派造反有理”；第三个是外交部一批中高层干部联合署名的《揭露敌人，战而胜之——批判“打倒陈毅”的反动口号》，后称为“91人大字报”。当这份大字报贴出后不久，即被中央文革小组定性为“为右倾翻案风和为二月逆流翻案”的代表作，91个签名者都受到批判，并做了检查。1971年10月，第26届联合国大会通过了恢复中国在联合国合法席位后，中国迅速组建以乔冠华为团长，黄华为副团长，符浩为秘书长，陈楚、熊向晖、唐明照为成员的中国政府代表团赴联合国参加大会。在代表团临动身的前一天，11月8日晚上，毛主席接见了代表团的主要成员。当周恩来总理向毛主席介绍符浩、陈楚时说：“他们两人是属于外交部91人的，这次出国，部里做了政审”，“91人？”毛主席略为思索了一下，记起外交部91人联名保陈毅的事，便笑着说：“我还是喜欢91人的！”短短的一句话，将扣在91人及持相同观点的人身上“为右倾翻案的典型”的罪名得以解脱。

当历史翻过沉重的一页，用后来者的眼光去审视文化大革命中的风风雨雨，不难作出这样一个结论：“聂元梓的大字报和清华附中红卫兵的大字报是错误的，彻底否定他们就是历史给出的定论。这两份大字报是将中国、中国共产党、中国人民引向灾难性阶段的导火索，顷刻间，社会混乱，经济倒退，最为严重的是党和政府的权力部门、各级领导干部都受到冲击，几乎处于瘫痪、垮台状态，使国家走到崩溃边缘。影响之坏、作用之恶、危害之深当属口诛笔伐之首。

我们用“实践是检验真理的唯一标准”的观念去分析判断，用历史验证的尺子去衡量，“91 人大字报”的大方向是正确的，论点、论据是符合马列主义、毛泽东思想的，是一篇旗帜鲜明、立场坚定的大字报，是一篇理论结合实际的大字报，是一篇有历史保存研究价值的大字报。

“91 人大字报”从始至终贯穿着一个核心主题——保卫陈毅。大字报列举了陈毅作为人民军队的创建人和领导人，在中国革命的各个阶段所起到的领导作用和所创造的丰功伟绩。大字报指出了“打倒陈毅”是阶级敌人的政治阴谋，是一场资本主义复辟与无产阶级反复辟的阶级斗争。大字报逐段用事实批驳了那些给陈毅罗列的罪名是凭空捏造，不择手段；是颠倒黑白，混淆是非；是篡改史实，歪曲原意；是栽赃陷害、嫁祸于人；是小题大做，任意渲染；是攻其一点，不尽其余；是断章取义，无限上纲；是散布谣言，蛊惑人心；是不顾条件，生拉硬套；是包庇坏人，陷害好人；是一叶障目，不见泰山。

大字报在被中央文革小组定性陈毅为“二月逆流黑干将”一周年之际，无惧压力，旗帜鲜明地提出“热烈欢迎陈毅同志回来主持部务”的口号……

文化大革命这场浩劫是中国共产党历史上最为复杂、最为残酷的一场党内斗争，是红军时期的肃反、延安整风、反右斗争等历次运动无法与之相比，有过之而无不及，几乎使中国共产党和国家走向崩溃边缘。否定新中国的 17 年，成了“造反有理”的理由，各部门、各系统、各地方都将新中国成立后所走的道路视为走资本主义道路加以批判，理所当然，各级领导干部也就成了“走资派”而被罢官打倒。于是，否定新中国 17 年的气焰甚嚣尘上，气势汹汹的造反运动使得党和政府的各级组织和权力部门瓦解或瘫痪。许许多多的党员、干部挨整，被关进“牛棚”，甚至被迫害致死。从文艺、教育、体育、卫生等部门，到宣传、外交、科技、经济等系统都被认为是资本主义的天下。从国家主席、部长、省长、局长，到基层的厂长、书记都成了“走资本主义”的官员，新中国的 17 年被描绘成了暗无天日。如果让“否定派”得逞，那么中国共产党和中国革命的历史就要重写。中国共产党领导的革命岂不是成了资产阶级革命？难道新中国成立后走的不是社会主义道路而是资本主义道路？那么无数革命先烈为实现共产主义的理想作出的牺牲岂不是要付之东流？否定新中国的17年，实际上就是林彪、江青两个反党集团阴谋篡党夺权的反动理论。对否定新中国17年的否定，就是坚持社会主义，就是坚持无产阶级专政，就是坚持中国共产党的领导，就是坚持马列主义、毛泽东思想。1981年中国共产党十一届六中全会通过的《关于建国以来党的若干历史问题的决议》中指出：文化大革命是全局性的、长时间的“左倾”严重错误。发动文化大革命的主要论点既不符合马列主义，也不符合中国实际。文化大革命的斗争，既混淆了是非，也混淆了敌我，要打倒的“走资派”是党和国家各级组织的领导干部。文化大革命名义上是依靠群众，实际上既脱离了党的组织，又脱离了广大群众。文化大革命不是，也不可能是任何意义上的革命或社会进步。天下大乱不是“乱了敌人”，而是乱了自己。“91人大字报”高举批判极“左”思潮的大旗，对那些否定建国以来外交部取得的巨大成绩，将外交部诬蔑为执行修正主义路线、“三降一灭”路线、形成了特权阶层，是“卖国部”等观点进行了严厉的批驳，并对在极“左”思潮影响下受冒险主义、大国沙文主义、取消主义影响而发生的一系列外交事件表示极大愤慨和强烈谴责。

大海潮起潮落，岸边那些污秽的杂物被海水卷走，留下的是清洁、晶亮的细沙。“91人大字报”在大浪淘沙后留下了真金彪炳史册。为什么这样评价呢？道理其实非常简单，所有正确的选择，事后看来都可能被认为是简单的，但回到历史的现场与具体时空，如何选择恐怕就不是件容易做的事情了。在文化大革命中，别人不敢讲的话他们讲了，别人不敢做的事他们做了，别人不敢坚持的原则他们坚持了，而且历史证明了他们是正确的，这就是“91人大字报”的历史价值。

九、对历史见证人的采访

采访之一：梅兆荣（男，74 岁，原中国驻德意志联邦共和国大使；原外交学会会长兼党组书记）

对梅叔叔的采访是通过电话进行的。当我提出当年他为什么在"91 人大字报"上签名时，他是这样回答的：

在文化大革命前，他在苏欧司工作。那时才 30 岁，已被组织上培养成为副处长，当时在外交部 30 多岁当处长是比较少的。文化大革命开始后，他对否定建国 17 年以来外交战线取得的成果及诬蔑执行的是"资产阶级反动路线"持有不同见解，因此被说成保守派。在一幅漫画中，画有一枝象征资产阶级反动路线的树枝上挂着几粒花生，最大的那粒是余湛，最小的那粒是他。后来他被调到外交部"张闻天专案组"工作，专案组有柳雨峰、杨克明、周跃东等人。那里很超脱，不参加部里的派别争斗。平日里常一起聊外交部的文化大革命，大家对"打倒陈毅"和极左思潮都持反对态度。

有一天，可能是柳雨峰拿来一篇题为"揭露敌人 战而胜之——批判'打倒陈毅'的反动口号"的大字报底稿，大家传看后都感觉写得非常好，讲出了大家的心里话，纷纷表示支持。于是，就口头表态加入了签名者行列，柳雨峰、杨克明、周跃东等也榜上有名。当时并不知道是谁起草的大字报，也不知道都有谁参加，在后来受批判的时候因为是个"小人物"，检查了两次就过关了。

当文化大革命成为往事，历史证明了"91 人大字报"中的主要看法是正确的，感到十分欣慰与自豪。文化大革命中极左思潮的泛滥，对党和人民的伤害是巨大的，对国家声誉和经济的损害也是巨大的。然而，在中国共产党的领导下，中国用了很短的时间又重振雄风，在政治、经济、外交、军事等各个方面都取得了令人瞩目的发展，中国的迅速崛起成为世界关注的焦点。这些事实都证明了中国共产党是伟大、光荣、正确的党，她的伟大是在于能够从困境中引导中国走向光明；她的光荣是有着无数优秀的共产党员为实现共产主义理想而前仆后继；她的正确并不是不会犯错误，而是有能力自我改正错误，沿着正确的方向前进。他对中国的未来充满信心。

当年参加“91人大字报”，并不是已经看透文化大革命的实质而为的一个行动，但是对当时的对与错、是与非、好与坏还是能够有一定程度的判断，做了自己应该做的事情。

采访之二：佐伊（女，87岁，原外交部政治部档案室工作人员，余湛夫人）

采访佐伊阿姨是断断续续地进行的，有时在她散步时抓紧时间问上几个问题；有时是在她家里畅谈数小时。佐伊阿姨虽然没有在“91人大字报”上签名，但她自始至终参加了大字报写作的全过程，为大字报的出台默默无闻地做了许多后勤保障工作。在外交部大字报集中区，常常能见到她穿梭往来的身影。大字报每次完成新的一稿时，她常常要连夜奋战，用最快的速度将新的稿子抄写5份送出去征求意见。大字报贴出后，又见她四处活动，收集反应。在“91人大字报”受到批判的日子里，她又默默地为余湛分担忧愁、共渡难关……如果说谁是“91人大字报”的第92位签名者，那非佐伊莫属。

在与佐伊阿姨的谈话中，始终让我感受到“得道多助，失道寡助”这一中国古老谚语的深刻内涵。在写大字报的过程中，余湛得到全家的鼎力支持，佐伊阿姨是全力以赴；就连13岁的儿子也常常接受任务去查找毛主席语录；家中的老保姆见到余湛受到批判、情绪不好时，连忙上街买好吃的回来做，为他补养身体。这份大字报之所以能够引起轰动效果，是集思广益的成果，是集体智慧的结晶。大字报是由几个人策划而写成的，但后来像滚雪球一样，越滚越大，从91位签名者到在外交部受到众人的追捧与支持，再发展到社会上产生共鸣与影响，形成了一股声势浩大的潮流。这些都证明了这是一份讲出了大家心里话的大字报；是一份宣传真理、弘扬正义、坚持原则的大字报；是一份促人奋进、有生命力的大字报。

当历史的发展验证了当年这份大字报中阐述的主要观点是正确的，她感到自慰，并为能贡献出微薄之力而骄傲。

采访之三：张克修（男，64 岁，原中共北京市委《支部生活》杂志社总编辑室主任张世杰大使之子）

我与张克修是同龄人，相同的经历使我们有着许多共同语言。有一次我们谈及文化大革命的蹉跎岁月，都为荒废的时光和丢失的良机而感慨万分。当我拿出追寻老外交官足迹的计划时，得到他的赞同与支持。

在我们研究、讨论“91 人大字报”的专题时，他笑着对我说：“我也是参与者！”见我发怔，连忙补充说：“我当然不可能在上面签名，但我参加了抄写大字报！”接着他讲述了事情的经过：“那些日子，父亲与柳雨峰、康矛召等叔叔频繁接触，我意识到他们在办一件大事。一天，父亲对我说：‘你柳叔叔让你帮着做件事，让你去他家一趟。’我问：‘干吗？’‘你去了就知道了。’我下到一楼（我家在二楼）。柳叔叔把我迎进门，就让我用毛笔写几个字给他看。我小时候在老家上过私塾，练过毛笔字，所以我拿起笔就写。柳叔叔看后连连点头说不错。然后他提出能否帮他抄份大字报，内容不要外讲，抄完后请我喝茅台酒。听说是保陈老总的，我爽快地答应了。大字报是分几个人抄的，我抄的是‘陈毅是毛主席司令部的人’和‘阶级敌人的政治阴谋’两部分。虽然没有看到全文，但大字报的观点我十分赞同，抄起来时格外认真仔细。抄完后，柳叔叔果然不食言，拉着我在他家，拿出珍藏多年的茅台酒请我喝。在芳香扑鼻的酒香中，我看到柳叔叔是酒未醉人人先醉，像是打了场胜仗似的兴奋、高兴。大字报贴出后得到很多人的支持。我父亲就是大字报的签名者之一。在家里他更是兴奋不已。然而不久，大字报却受到批判，参与者都被迫写了检查。”

我问他：“你父亲为什么会在那份大字报上签名呢？”他沉思了片刻，用非常肯定的语气说：“是感情！是对陈老总绝对的信任和敬重！”然后，他从父亲的一生经历开始谈起：“父亲生于 1916 年，安徽铜陵县人。1938 年参加新四军，同年加入中国共产党。先后担任过铜陵县委书记、皖南特委秘书长兼军事部副部长等职。在 1941 年“皖南事变”中被俘后关押在上饶集中营。在狱中，面对敌人的威逼利诱严刑迫害从不畏惧，坚持斗争。在一次难得的机会中，他与另一位战友乘敌人看管疏漏之隙，成功越狱。随后，他俩摆脱追捕，历经艰险，穿越四省，步行千里，返回安徽找到党组织，重新回到新四军部队。继续抗击日寇。1940 年春他率关南县大队昼夜在长江上打捞被日寇击落的国民党飞机，拆卸了十二挺机关炮等重武器和弹药。上缴后受到七师和军部的表彰。1945 年他随新四军七师进入山东，先后担任华东野战军第六纵队十七师五十一团政委，第三野战军七零师政治部主任、七十一师副政委等职，参加了鲁南、莱芜、孟良崮、淮海、渡江等重大战役。父亲一直都为自己是陈毅的部下而自豪。在战争年代，父亲见到陈毅的机会不多，但在陈毅的率领下部队总是打胜仗，陈毅那种大智大勇的风度不能不使父亲由衷地尊重和敬佩他。1950 年父亲进入外交部。1958 年陈毅担任外交部长后见陈老总的机会多了，可以亲耳聆听他的指示了。父亲经常感慨地说："陈老总是个外交天才，有了他，周总理可以大大减轻负担了。"父亲和我们谈起陈老总总是滔滔不绝、眉飞色舞。1966 年父亲从尼泊尔离任回国就到江苏搞社教。

"文革"开始后，周总理将丁国钰和他派到北京新市委工作。对文化大革命父亲没有思想准备，因此很不理解。没有多长时间，就被以执行资产阶级反动路线之名挨了斗。他实在想不通，说外交部了解他，强烈要求回到外交部。回来后他对陈老总讲话推崇备至，而对批所谓"二月逆流"十分不满，批斗陈毅更是愤怒，指责攻击陈毅的大字报、标语、传单等是胡说八道。

"有一次，我拿了一本《陈毅黑话集》给他，他翻了几页说：'哪是什么黑话！分明是红话，是真理嘛！'他风趣地指着封面那张漫画说：'陈总是没法丑化的，即使画成这样，他还是那么洒脱、神气！'那时候，父亲参加批判陈毅的大会，回家后，要么就和母亲一起骂造陈毅反的人绝不是好人，是别有用心的；要么就沉默无语，走进书房铺纸挥毫，将陈毅的'大雪压青松，青松挺且直。要知松高洁，待到雪化时。''西山无限好，霜重色欲浓。革命亦如此，斗争见英雄。'等诗一遍又一遍地书写成幅，挂满屋墙。他还抄写了海瑞的名言——'三生不改冰霜操，万死不辞社稷身。’作为自勉。这些都足以说明父亲对陈毅的感情之深和对陈毅的信赖和敬重。所以当陈毅受难时，父亲能不挺身而出去保卫他吗？由此也就不难回答父亲为什么要参与‘91人大字报’了。”

在历史的长河中，许许多多的人无声无息地匆匆而过。有些人干尽坏事，遗臭万年，世代遭人唾骂；而那些对国家、对人民做出贡献的人，会流芳百世。我相信，陈毅的丰功伟绩一定能永载史册，代代相传！

十、感悟

这是一份承载厚重历史原貌的作品，细心品读，可以聆听到历史上一场惊心动魄的搏杀呐喊声。经历过这段历史的人，在回首往事时，仍然为受到的伤害和处境的危险而后怕。如今，阳光照暖人心，人们可以舒心地长吁一声：总算是将历史上那沉重的一页翻了过去！

文化大革命是试金石，它能测试出一个共产党员的含金量。是纯金还是镀金，甚至是假货。经过文化大革命的测试，就可以获得真实的答案。

也许再过几十年，会有人问：在那场浩劫中，判断对与错、是与非就那么难吗？难！思想的桎梏让人无法理性地做出正确的选择！

国事可问，天下苍生有幸；国事可商，乃为政者有幸。如果在文化大革命中不搞“一言堂”，保障人民的民主权力，那么事态不至于到了难以收拾的地步。

无产阶级政党并不是不会犯错误，但是它能够依靠自身的力量去纠正错误。只要不讳疾忌医，只要不文过饰非，只要敢于清理门户，就具有旺盛的生命力，就值得信赖。

亲身的经历并不等于历史，只有成为历史才能逐步认清它的全貌。对于文化大革命，现阶段的认识是肤浅的。只有当摈弃个人的恩恩怨怨的时候，只有当割断千丝万缕的情感干扰的时候，只有当扩展观察思考问题的视角的时候，只有当突破束缚思想的条条框框的时候，才能够更全面、更深刻地认识文化大革命的历史，总结出符合客观实际的经验与教训。本文不是在写历史，而是尽量收集、整理更多的资料及线索留给后人做参考、研究之用。

当一个人刚从泥潭里站起来，说他“出污泥而不染”，那是夸大其词；但是身上仅仅带有几个泥点，就说成是满身污秽，那是恶意的诽谤。

熟悉他们的那代人有的已经走了，有的已经老了，他们的名字已经不像当年那样常常被人们提起。岁月是无情的，它在带走一代人的同时，也带走了人们对他们的记忆。然而，历史不应该忘记那些做过贡献的人，他们的名字应该载入共和国的史册。

他们是普通的人，走在人群中并不显眼，但是在最紧要、最危险的关键的时刻，一批久经考验的共产党员义无反顾地挺身而出，以血肉之躯为捍卫真理而战。

他们不是占卜师，更不是神仙，不可能超越时空认识到文化大革命的错误实质，因此说的话中尚有一些那个时代的印痕。但是，那一点点的瑕疵并不能损坏这些共产党员敏于行纳于言的功绩。

历史由胜利者来写，假如没有拨乱反正，那么历史又该是什么样子的呢？那么“91 人大字报”和 91 位同志的命运就会有另一种结果。

如果认为它是有价值的话，那就赶快将它送进博物馆，不要让后人再费力寻找。

本文参考《 陈毅传》;《当代中国外交》当代中国出版社;《大雪压青松——文革中的陈毅》世界知识出版社，杜易著;《莫斯科红场血案》百年潮杂志 1998 年第 3 期;《火烧英国代办处始末》卜伟华文。

“9·13事件”中的外交攻略

1971 年的秋天，是个让人难忘的秋天。

在上海海军吴淞军港内，一艘艘威武的军舰整齐有序地布满码头。操场上的足球赛紧张地进行，啦啦队的呼喊声使肃静的军港变得生气勃勃。在绿色簇拥的沿江道路上，水兵三三两两悠闲地散着步，时不时传来嬉笑打闹声……这是军港中很普通的一天。

突然，一声接着一声的汽笛声划破军港的上空。在此起彼伏的汽笛声中，水兵们敏锐地分辨出是自己军舰发出的紧急备战备航号令，分散在军港各处的水兵们都以最快的速度返回军舰。几乎同时，各军舰接到“一小时之内离港”的命令，于是在码头上出现了繁忙的景象，装水装油，搬粮运菜。时间有些紧，但对这些训练有素的水兵来讲，已是习以为常了。忙而不乱，各自都在自己的岗位上做着出航前的准备工作。机器的轰鸣声响彻码头，各军舰上的信号灯频频闪烁，不断地与指挥塔台联络，汇报出航前的准备状况。在获得出航的命令后，一艘艘军舰在自己独有的汽笛声的伴奏下，解开缆绳，驶离吴淞军港。

舷号为“53—219”的长江舰驶出吴淞口后，在长江出海口处奉命停航，就地抛锚待命。像这样的出航，有时是为了训练，有时是为了避台风，一年中总是有几次。大家并不在意原因是什么，况且军人的天职是服从命令，没有必要去问为什么。在抛锚待命期间，训练、学习照常，但随着时间的加长，人心开始不稳了，毕竟舰太小了，没有活动余地，想看看报纸，尤其是最盼望看到家信。什么时候能够返航，大家嘴里不说，但心里总是在盘算着。大约 7 天后，报务员将一份刚收到的电报译文送交舰长，不一会儿，备航的铃声响起，舰长那深沉的声音从广播中传出“各部门立即做好返航的准备工作。"随着铁锚链哗哗的声响，军舰劈开平静的水面向吴淞驶去。

远远地已经可以清晰看到吴淞军港了，当军舰驶近耸立在黄浦江与长江交汇处的指挥塔台时，一个水兵突然惊叫起来："你们看，指挥塔台上有陆军在站岗！"果然，大家看到有两个身背步枪、穿着黄色军装的军人站在指挥塔台外面的一个小平台上。大家也没多想，只是感到新奇。平时军舰云集的吴淞军港今日显得格外冷清，所有的码头上空空的，没有一艘军舰停靠。人来人往的路上也看不见了人影。当长江舰靠稳码头后，舰长、政委匆匆忙忙地上岸开会去了。各部门人员按条例规定，正忙碌地进行军舰的清洁工作。只见通讯员拿着报纸和信件小跑着回来，他悄悄地告诉大家一个新闻："在去传达室取报纸路过操场时，见到操场上坐满了荷枪实弹的一大片陆军！"这个消息不一会儿就传遍了全舰，凡是能离开岗位的人都去了操场，大家看到操场上整整齐齐坐着近千名挎着枪的陆军，而且随着口令声一队队的陆军被带到军港的各处要地。大家不明白为什么陆军要到海军营地搞训练？但隐隐约约地感到可能有些大家想不到的事发生了。

果然，舰长、政委开完会后立即紧急召开干部会议，告诉干部们："要传达重要中央文件，长江舰作为全海军的先行试点单位。"并宣布了几项纪律："第一，从明天起，所有人员一律不得外出，外来人员一律不许登舰；第二，学习期间不许向外透露学习内容，不许打电话、写信；第三，学习期间所有人员必须到场，岗哨由上级单位派人顶岗，炊事员留一人值班；第四，要做好安全保卫工作，枪械入库、枪弹分离，弹药库钥匙交政委保管；第五，干部要掌握部队思想动态，发现问题及时汇报。"

第二天，吴淞水警区保卫科干事站到岗哨位置上，并严禁人员出入。舰上所有人员在大仓集合完毕。气氛异常紧张，大家心里都在揣测将要传达的中央文件内容。当听到政委喊出"打倒林彪"的口号时，全体官兵都惊呆了，大家大眼瞪着小眼，面面相觑，似乎是在互相询问是否听错了似的。"林彪叛国、机毁人亡"的消息犹如突发的灾难一样向人们袭来，令人头脑发木、背脊发凉。惊讶、苦闷、恐惧、失望、愤怒同时涌上心头，无法以正常的思考面对发生的事实。昨天还被尊称副统帅，今天就成了大叛徒；昨天还在高喊祝他身体永远健康，今天就命丧黄泉；昨天还被捧为毛主席的亲密战友，今天就被控是预谋暗杀毛主席的凶手；昨天已被定为接班人写入党章，今天却要阴谋夺权；昨天还将他的话语视为圣明来膜拜，今天却成了毒草要铲除……一切来得太突然，太生硬，人们在痛苦和勇气之中逐渐适应并完成了这一转变。

转变并非易事，转折已是必然。“9·13 事件”后来是坏事变成了好事。在经历了这场触目惊心、触及灵魂的变化中，人们终于清醒了，在不断地探索、询问为什么之中，由宗教式的狂热返回到冷静、理智的思考、判断与反思。

随着时光的流失，记忆也有变得模糊的时候，不妨将“9·13 事件”的重要情节回顾一下：

1966 年 5 月 18 日，在中共政治局扩大会议上，林彪以他独特的语言、风格发表了关于古今中外政变的讲话；

1966 年 8 月 12 日，在中共八届十一中全会上，在中央领导排名秩序上林彪由原先第六位上升至第二位；

1969 年 4 月在中共第九次代表大会上，林彪作为“接班人”正式写入党章；

1970 年在庐山召开的中共九届二次全会上，陈伯达、叶群、黄永胜、吴法宪、李作鹏、邱会作等被毛泽东责令检查。毛泽东在会上发表了《我的一点意见》；

1971 年 1 月，北京军区改组，李德生任北京军区司令员。4 月，中央派李德生、纪登奎、李先念参加中央军委办事组；

1971 年 4 月中旬，批陈（伯达）整风汇报会召开，黄、吴、叶、李、邱的检查及毛泽东的批示在会上散发；

1971 年 5 月下旬，《毛主席与美国记者斯诺谈话》在各级干部中传达，毛主席说：“什么四个伟大（指伟大导师、伟大领袖、伟大统帅、伟大舵手），讨嫌！”

1971 年 7 月 1 日，《人民日报》、《解放军报》、《红旗》杂志同时发表重要文章，告诫全党警惕“现在正睡在我们身边的赫鲁晓夫那样的人物”。

1971年夏，毛泽东又乘专列离京去南方巡视。一路上毛泽东与各地党政军负责人谈话时，公开点名批评林彪，动员组织各地高级干部提高警惕，防止突发事变。毛泽东与林彪的公开较量开始了。

1971年9月12日，毛泽东在北京丰台站紧急召见李德生、纪登奎、吴德、吴忠等人，告诉他们：“庐山会议的事没有完，黑手不只陈伯达一个，黑手之后还有黑手。”并责令李德生调一个师到南口，以备事患。

1971年9月12日晚林立果乘256号三叉戟飞机由北京飞抵山海关海军机场，林彪女儿林立衡向警卫的8341部队报告，林立果、叶群要挟持林彪南下广州。她并且与汪东兴通了电话，讲述了听到的林彪父子谈话内容。随后，周恩来立即向吴法宪查问：“空军一架三叉戟飞机到山海关是怎么回事？立即要飞机回来，不许带任何人回北京。”吴法宪支支吾吾地应付着：“那架飞机执行夜航试飞任务，现在出现了故障，飞不回来了。”周恩来斩钉截铁地命令：“既然飞不动了，飞机就停在那里不许动！”

1971年9月12日晚11点半，周恩来总理打电话给叶群（注：汪东兴说周总理打电话给叶群，而李德生则讲是叶群打电话给周总理。），询问：“林副主席身体怎么样？需要的话，我去北戴河看一看林彪同志。”叶群立即警觉起来，怕露出破绽，连忙说：“你到北戴河来，林彪就紧张，更不安。总之，总理不要来。”

周恩来与叶群通过电话后，立即打电话给李作鹏：“停在山海关机场的那架256号飞机不要动。要动的话必须由我、黄永胜、吴法宪和你4个人一起下命令才能飞行。”并告诉李作鹏：“林彪可能夜航，夜航不安全，不要夜航。林彪到机场时，让林彪直接打电话给我。”李作鹏将周恩来的指示篡改为：“4个首长，其中一个首长指示放飞才放飞。”

1971年9月13日零点22分，林彪等人乘车从北戴河疾速驶向山海关。汽车直接开到海军机场停放的三叉戟飞机旁，强令正在给飞机加油的油罐车离开，没等客梯打开，他们就顺着三叉戟飞机驾驶舱的软梯一个接一个地爬上去。机组的副驾驶员、领航员、报务员都没有来得及上飞机，舱门就关上了。没有与指挥台联系，就启动、滑行，于9月13日零点32

分升空。机场负责人 3 次紧急报告李作鹏，问没有接到首长放飞的命令，可飞机已强行起飞，怎么办？李作鹏迟迟不做答复。

当周恩来获知飞机起飞后，立刻与汪东兴到毛泽东处做汇报。毛泽东沉默不语，显然，事态发生如此急剧的变化出乎他的意料。正在汇报时，吴法宪打来电话说："飞机向北飞行已三十多分钟，出了张家口到了内蒙古上空，请示要不要派飞机去拦截？"毛泽东脸色一沉，无可奈何地说："林彪还是我们党中央的副主席，天要下雨，娘要嫁人，不要阻拦，由他去吧。"

随后，周恩来下达禁空令："关闭全国所有机场，飞机停飞，开启全部雷达监视天空。"空军司令部调度指挥室的雷达，密切跟踪 256 号飞机的行踪，并及时向周总理报告飞机的方位和飞行角度。

"用无线电向 256 号飞机呼叫，他们能不能听到？"周总理问。"能听到。"调度人员回答。"我要对潘景寅（驾驶员）讲话，请给我接上。"周总理说。"他开着机器，但不回答。""那就请你向 256 号飞机发出呼叫，希望他们飞回来，不论在北京东郊机场或西郊机场降落，我周恩来都到机场去接。"

中央也发出了一级备战的命令，做出军事部署。

1971 年 9 月 13 日 1 时 55 分，256 号三叉戟飞机在中蒙边境地区上空从雷达荧光屏上消失，不知去向。

256 号三叉戟飞机在中国上空飞行了 93 分钟，这是影响中国命运生死攸关的时刻。这使中国最高决策者陷入无法决策的境地。若采取行动，将飞机打下来，理由与证据并不充足，之后很难向全国人民、全党做出有说服力的解释，也许还会引火烧身，造成社会的大动荡。若放任不管，林彪一旦跑到苏联，后果不堪设想，将会给中国带来极大的威胁，甚至会引发中苏之间大规模武装冲突或战争，则更难向全国人民、全党做出交代。关键时刻的一举一动，是对中国最高决策人的智慧、意志、能力、经验、决策的考验。"9·13 事件"的结局虽然具有偶然性，但中国最高决策人在应对突发事件中扭转被动局面、避免事态恶化方面，所采取的措施，所做出的努力是有成效的。在"9·13 事件"中，外交方面一系列的举措起了重要作用。

随着一些当事人回忆的披露，将这一历史事件的前前后后昭之于世，使我们能够更多地了解到当时那些惊心动魄的史实。

将镜头跟踪、聚焦进入蒙古的256号三叉戟飞机及后续事态的发展。

1971年9月13日：

凌晨2时30分。当夜幕笼罩着大地，人们还在梦中酣睡时，在蒙古人民共和国肯特省省会温都尔汗西北70公里贝尔赫县苏布拉嘎盆地（东经111度17分，北纬47度41分）的空旷草原上，一架飞机坠毁，发出巨大的爆炸声，一团火球腾空而起。

凌晨3时，根据毛泽东指示，周恩来在人民大会堂召开在京中共中央政治局会议，通报林彪等叛逃情况，研究发生各种情况的应对措施。之后，周恩来又向各大军区，各省、市、自治区主要负责人打电话通报情况。

下午，周恩来总理打电话通知外交部代部长姬鹏飞，通告林彪于13日凌晨乘飞机外逃。目标方向可能是西北方向的某国。让外交部密切注意外电报道，研究和提出各种可能情况下的外交应对方案。不久，获悉外电报道：在蒙古境内有一架飞机坠毁。

1971年9月14日：

凌晨2时，周总理在人大会堂接见姬鹏飞和3位即将赴任的大使，有驻越大使王幼平、驻巴基斯坦大使张彤等。王幼平大使本来预定9月13日乘飞机去河内。整装待发的他接到外交部通知：“您乘坐的航班取消了。”晚8点接到外交部通知：今晚周总理可能要接见，请王大使休息，听候通知。晚10时，又接到电话，“14日凌晨2时，周总理接见，部里派车去接。”姬鹏飞等人已到。王大使同他们打招呼说：“今天没有走成，飞机不起飞，可能又是发射卫星。因为上次发射卫星时，当日所有民航客机停飞。”王大使说完，其他人没有反应，都是沉默不语，他立刻感到出什么大事了。过了一会儿，工作人员进来告诉大家再等一下，周总理已经50多个小时没有休息了。他现在正在外面散步。半个小时之后，周总理从外面走了进来，虽然仍然像往常一样和大家一一热情握手，但走得很慢，显得十分疲惫，心事重重。周总理告诉大家："出了一件事，这件事出乎大家意料之外，也在意料之中。林彪跑了。"总理的话缓慢而又沉重，大家似乎没有听清楚，或者说不敢相信所听到的是事实，面面相觑，谁也没敢说话。周总理依然接着说："从雷达荧光屏上看，飞机已经掉下来了。它可能是真的，也可能是假象，目前正在侦察。最后嘱咐大家，你们马上就要返任了，这件事外电很快就会披露。万一林彪在国外发表声明，你们思想上也要有个准备。"

周总理考虑问题细心周密，他把十万火急的诸项国家大事安排停当后，想起还有3位外交使节即将返任，他要把这件大事告诉使节，让他们心中有数，以便向驻在国政府通报，对外自如应对。

早晨，中国驻蒙古使馆人员刚刚用完早餐，还没到上班时间，就接到蒙古外交部打来的电话。称蒙古外交部副部长额尔敦比列格于8时30分紧急约见中国大使许文益。8时20分许文益大使和翻译匆匆赶去。40分钟后，许大使回到使馆，立即召开紧急会议。告诉大家此次紧急约见内容："蒙方通知中方，一架中国军用飞机于9月13日凌晨2时30分，在蒙古境内坠毁，机上9人包括一名妇女全部死亡。蒙方对中国飞机越过蒙古边界侵入蒙古领土一事，提出口头抗议，并要求中国方面给予解释。"许大使当即表示尽快向国内汇报，并提出派员到现场勘察。

许文益大使刚刚到任24天，对蒙古的各项工作及环境还不熟悉。但这位军人出身、新中国第一批外交官，已在外交战线奋战了20年，曾出任驻德意志民主共和国使团二秘、后任一秘，外交部人事司副司长，世界知识出版社副社长，驻刚果（布）政务参赞等职，有着丰富的外交工作经验。面对突发的飞机坠毁事件，他临危不乱，果断地做出决定：第一，尽快向国内汇报，请求指示；第二，派孙一先二秘带翻译立即动身去现场勘察。当时使馆与国内联络方式比较落后，一般是通过蒙古的通讯网与国内联系，还有就是通过信使或人员往返进行交递。

不一会儿，负责机要工作的同志神色不安地报告说："蒙古电报局称，由于线路情况不好，电报不能及时发出，最快也得4个小时以后。"当时使馆未设电台，发电报只能经蒙古电报局。中国飞机坠毁是件大事，这样紧急的事，怎能耽搁？大家心如火燎，都瞪着眼睛看着许大使。许大使虽然表面冷静，但内心与大家一样焦急。俗话说，急中生智，许大使忽然想起使馆有一部直通北京的专线电话，已封闭两年多，如能启用岂不可解燃眉之急？这种专线电话是一种可以直通的高频电话，是 20 世纪 50 年代中苏关系密切友好时，在北京和莫斯科之间架设的，北京和乌兰巴托之间也顺便安装了这种电话。后来由于中苏关系恶化，中蒙关系变冷，专线电话也随之停用。启用这种专用电话是要承担风险的。事不宜迟，需要当机立断，许大使决定启用。有关同志立即行动起来，办公室的小贾从库房里拿出一大串钥匙，一把一把地试着开。大概花了半个小时，与北京邮电局电话台才接通，但北京邮电局对这个莫明其妙的电话没有重视，托词说外交部机器坏了，不给转接。许大使毅然决定先打国际长途电话，通知外交部有重要情况报告，要求使用专线电话。外交部同意后，电话终于接通了。

上午，外交部党组召开会议，落实周恩来总理昨天的指示。会议气氛十分严肃，不像以往开会时那样活跃。虽然林彪外逃这件事让大家意外、震惊，后续事态发展又是扑朔迷离，面临的压力、危害、危险是显而易见的。但会开得有条不紊，对林彪出逃后会出现的情况做了 4 种估计：

一、林彪出场，公开发表叛国声明；

二、林彪或其他人通过外国广播或报纸发表讲话；

三、林彪及其追随者暂不露面，也不直接发表谈话，由外国通讯社客观报道林彪等已到达某国某地；

四、不发表消息，以观国内动静。

会议还详细地讨论、研究了各种情况下对外如何表态的问题，并做了分工。12 点的钟声敲响了，会议却未有结束的意思。

中午 12 点半左右，中国驻蒙古使馆通过高频电话与国内取得联系，向外交部汇报了上午蒙古外交部副部长约见许文益大使的谈话内容。随即，正在开会的会议室大门突然被打开，外交部值班秘书忘了敲门直接闯进来，快步直奔姬鹏飞，将一份手抄特急报告递交给他。这时，全场人员屏住呼吸，根据姬鹏飞的脸部表情，知道这是一份极不寻常的“特急件”，都急切地想知道它的内容。只见姬鹏飞神色凝重的脸上渐渐地绽露出笑容，用山西味的异常语调掷出一句：“机毁人亡，绝妙的下场！”紧接着就将报告内容念给大家听：“今日上午8点30分，蒙古外交部副部长额尔敦比列格约见许文益大使，通知有一架中国喷气式军用飞机于凌晨2点30分左右坠毁在蒙肯特省贝尔赫县内，机上共9人，全部死亡，并向我提出抗议。许大使已向蒙方提出要求到现场调查。”顷刻，原本严肃的气氛顿时活跃起来。韩念龙副部长从姬鹏飞代部长手中拿过报告，又逐字逐句地仔细看了起来，因为蒙古归他管。会议当然不会结束，最紧要的任务是要将此消息迅速报告给毛主席和周总理，这也是他们最急切想知道的。姬代部长立即吩咐王海蓉给毛主席和周总理打电话。电话打到毛主席和周总理的办公室，得到的答复是毛主席和周总理自9月13日起一直没有合过眼，刚刚服过安眠药入睡。由于驻蒙古使馆的报告关系重大，外交部党组决定立即派人把报告送交毛主席和周总理，并再一次打电话告诉毛主席和周总理的秘书，强调送去的是一份特急和特别重要的文件，一定要将毛主席和周总理叫醒看文件。

中午，蒙古外交部打电话给中国驻蒙古使馆，告知去飞机坠落现场的飞机已经安排好，中午1点就可以启程了。由于国内的指示未到，以尚未准备好为由推迟行期。

下午2点，外交部办公厅主任符浩开完会刚回到办公室，从抽屉中找出一包饼干，权作是午餐。桌上的电话铃骤然响起，是姬鹏飞代部长打来的，让符浩立即去他的办公室有要事相谈。姬鹏飞也在吃着饼干，边吃边说：周总理刚来了电话，他刚从毛主席处回来，对外交部的同志迅速把报告送到并叫醒他们感到满意。周总理特别对我驻蒙古使馆，在不了解实际情况下，为了使国内尽快知道有一架我机在蒙古境内失事，当机立断，启动已封存两年之久的专用电话线，以最快的速度把报告传回来表示满意。接着讲到周总理交办的几件事，要符浩立即去办：“一、将今天收到的我驻蒙古大使馆的报告用3号铅字打印18份，下午6点由符浩送到人民大会堂北门内，交中办王良恩副主任；二、从现在起指定专人译办我驻蒙古使馆来的电报，由符浩亲自密封送周总理亲启；三、今天的报告，凡经办和知道的人都要打招呼，要绝对保密。”符浩刚一离去，姬鹏飞立即将韩念龙副部长叫来研究给我驻蒙使馆回电一事。

下午，3 时 30 分，国内给我驻蒙使馆的指示发出。中方向蒙方对飞机误入蒙古境内表示歉意，并要求许文益大使亲自带队去失事现场勘察。

5 时 58 分，符浩准时到达人民大会堂北门，等候多时的中办副主任王良恩迎上来便说："你来得很准时，参加政治局会议的人已到齐，董（必武）老也来了，就等你送的文件了。"

6 时左右，驻蒙使馆终于盼来国内指示，要许大使偕随员亲赴现场视察。此时蒙古外交部已经下班。许大使打破常规，紧急约见蒙古外交部额尔敦比列格副部长。副部长晚上有外事活动，会见安排到晚上 8 点半。地点仍在他的办公室。许大使奉政府之命通知蒙方："13 日凌晨 2 时许，失事的那架飞机，可能是由于迷失方向误入蒙古人民共和国国境。对此，我们表示遗憾，对蒙古政府愿意提供飞机并指派领事司司长陪同去现场视察表示感谢。我将亲自率领有关人员前往现场，请蒙方予以帮助。"蒙副部长听完后要许大使澄清：中国方面关于飞机可能是迷失方向误入蒙古国境的解释，是否可认为是"正式答复"？许大使回答："可以这样认为。"蒙副部长又追问是否是"最后答复"？许大使思考了一下说："这是我国政府在得到使馆第一次报告后给我的指示，是正式答复，但我理解不是最后答复。"蒙副外长又追问飞机是从哪里起飞的？往哪里飞？许大使坦率地告诉他，这个问题目前无法答复。蒙副部长让中方等候飞机起飞消息，做明天赴现场的准备。

晚 21 时，我驻蒙使馆又接到国内指示，尸体尽量争取火化，将骨灰带回；如火化确有困难，可拍照作证，就地深埋，树立标志，以便以后将遗骸送回国内。

晚上，符浩送完文件回家吃完晚饭后，因头天晚上几乎没有睡觉，他打算睡上一觉。无奈太兴奋了，无法入睡。这件"天大的事"却不能告诉任何人，包括自己的亲人和朋友。为了与人分享喜悦并一吐为快，他信步来到住在同一个院里的"知情者"乔冠华家中。乔冠华一见到符浩就笑眯眯地说："说曹操，曹操到，我正要打电话请你呢！"两个人说笑着走进书房，先是欣赏章太炎的一副楹联，品赏了一会儿，乔冠华狡黠地眨了下眼睛："该言归正传了吧？"于是两人围绕林彪叛逃，机毁人亡你一言我一语地谈了起来。乔冠华拿出一瓶茅台酒，边谈边饮，兴致达到了高潮。借着酒兴，符浩诗兴大发，随口颂出一首唐诗："月黑雁飞高，单于夜遁逃，欲将轻骑逐，大雪满弓刀。"乔冠华听后，沉思了一会儿，将手中满杯酒一饮而尽，兴致勃勃地说："贾宝玉不是说述旧不如新编吗？我把这首诗略加改动，你看新意如何？"说完斟满酒站起来，抑扬顿挫地吟了起来："月黑雁飞高，林彪夜遁逃。无需轻骑逐，大火自焚烧。"吟毕，一仰脖又将满杯酒饮空，真是豪气冲天。乔冠华刚将"改诗"用铅笔誊出，电话铃声骤然响起，是外交部值班室找符浩的，又接到驻蒙使馆电报，让符立即回部。临走时，乔冠华对符浩说："本应把这瓶茅台酒让你带走，不过你今晚就要酩酊大醉了，会误事。我这有包速溶咖啡，给你带上，你会发现它的妙用。"

后来郭沫若看到乔冠华的这首"改诗"——"塞下曲"，曾挥毫将此诗书成条幅并加赞语赠给乔冠华："巧合无间，妙不可言。嘱题小幅一轴，欣然命笔，以示奇文共欣赏，好事相与祝也。冠华座右，望常拍案惊奇。"这是后话了。

1971 年 9 月 15 日：

13 点 30 分，蒙古外交部通知中国大使馆，飞机半小时之后去温都尔汗。许文益大使、孙一先二秘及两位翻译沈庆沂、王中远 4 人疾奔机场，乘伊尔 14 专机去现场查看，同行的还有蒙古外交部领事司司长高陶布，二司专员古尔斯德，边防内务管理局桑加上校，一些蒙古航空、法律、法医等专家和新闻摄影记者。

14 点 45 分，飞机起飞，航程 300 公里，1 小时后即抵达温都尔汗的一个简易机场。坠机现场离温都尔汗机场还有 70 公里，为了赶在太阳下山前到达现场，立即换乘嘎斯 69 小车和一辆大轿车向目的地驶去。

15 点 30 分，驻蒙使馆报告，许文益大使一行 4 人已于 14 时 45 分乘蒙方飞机前往飞机坠毁现场勘察。

18 点时到达现场。很远处就能看到一大片烧焦的草地，蒙古哨兵在四周高坡上流动放哨。坠机现场是丘陵中的一块盆地，沙质土壤，南北长

3000多米，东西宽800多米，地势开阔平坦，到处都覆盖着三四十厘米的茅草。飞机是由北向南降落，着陆点正好在盆地中央，坠毁在盆地的南半部。草地燃烧面积长800米，宽度由北面的50米扩展至南面的200米，呈梯形。焦黑的草地上散落着大大小小的飞机残骸，覆盖着白布的尸体格外刺眼，一片凄凉悲惨的景象。飞机着陆点以南约30米长的草皮被飞机滑行时搂光，右侧被机翼划出深约20厘米的一道槽沟。再往南进入燃烧区，飞机头已烧得面目全非，旁边有一段断翼，机翼上有一个40厘米的大洞。机尾上的五星红旗和机号“256”等标志清晰可见。

机头以北处散布着9具尸体，中方将尸体从飞机上甩出的先后顺序由北向南编成1号至9号，并从各个角度进行拍照，以便以后鉴别确认。根据事后查证：1号尸体杨振刚，林彪司机；2号尸体林立果；3号尸体刘沛丰，空军司令部处长；4号尸体邵起良，特级机械师；5号尸体林彪；6号尸体张延，机械师；7号尸体李平，空勤机械师；8号尸体叶群；9号尸体潘景寅，飞机驾驶员。尸体大都仰面朝天，头部多被烧焦，面部模糊不清，难以辨认。在查看中，发现他们腕上都无手表，脚上没穿鞋子，显然是事先为避免冲撞扭伤做了准备。

散落在四处的一些小物品已被蒙方收集堆放在一处。中方看到7支手枪，两把微型冲锋枪及40多发子弹，这也是蒙方认定256号三叉戟飞机是军用飞机的主要原因吧。在杂物中有一个塑料夹中发现了空军大院的出入证，上面写着：林立果，男，24岁，干部。

总的来讲，蒙方在现场勘察过程中比较配合友好，可能担心中方认为飞机是被他们打下来的，所以对中方提出的要求尽量满足。中方根据国内批示，要求对尸体火葬处理，但蒙方表示蒙古没有火葬的习俗，中方最后同意土葬。按蒙古风俗习惯，墓地要选一个能每天都看到太阳升起的地方。为此，蒙古边防军内务管理局桑加上校特地走了一公里，在西边的山坡上选择了一块居高临下之处作为墓地，在得到中方认可后，派人连夜挖掘墓穴。蒙古草原夜晚气温很低，许大使看到挖掘墓穴的士兵还穿着单衣，就让孙一先拿来两瓶二锅头酒送给他们，以抵御寒冷。

许文益大使一行人返回温都尔汗克鲁伦旅馆时，已是晚10时，在吃晚餐时，为酬谢蒙方人员的友好合作，中方拿出几瓶汾酒和罐头与蒙方边吃边谈，气氛相当友好。双方又商量了第二天的要紧事宜，中方提出4项建议：1. 墓前立一碑，上写“中国民航1971年9月13日遇难9同志之墓”，下写“中华人民共和国驻蒙古大使馆”；2. 按照蒙古习俗，在墓上放一件失事飞机的残骸，如标有“中国民航”字样的机翼；3. 请蒙方把遇难者的文件和遗物交给我们，我们写收条；4. 请蒙方人员帮助画一张飞机失事现场图，注明出事地点的经纬度。散席时已是子夜时分，中方正准备就寝，蒙方又要求商谈飞机失事的正式文件，文件包括现场调查纪要，尸体检查情况纪要和死者安葬纪要3部分内容，谈判直到凌晨3时。

1971年9月16日：

上午10时，许文益大使一行由蒙方陪同再次来到坠机现场。蒙古士兵抬来几口棺材，放在尸体旁。中方人员对9具尸体再次拍照后，尸体放入棺材，由蒙方士兵送往墓地。墓地位于飞机坠毁地西1.1公里处，墓穴长10米，宽3米，深1.5米，按蒙古习俗，覆盖着红布、黑布的棺材放入墓穴后，由许文益大使，蒙古外交部领事司司长高陶布、蒙边防内务管理局桑加上校等执铲象征性填土，最后由蒙方士兵填土修墓，并将飞机上的一个部件放在坟墓顶上作为标志。中方人员在向不知姓名的中国亡者墓做了简短的致哀后，离开飞机坠毁现场返回温都尔汗。

在飞机坠落的原因上，蒙方认为该机是在没有外来因素的影响下，进行紧急降落，试图用飞机腹部着陆失败，右翼撞地折断，引起爆炸燃烧。蒙方还提供了9月13日凌晨时的气象资料：当时上空无风沙，无雾，能见度50公里，没有危险的气象情况发生，从而可以排除飞机因气候恶劣导致失事的可能性。

在中国驻蒙使馆关于飞机失事的报告中是这样分析的：从周围无高大目标，迫降地点选择合理，着陆点与燃烧区有几十米距离，以及死者躯干烧伤不重，无高空摔折等情况看，飞机不像是高空爆炸起火，而应该是着地后爆炸起火。

晚11时30分，国内发电给驻蒙使馆，催问许大使去飞机坠落现场勘察情况及现场停留一天的原因。

1971年9月17日：

这一天中方与蒙方进行了一场艰苦卓绝、斗智斗勇的谈判。

在人们眼中，外交官衣着华贵，出入小汽车坐着，常常光顾宴会、招待会，好吃好喝好玩，是个令人垂涎的职业。但当你深入到外交官的工作与生活中去，就可以了解到做一名外交官的艰辛与不易，他们承担的责任、所需的智慧、付出的劳累都是鲜为人知的。外交斗争是一场没有硝烟的战场，是一场智力与勇气的博弈。中蒙的这次谈判就是一个典型的范例。

头天，整整一天奔波在飞机坠毁现场的许大使一行4人，下午5点多才回到温都尔汗。连续几天的高度紧张和劳累，使大家都精疲力竭，真想好好睡上一觉。但是晚上10时左右，蒙古方送来他们起草的《关于中华人民共和国飞机在蒙古人民共和国领土上飞行失事的现场调查纪要》（以下简称《现场调查纪要》），并要求连夜会谈。许文益大使让两位翻译迅速将文件翻译出来，翻译完毕时针已指向17日凌晨1时，中方立即对文件进行研究讨论，准备了对案。中方认为蒙方在帮助视察现场和安葬遗体方面是友好的，但在写的纪要中态度显得比较生硬，他们虽然不再称我失事飞机是“侵犯”和“入侵”蒙古国境，但仍强调飞机是“军事人员驾驶”、“军事人员乘坐”，甚至还说是“为军事目的服务”，抓住“军事”两字不放，想在政治上置中方于被动不利地位。中方研究后认为这是个原则问题，绝不能让步，根据国内指示精神，坚持是中方民航飞机误入蒙古国境的立场据理力争，争取谈成。

凌晨4时25分，中蒙双方在旅馆开始正式会谈。中国失事飞机是“中国民航”飞机还是中国“军用飞机”是会谈的焦点。许文益大使对《现场调查纪要》提出了10项修改意见。其中将“中华人民共和国飞机于1971年9月13日2时左右进入蒙古人民共和国境内”，改为“中国民航飞机由于迷失方向，误入蒙古境内”；针对纪要中记述飞机残骸时，只讲有中国国旗和256号机尾，而不讲标有“中国民航”字样的机翼，提议加上在飞机头部东面20余米处有损坏的机翼，上有“民航”二字；对纪要记述死者遗物后，得出“失事飞机是中国人民解放军使用的”和死者都是“军事人员”的结论，提出改为“这架中国民航256号飞机载有中国军事人员，也载有非军事人员”……经过一番激烈的争论，蒙方提出休会10分钟，可是10分钟过后，蒙方人员未履约来参加会谈。这时翻译沈庆沂从外面回来说，他看见蒙方人员去邮电局了，大概是向他们的领导请示汇报吧。在等待期间，许文益大使从随身携带的收音机中，听到外电报道：中国关闭机场，所有飞机停飞的消息。许大使立刻敏感地意识到可能与在蒙古坠机事件有关，国内一定急迫等待了解在蒙古坠毁的飞机情况。许大使心急如焚，应该立即返回乌兰巴托，向国内汇报飞机坠毁现场的勘察情况和与蒙方谈判情况，听取国内指示。他安排孙一先与蒙方交涉：“鉴于中国国庆22周年临近，大使要在今天返回使馆主持工作。建议中蒙双方在乌兰巴托继续会谈。如果蒙方坚持在温都尔汗谈，那么由孙一先二秘代表大使继续商谈。”

上午10时15分，复会。蒙边防内务管理局桑加上校对许文益大使的10项修改意见逐条驳回。他说：“没有证据证明中国民航飞机是迷失方向误入蒙古境内，所以没有必要、没有根据这样写”；他认为：“如果把飞机头部东面20余米处有民航二字的机翼写进去，纪要就得把所有的东西写进去”；他又说：“因为死者都穿军装，所以他们是军事人员要保留下来。”

许文益大使针对桑加上校的发言着重讲了两点：“第一，我于9月14日晚8点半，根据中国政府指示，就中国民航飞机失事原因向额尔敦比列格副外长做了正式解释，他并未提出不同意见；第二，失事飞机很明显写着“中国民航‘256’号字样，这是有目共睹的事实”。双方意见针锋相对，互不相让，谈判陷入僵局。

下午3时20分双方继续进行谈判。蒙方看到关于飞机失事的《现场调查纪要》没有可能达成共识，便采取舍难求易的办法，转向讨论《安葬纪要》。然而，对这个纪要的进展也并不顺利，而且引来一场唇枪舌剑的争论，请看精彩片断：

许大使：“至于飞机上的人员，我们不反对蒙方说有军事人员，但根据现场判断，飞机上也有非军事人员，要把这两种人都写进去。”

桑加上校："坚持飞机上的人员是军事人员的说法。"

许大使："那个女的就不是军事人员，现场有她的一双白皮鞋。"

高陶布司长："虽然机翼上有中国民航的字样，但飞机里的材料没有一点可以证明是民航飞机。失事人员带的证件都是部队发给他们的。至于那双白皮鞋，也没穿在那个女的脚上，不一定属于她的。"

许大使："256号就是中国民航飞机，正像有的国家民航由军人管理一样，不能因此就说不是民航。"

孙一先二秘："我在蒙古工作多年，看到蒙古民航也是军队领导和管理的，而且驾驶飞机的人都是现役军人。假若蒙古民航的飞机迷失方向，误入他国领空，他国便以此否认这是蒙古的民航飞机，你们能同意吗?"

许大使："那个驾驶员穿的是皮夹克，说明不是现役军人。"

高陶布司长："他的皮夹克里面有军服，腰带也是军人腰带。"

许大使："我国青年人喜欢穿皮衣，扎军人腰带，不能以此作为军人的证据。"

桑加上校："我们有各方面的材料证明这些人都是军人。"

许大使："如果你们有材料证明，请拿出来，我可以放弃自己的意见。"

桑加上校："现场有枪，证明死者都是军人。"

许大使："我们不怕承认机上有军事人员。"

蒙方见双方无法达成一致意见，就强行要单方面签字，并欢迎中国同志在场。孙一先回敬说："签字不能代表我们，我们也没有必要在场。"许大使为了缓和僵局，建议不要着急，回乌兰巴托再继续谈。高陶布拒绝了这个建议，坚持要单方面签字。许大使表示："这是我们不愿看到的结果，对此表示遗憾。"就这样，什么文件都未达成一致意见，一场夜以继日的紧张谈判不欢而散。

下午6时，许大使一行乘坐飞机返回乌兰巴托。

在请示周总理后，符浩立即用专用高频电话与许文益大使直接通话，让他速派专人送有关材料回国并面报详细情况。

1971年9月18日：

凌晨1时，接到驻蒙古使馆报告，决定派去过现场勘察的二秘孙一先回国，将现场照片、目测示意图和有关资料送回部里，并当面汇报详细情况。

中共中央发出《关于林彪叛国出逃的通知》："林彪于1971年9月13日仓皇出逃，狼狈投敌，叛党叛国，自取灭亡。"中央要求有步骤地逐级传达。

1971年9月19日：

晚，驻蒙古使馆报告：孙一先二秘于9月20日乘第4次国际列车离开乌兰巴托回国。

1971年9月21日：

陈毅在军委听完传达后，回到301医院，他对同在一起住院治病的熊向晖说："这样的结果最妙，林彪自我爆炸，消除了党内隐患。"

下午3时30分，从乌兰巴托开来的第4次国际列车准时到达北京站。符浩早已在站台等候。孙一先和同车到达的中建公司贺喜与符浩打完招呼后，还在东张西望地找接站人，显然不知道符浩是专程接他的。符浩告诉孙一先："我就是来接你的。已安排你暂住招待所。"随后，又告诉贺喜："你可以回家住，关于我国一架飞机坠毁的事，没有公开之前要保密，不能外泄。"到了外交部招待所，孙一先将从使馆带回的文件和拍摄的现场胶卷交给符浩。符浩告诉孙一先："是按周总理要求去车站接他的。飞机坠毁事件，情况十分复杂，要绝对保密。并向他交代了几条注意事项：第一，暂住招待所不许外出，也不许在招待所内到处走动；第二，不要与外面联系，包括亲属和所属单位；第三，如果在招待所中遇到熟人，就说是回国送文件，现在正在等文件，随时准备返馆。有关飞机的事，一句也不能讲；第四，随时准备汇报。"并将一个电话号码和外交部值班室主任徐连儒的名字写给他，如果有事可与他联系。"

晚上11时许，姬鹏飞、韩念龙、李耀文、符浩来到人民大会堂福建厅，周总理早已在那等候。

半个小时后，王海蓉带着刚从蒙古回国的孙一先二秘进来。孙一先没有想到是周总理亲自听取汇报，急忙走上几步，紧紧地握住周总理的手。

周总理目光炯炯地看着他，亲切地问候："回来了，请坐。"并将身旁的军人杨德中介绍给他。这时，周总理问："一同回来的不是还有一个翻译吗？哪去了？""他回家了。"孙一先答道。周总理突然转过身，面色一沉，浓眉猛然一蹙，严厉地对符浩说："谁让他回的家？"符浩连忙解释："那个翻译没有到过现场，也不了解情况，就让他回家了。"周总理说："那也不行，飞机摔掉了他总知道吧，你当过兵吗？"刹那间，符浩感到事情的严重性，周总理明明知道符浩是从部队调到外交部的，这样说是在批评他没有警惕性。符浩连忙说："我马上就将翻译找回来。"说完就到隔壁房间打电话去了。孙一先将事先绘制好的示意图展开，详尽地介绍了坠机现场的实况及勘察过程中的所见所闻。正在汇报中，又进来几位军人，是李德生、吴法宪和空军副司令邝任农。孙一先按照准备好的汇报提纲讲下去。周总理对失事飞机的各项情况似乎兴趣不大。已经是9月22日凌晨了，周总理疲倦地有时闭上眼睛打个盹。当孙一先讲到死难者尸体时，已是凌晨2时了，周总理精神异常关注，已经看不到一点点疲劳的影子。孙一先拿着照片细致地介绍每个编号尸体的情况。周总理一张一张照片仔细地观看，有时还戴上老花镜反复地看，看完后将照片分类码放，并将一部分照片用曲别针别好，同时附上纸条写上字。当孙一先将使馆人员最后在陵墓前致哀的照片递给周总理时，周总理连看都不看就放在另一堆照片里。汇报到死者遗物时，周总理全神贯注地听着，并不时地提问在一些记事本上的内容。孙一先讲，本上记的内容看不懂，当时光线太暗，拍出的照片上的字迹也不清楚。周总理似乎有点失望，但还是将照片与尸体照片放到一起。汇报结束时已是凌晨3点。

1971年9月22日：

凌晨3时，周总理在听完驻蒙古使馆孙一先二秘的汇报后，指示杨德中："由你主持研究一下，飞机究竟是怎样坠毁的，符浩也参加。"在人大会堂东大厅，公安部长李震、北空司令李际泰已坐在那等候，等他们看完照片和示意图后，符浩又简要地将孙一先汇报的内容及使馆报送的材料，做了必要的说明。大家对飞机是如何坠毁的问题分析、讨论起来，最后一致认为李际泰分析的有道理。李际泰的看法是：飞机因燃料将要燃尽，被迫做紧急着陆的准备，驾驶员不太熟悉较大区域的地面情况，最好的选择是找一块平坦的地方，冒险以飞机肚皮擦地降落。看来，飞机着陆后，由于失去平衡，右翼向下倾斜，触及地面与沙石冲磨，骤然升温引起油箱起火，从而导致全机爆炸。从当时的特殊情况来看，驾驶员技术很好，选择了唯一的处理办法。当然也不排除其他原因，例如：机件失灵或被地面炮火击伤而坠落，或击伤后被迫着陆，但这些可能性较小。杨德中认为有必要找一架同类型飞机与飞行员和地勤人员再研究一下，大家都表示赞同。符浩建议让孙一先也去。

凌晨4时多，杨德中又回去向周总理汇报大家研究、讨论的意见。

下午3时30分，蒙古外交部二司司长策伦朝达勒紧急约见许文益大使，称奉政府之命，要求中国政府在9月25日之前，就失事飞机越境侵入蒙古领空一事，做出正式解释。许文益大使回答，9月14日已奉命向额尔敦比列格副外长做了正式解释。蒙古外交部二司司长说，那是不够的。为了不使我们之间发生不适宜的情况，要求你们9月25日前，用书面形式给予正式解释。对方口气强硬，根本不再提继续会谈的事。

1971年9月23日：

凌晨，中国驻蒙古使馆接到国内指示，让许文益大使立即约见蒙古副外长，奉政府指示表示：第一，1971年9月13日2时左右，中国民航256号三叉戟飞机，因迷失方向，误入蒙古人民共和国领空，自行坠毁。中国政府对此表示遗憾。对蒙古政府在寻找飞机残骸、埋葬死难者遗体和清理死难者遗物等方面给予的协助，中国政府表示深切的谢意。第二，应死难者家属的要求，中国政府决定将死难者遗体运回中国正式埋葬；或就地火化，带回骨灰。中国政府请蒙古政府惠予协助，并希望蒙古方面将现场搜集的死难者遗物交还中方。

当时蒙古外交部的副部长都不在，许文益大使紧急约见蒙古外交部策伦朝达勒司长，转达了中国政府的表述。策伦朝达勒司长听后表示将报告上级。

1971年9月24日：

周恩来代表中共中央宣布命令：黄永胜、吴法宪、李作鹏、邱会作离职反省。中央决定由叶剑英主持中央军委工作。

1971 年 9 月 25 日：

许文益大使约见蒙古外交部策伦朝达勒司长，催问蒙方对中国政府所提要求的答复。策伦朝达勒司长表示尚未见到政府指示，并说今天是 9 月 25 日，中国政府还未就中国飞机侵入蒙古一事做出正式解释，对此只能表示遗憾。他还进一步提出，既然遇难人员的身份已经清楚，希望中方将他们的姓名、年龄、职务和照片提供蒙方。蒙古政府只有在研究中国政府的正式答复后，才能考虑对中国政府的要求予以答复。如果你们拖延答复，会不会产生不适宜情况，他对此表示担忧。许文益大使从他的话语中看出事态又有新的变化，恐怕与飞机失事以来国际上的各种传闻有关吧。

1971 年 9 月 26 日：

叶剑英邀请乔冠华、章文晋、熊向晖到他家谈话。叶帅说，林彪乘飞机叛逃，本来可以用导弹打下来，是主席不同意，说“天要下雨，娘要嫁人，由他去。”叶帅说，如果打下来，解释不清楚；如果叛逃成功，也会增加麻烦，机毁人亡的结局最理想。他还兴致勃勃地给大家念了董（必武）老在政治局讨论林彪叛逃事件时写的一首诗：“铁鸟南飞叛未成，庐山终古显威灵。仓皇北上埋沙碛，地上应惭汉李陵。”

晚，人民大会堂西大厅。即将出访的中国政府代表团正在向周总理汇报，并听取周总理的指示。代表团成员之一符浩坐在离周总理很近之处，他感到这半个月时间周总理明显地瘦了，但清癯的面孔上却有一种喜悦和轻松的表情。在告别周总理快要走到人民大会堂北门时，一个服务员快步走近符浩，告诉他周总理在西大厅要见他。周总理交待符浩：“你明天一早就要动身去巴黎，有关林彪叛逃的事，见到黄镇同志时，把情况告诉他。”停了一会儿，又说：“中央已决定逮捕黄、吴、李、邱等人。这些也告诉他。”最后还叮嘱说：“只告诉他一个人。”

1971 年 9 月 29 日：

下午 3 时 30 分，蒙古外交部策伦朝达勒又以要事相约许文益大使。他对中国政府未就飞机失事原因做出正式解释表示遗憾，并称此事已在蒙古人民中间引起各种传说和议论，所以蒙古政府决定发表一条简短消息，以说明事实真相。许文益大使当即表示："对蒙古政府的要求，中国政府采取了严肃认真的态度，及时作了两次说明。希望在中蒙关系开始正常化的时候，不要做出与此相违背的事情。"

下午5时，蒙古广播电台在新闻节目中播出了题为《关于中国飞机失事》的消息。全文是："中华人民共和国喷气式飞机一架，今年9月13日凌晨1时55分侵犯蒙古人民共和国领空，在深入我国领空飞行时，于2时25分在肯特省依德尔默格，由于不明原因坠毁。在中国飞机坠毁的地方找到烧得残缺不全的9人尸体，枪支、文件和物品，证明这架飞机是中华人民共和国空军飞机。已经让中华人民共和国驻蒙古人民共和国大使馆的代表们在现场观看了失事飞机。就中国飞机侵犯蒙古人民共和国领空一事，蒙古方面向中国方面表示了抗议，并要求做出正式解释。"

晚，符浩随同中国政府代表团抵达法国巴黎后，立即前往中国驻法使馆的大使官邸。在与黄镇大使寒暄一番后，暗示黄大使，奉周总理之命有要事相告。黄镇大使立刻一手拿起一部小收音机，另一手拉着符浩到了外面花园的草坪上。这里空旷无人，黄大使将收音机的声响调到最大，一边漫步一边谈了起来。符浩带来了消息让黄镇振奋，他不停地询问着一些细节，并对文化大革命中林彪一伙那些不得人心的所作所为发表评论。不知不觉夜已深了，黄镇突然拍了符浩肩膀一下，提高嗓门说："老符，让我们喝一杯，庆祝一下！"说完回到客厅，拿出一瓶珍藏多年的茅台酒，斟满两个精致的刻花高脚杯，两人轻轻地碰了下杯后，将酒一饮而尽。为中国命运的担忧已被那醇厚的酒所融化，胜利的喜悦又随着扑鼻的芳香飘满整个房间。

1971年10月1日：

今天是中华人民共和国成立22周年的国庆日。今年的国庆活动一改往年那种气势恢宏的盛大游行和礼花锦簇的广场大联欢，由分散到各个公园的游园活动来替代。突然的变化并未使人产生什么疑虑，但却使那些在文化大革命中习惯观察出席活动的领导人名单看动向的人失去了一次机会。

天安门城楼依然是那样庄严雄伟，天安门广场上依然是挤满了休闲的人群，细心的人发现今年中山公园和劳动人民文化宫却大门紧闭，不对外开放。多少年后，从一位知情者那里得知，北京市设立的一个临时指挥部就在中山公园内。在中山公园、劳动人民文化宫、故宫里都进驻了不少部队在那儿待命。指挥部内人来人往，会议室内烟雾渺渺，气氛异常。人们脸上没有挂着节日的喜悦与轻松的表情，似乎是在紧张地等待什么发生……当人们陆续得知“林彪叛逃，机毁人亡”时，才恍然大悟，那是在防范突发事件的发生！

1971年10月3日：

外交部内部传达有关“9·13事件”的中央文件。驻蒙使馆二秘孙一先也参加了会议。直到今天，他才知道忙了半个多月的飞机坠毁事件，那机毁人亡的竟然是林彪！他感到震惊，但也为亲眼目睹并为这一重大历史事件的见证而自豪！

1971年10月1日以后，中共中央关于林彪“仓皇外逃、叛国叛党、机毁人亡”的文件逐级下达，一个重大的谜团已经真相大白。许文益大使接到外交部指示，停止与蒙古交涉飞机坠毁事件的外交活动，完成了这项特殊的历史使命。许文益大使在回顾这一段经历时，感慨地说：“没有想到这副担子是这样地沉重，但总算是圆满地将它载入了史册！”

当我们回眸“9·13事件”发生后外交攻略的过程时，可以说是环环相扣、处置稳妥，使一件本来已经处于被动的局面，得到平稳过渡的转机。外交官们在突发事件发生时，嗅觉敏锐、迅速通报，为中国最高决策者提供了稳定全局、制定应急措施的依据；外交官们的沉着应对、严守秘密，为国家处理、解决“遗留问题”争取到更多的宝贵时间；外交官们在深入飞机坠毁现场勘察时，不畏艰苦、细致周密，为“9·13事件”的历史定论写下了无可争辩的证词。外交官们以自己的行动表达了对祖国的忠诚和贡献！

林彪一生中有着赫赫战功，他的权位已是“一人之下，万人之上”，然而他的下场却是不得好死，死无其所，葬身在异国他乡的荒野。更为可悲的是那大漠深处的坟塚还被人挖开了两次，尸骨也被人盗走，这可是中国传统老规矩中最忌讳、难堪之事，悲哉！

中国一架飞机在蒙古境内坠毁，这并不是一件“特大的事”，但死者是谁可是件“天大的事”。嗅觉敏锐的苏联克格勃立即开始了调查。不久，一个苏联专家小组对遇难者的尸体进行了鉴定、分析，并将详细结果向勃列日涅夫和安德罗波夫作了直接汇报。当这份加盖“绝密”印章的尘封档案解密后，人们才获知苏联克格勃掘开林彪的坟进行验尸的经过。

苏联军报《红星报》的记者采访了当年直接负责检验尸体的退役少将军医瓦西里·托米林。瓦西里·托米林是著名的犯罪侦察学家、经验丰富的法医，是苏联国防部法医学实验所的所长。瓦西里·托米林讲述了那件事情。

那是1971年9月的一个早晨，克格勃一位领导给他打来个电话，派他去蒙古完成一项特殊任务。8天后，他与助手、病理解剖学家沃尔斯基和克格勃侦察员扎格沃兹丁一起到达蒙古。在蒙古士兵的保护下向中蒙边境乘车驶去。当时只知道那里有一架中国飞机坠毁，除此以外一无所知。很快，他们就找到了飞机坠毁现场。在飞机残骸中野狼已在那里筑了窝，士兵们开枪驱赶走了狼群。瓦西里·托米林与沃尔斯基掘开坟进行尸体检验。尸体共有9具，全部烧的面目全非，并已高度腐烂。在两个尸体口中发现了做工精细的金齿桥和金牙套，于是决定将这两具尸体的头骨带走。对这两具尸体他并未去猜想是谁，只是凭直觉这样做的。

在回到乌兰巴托的苏联使馆，他翻看几本杂志上见到林彪照片，心中一动，脱口而出：真像啊！回到莫斯科后，他收集了大量的林彪照片进行比对。在一张照片中，发现林彪右太阳穴稍上处有一道明显的疤痕，而在他带回的一个头骨上也有这样一个印记。他还从档案馆里找到卫国战争时期林彪在苏联看病治疗的病例档案，这份档案提供了更多、有用、重要的信息。其中有一张X光片，这张片子上显示林彪肺部组织上有一个硬结——那是林彪患肺结核落下的根儿。只要在尸体肺部找到这个结核，那就可以确定、证实林彪的身份了。他向克格勃申请再次去飞机坠毁现场勘察，很快就得到批准。

再次去蒙古是与医学科学院人体形态学研究所所长尼克拉·佩尔米亚科夫同行的。已经是11月了，天气寒冷，几乎无法工作。再次掘开坟，在解剖尸体过程中，每过5分钟就要把手放在温水中暖和一下，在那具尸体的右肺处找到了结核病灶——骨状物质。临走时还将那两具尸体上的几块骨骼和所有牙齿带走，回国后，他对那几块骨骼进行了研究，结果表明：死者的身高和年龄同林彪及其妻子完全相符。

虽然已能确认失事飞机上的死者是林彪，但事关重大，他又采用其他方法来做验证。拉特涅夫斯基当年在太平洋舰队服役时发现，由酒精、醋酸和漂白物质组成的混合物可以阻止生物体腐烂，恢复肌肉弹性并大体恢复半腐烂器官的形状和大小。他采用这种方法对尸体的耳廓进行实验，这个实验要花费数周时间，试验结果再次证实了前面的结论。

最后还请苏军中头骨绘制权威专家比德罗夫中校进行复制头像。当结果出来后，令人惊讶地看到复制出的头像同照片分毫不差。

经过多种方式的检测，死者是林彪已得到确定。但这一结论让苏联最高领导大失所望，若不是飞机失事，那将是一件多么有利可图的事啊！

"中国第二号人物乘飞机摔死"的小道消息在国际上盛传，各式各样的人物都在想尽办法求得证实，其中美国驻法国武官沃尔特斯将军就是一个。沃尔特斯将军是美国政府委派与中国驻法国大使黄镇秘密就中美关系正常化谈判的代表。他与黄镇大使已经很熟悉了，他频频来到中国大使馆，显然是"醉翁之意不在酒"，林彪事件引起他的注意。请看《将军不辱使命》一书中有这样一段描述：

黄镇："我们正和法国人就有关购买供国际航线使用的协和式飞机一事进行洽谈。不过，一旦跟美国的关系变得稍微正常一些，我们一定会为国内航线购买美国飞机的。"

沃尔特斯撇撇嘴："等你们自己会制造时就不买了。"

黄镇笑着承认："不错，我们就是这样想的。"

沃尔特斯有意将话题引向林彪事件："你们购买的三叉戟也飞国内航线吗？"

"是的。"

"性能如何？会发生意外吗？"

"任何飞机都会发生意外。"黄镇则暗中把话题引向美国方面。"为什么美国决定不搞超音速运输机?”

“我认为这个决定是错误的，将来必得搞。”

“我同意你的看法，尽管我们的人生观各不相同，但都能理解为各自国家服务的动机。”

沃尔特斯又悄悄将话题扭到中国国内：“这次贵国国庆为何取消游行?也不发社论呢?”

“任何形式都不是固定的。我们现在采取了一种新的形势叫游园，一切都非常正常。”

“我想贵国也会发生这样那样的突发事件吧?”

“是的，就像美国这样一个国家不照样出现犯罪、贩毒现象吗?”

“你们对那些遭逮捕的人员如何处置呢?”

“如果确认有罪，就跟你们处置毒贩子一样。”

“我认为向青少年和未成年人出售毒品的贩子必须严惩。”

“我完全赞同这种看法。对这些人怎样惩罚都不算过分，他们毁坏一个民族的肌体!”

两人目光相碰，彼此领会了意思，哈哈大笑起来。黄镇拍拍沃尔特斯的肩膀，说道：“作为军人，我喜欢跟军人打交道。我们不像一般外交官那样转弯抹角。”

“9·13 事件”是一本有血有肉的历史教材，对中国共产党来讲，教训是深刻的。面对美国杜勒斯“将和平演变的希望寄托在中国第三代、第四代身上”预言的到来；面对苏联、东欧共产党的多古米诺骨牌垮台的效应；面对国际上反恐怖主义战争阵营的重新排队；面对文化大革命中林彪、江青集团对中国的祸害；面对“四·五”、“六·四”天安门事件的骚动；面对台湾陈水扁 2008 年修改“宪法”、强行将台湾从中国独立出去的预谋；及未来在社会、政治、军事、经济、金融、民族、灾害、疾病等方面一些意料之外的事情发生，这一切都是对中国政府和中国共产党执政能力的考验。

孔子在《六经》中发出了由衷的感叹，他写道：“危者，安其位者也。亡者，保其存者也。乱者，有其治者也。是故君子安而不忘危，存而不忘亡，治而不忘乱。是以身安国可保也。”这就明白地向后人警示：“安于其位的人而失去警觉，危险就会产生；保存自己而措施不当，就会埋下祸根；安享太平而思想麻木，社会动乱就会接踵而来。”为了避免上述的恶果，就得倒过来，要求君子在安稳时不要忘记危险，在安全时不要忘记危亡，在安定时不要忘记动乱。这样，自身才能安稳，国家才能保全。孔子在这里给子孙后代留下了“居安思危”这一颠扑不破的真理。惟有居安思危，加紧防范，警钟长鸣，常备不懈，才能在突发的事件中应对自如，有所作为，为中国在21世纪崛起保驾护航。这也就是“9·13事件”给后人留下的一个重要警示！

本文参考《历史赋予我的一项特殊使命》，许文益文；《大漠深处》中国青年出版社，孙一先著；《将军不辱使命》解放军文艺出版社，尹家民著。

申请"安乐死"的曾涌泉

采访是在曾建实的办公室里进行的，与其说是采访，到不如说是朋友之间的聊天。因为我们非常熟悉，与曾建实同在海军一个部队里当兵，既是邻居又曾在国家标准局系统共过事。我虽然年长曾建实几岁，但平时聊起天来共同语言很多，曾建实成熟、善谈，知识面广又有见解，我们之间也就没有年龄之差的鸿沟了。

曾涌泉在调到中央纪律委员会工作后，就从外交部宿舍搬家到中纪委安排的住处。加上我与曾建实的工作后来都有所变动，大约有十几年未在一起畅怀叙谈了。为了追寻老一代外交官的足迹，我提出见面谈谈他父亲革命一生的请求，曾建实欣然允诺。

蜡炬成灰泪始干

话题是从曾伯伯病重之时开始谈起，曾建实把曾伯伯那段让人揪心的往事娓娓道来，情真意切，感人肺腑，哀婉悲凉，催人泪下。

曾伯伯平时注重保养，积极锻炼身体，身体状况一直不错。平时无大病，像心脑血管病及其他老年人易得的疾病他都没有患过。头脑十分清楚。90 岁时还能自己动手削苹果。家庭日常开支由孩子掌管，但他要定期核对，账算得不差分毫。

但有一种病始终困扰他的一生，那就是患有严重的关节炎。这个病是在他年轻时被敌人抓去坐了几个月的牢，牢房里阴暗潮湿，由此落下了病根。几十年来，为了治愈这个病，从国内到国外，从土办法到洋办法，从

1962年曾涌泉在北戴河

中药到西药，能够想到的办法都去做了，能够慕名拜访的医生都去求治了，却始终未能根治，成了顽疾。到了老年，病情发展成“周身性骨增生”。每动一动，全身关节处像有无数支钢针刺向肌体，痛得让人苦不堪言。痛起来时，躺也不行坐也不是。疼痛使他无法正常吃饭，有时一小碗米饭从晚上6点一直吃到晚上12点，饭冷了再热，热了又变冷，反反复复还是吃不下去，他的体力越来越差。睡不好觉更是一个大问题，疼痛常常使他彻夜不眠。最为难受的是穿换衣服，因关节僵硬，一动就疼，每次穿换衣服、洗澡，曾伯伯都是咬着牙去做的。为了减少穿换衣服的痛苦，他每天晚上是穿着衣服就寝的。原本在院子里晒晒太阳的享受，后来也因病情加重而取消了。若要用度日如年来形容曾伯伯那段生活未必准确，用每分每秒如度年也不为过。

面对疾病的折磨，曾伯伯是坚强的弱者。他从来不在别人面前喊痛，常常见到他紧锁眉头，双眼紧闭，不言不语。时间长了，家里人观察出这

抗日战争时期曾涌泉、徐沛如夫妇在延安

时是他正在以意志和毅力与疼痛做着殊死的斗争。曾伯伯患的并不是那种直接威胁生命的绝症，但“慢刀子割肉”带来的痛苦更让人无法忍受。在长达五六年病重期间的每一天，都是在煎熬与无奈中度过的，可以想像得出为此要付出多大的代价和需要多大的勇气呵！

病魔缠身，治愈无望，特别是当北京医院的权威医生告诉他，这种病根本无法治愈后，使曾伯伯陷入“生不能生，死不能死”的困境。在绝望中曾伯伯也曾经彷徨、灰心过。他想到了死，他给党组织写了一份遗书，表达了自己的愿望，全文如下：

党，我亲爱的母亲，永别了！*

祖国欣欣向荣，前途远大。组织对我关怀备至。儿女对我孝心十足，特别是和我同居的儿子，工余回家对我搀扶和多种多样的生活伺

* 此页括号内文字为编者改动。

候无微不至，真是很好的孝子。但是，只因我年龄太老，不治之病太多，病痛太深，整天整夜都痛，坐也痛睡也痛。痛的（得）我呼天天不应，呼地亦无声。在此绝境中，我唯一的出路只有死，以求：（1）解脱痛苦；（2）消除浪费（国家有用的人力、物力、财力来治我的不治之病，这就是浪费。）

死是我用辩证法和道德准则经过长期反复思考后才得出结论。辩证法认为，生与死是辩证关系。毛主席说：“中国老百姓把婚丧二事叫做红白喜事，他们是懂得辩证法的。”又说：“庄周妻死，他敲盆而歌，歌颂辩证法的胜利。假设只有生而无死，那么地球会被人挤破的。”因此，我的死也是喜事，也是庄周歌颂的事，也是毛主席的生死观一样的事。

我认为我死，对党、对国、对人民和对我自己都是有百利而无一害的，符合仁义道德的事。道德的准则是‘当仁不让，’‘见义勇为’。这又给了（我）天大勇气，使我沿着‘杀身成仁’、‘舍生取义’、‘视死如归’的最高道德的康庄大道前进！

伟大、光荣、正确的中国共产党万岁！

曾涌泉

曾伯伯自己解决问题的愿望没有实现。经过一年多的思考，他于1995年9月、10月和1996年2月3次向中纪委书记尉健行、副书记侯宗宾写信，申请“安乐死”。他在第一封信和第二封信中阐述了请求“安乐死”的理由，他认为“安乐死”绝不是自杀：

自杀是悲观失望的，而我是充满乐观的，因为我对党和国家的前途与命运是乐观的；对中纪委无微不至的关怀是感激的；对家庭和子女是满意的。4个子女工作是上进的，他们对其子女的教育是得当和努力的。我的外孙考上清华大学，外孙女考上了医科大学，小孙子很聪明，他的画被幼儿院（园）选送到日本参展。子女对我都很孝顺、关心倍（备）至。特别是我们住在一起的儿子儿媳，更是关心我，尤其是儿子建实，实在是孝子的模范。他代我管家，管的（得）非常好，我很满意。所以我对各方面是很满意、很乐观的。这里丝毫没有产生自杀的原因。这样做完全是为了解脱我不能忍受的痛苦和消除为医治我不治之症所带来的浪费。所以说我绝不是自杀。以上是我想了一年多之久，没有与任何人谈过的一个想法，请组织决定，为我早日脱离苦海，采纳我的请求吧！

第三封信是这样写的：

宗宾并健行同志：*

我的病痛折磨的（得）我实在是难受极了，这对于没有亲身体会的人是不知道的，所以我提出“安乐死”的请求。不答应是没有道理的，这对于党和国家都是没有好处的，不仅浪费人力、物力、财力，而且本人又痛苦，所以于国于民只能有害，而无利。邓颖超、夏衍的实践就证明了这一点。这是一个社会问题，实践证明荷兰“安乐死”的法规是正确的，那种中国国情不同于荷兰“安乐死”的说法是没有根据的。我代表那部分被病痛折磨的人，请求中央采纳荷兰“安乐死”的办法，这确实于国于民有百利而无一害，所以我再次请求组织上发给我九十粒安眠药。我的上述意见如有不同意见，请耽误你们几分钟的宝贵时间，做一简短面谈，切盼！

曾涌泉

1996年2月5日

这期间，中纪委领导多次到曾伯伯家劝慰他：“别着急，会有办法的。”曾伯伯苦笑着说：“你们的愿望是好的，但我们要尊重科学。北京医院的骨科主任说治不好了，那肯定是治不好了，他是有科学根据的。”

他还多次对身边的工作人员和子女讲：“我十几岁就参加了革命，今

* 此页括号内文字为编者改动。

年已94岁了，为党该做的事情我都做了，如今老了，身体不行了，为党也干不了什么了，再这样活着已经没有意义，只能给国家造成浪费。我有秘书、司机，还有照顾生活的工作人员，子女还要经常为我请假耽误工作，这么多人照顾我一个没有用的人，这是最大的浪费，并且我本人也十分痛苦。不如把这些有用的人力、物力、财力用到有用的地方，用到四化建设中去。”

抗日战争中的曾涌泉

看完曾伯伯申请“安乐死”的信后，我询问曾建实：“你们作为子女是否赞同父亲采取‘安乐死’的做法呢？”曾建实讲：“父亲给中纪委写信申请‘安乐死’的事，事前我们并不知道，他没有和我们沟通。是父亲的秘书看到他这么大年纪了在悄悄写东西，感到有些蹊跷，告诉我们后才发现的。从父亲病重难以治愈，而且又非常痛苦的现状看，采取‘安乐死’可能是一条较好的解决途径。家中4个孩子均表示理解并支持。”我又问：“中纪委领导给予答复了吗？”“没有，在没有相关法律规定的情况下，谁都难以表态。”我再问：“曾伯伯为什么要申请‘安乐死’呢？”曾建实回答：“第一，他实在是太痛苦了；第二，他常讲，要健康的长寿，不健康的长寿就是浪费国家的人力、物力、财力；第三，母亲晚年患贲门癌，病危时已是被病痛折磨得皮包骨了。疼痛时只有靠打杜冷汀才能止痛，家人轮流到医院看护，病重期间父亲也几乎每天都拄着拐棍儿去医院看护母亲，他可能也受到我母亲病危时那痛苦景象的影响。”

自从第三封信送出后，曾伯伯明显地变得焦虑、不安、急躁，并多次催促秘书去询问中纪委领导是否有了答复。春节将至，曾建实宽慰父亲说："推行'安乐死'是件大事，也许在3月份召开的全国人民代表大会上要讨论并立法呢……"，曾伯伯听听也有道理，也就安静下来了。这个春节，家里过的十分平静、欢快，曾伯伯高高兴兴地与全家人照了合影。到了3月中旬，全国人大会议已经结束。有关'安乐死'的问题一直未有任何消息。在失望与痛苦中曾伯伯开始拒绝吃饭，一连12天仅靠饮水度日，情况十分危机。曾建实讲："我们理解并支持他'安乐死'的主张，但我们不赞成自杀的举动。"曾伯伯被送到了医院，医生在抢救时给他做"鼻饲"补充营养。好不容易给他插进管子，又被他拔了出来，反复了几

曾涌泉（第二排第四）与起义飞行员合影。徐沛如（第二排第二）、曾涌泉的女儿曾唯实（小孩左一）

（此图片为1948年石家庄解放后的一个晚上，有一架飞机一直在石家庄上空盘旋，时任石家庄警备司令的曾涌泉判断是架国民党的投诚飞机，下令在机场跑道上点燃火把。当飞机平稳降落后，飞行员说："好悬啊，已经没有油了，再晚几分钟飞机就要掉下来了。"）

次以后医生也束手无策了。有个医生问曾建实：“怎么办?”曾建实说：“如果不想让他饿死的话就将手固定住。”医生很为难，对这样的老人下不去手，但为了维持曾伯伯的生命还是将他的手固定起来。本来就痛苦，手不自由了就更加痛苦。曾伯伯与儿子商量能否将手松开，曾建实说：“可以，但有个条件，不许拔管子。”并动之以情，晓之以理地谈自杀与安乐死的区别。并对他讲：“你一向主张不给组织添麻烦，而你今天这样做，实际是给组织添麻烦。”这位一向遵守纪律的老共产党员听后沉默了，经过考虑后承诺不再拔管子，果然他以实际行动很好地配合医生治疗了。在医院里，曾伯伯违心地度过了生命中最后7个月疼痛、苦涩、难熬的日子，于1996年11月2日因病医治无效与世长辞。

听着听着，我的眼眶湿润了，对曾伯伯生命不息、斗争不止的精神肃然起敬。一个耄耋老人，在人生旅途的最后一站，依然是那样刚烈、顽强、从容、豁达、奋进，真是难能可贵。人，可以不追求伟大，但可以做

1950年曾涌泉、徐沛如夫妇在莫斯科

1954 年曾涌泉夫妇和孩子们在波兰

到崇高。用生命去博取未来的宏图，用勇敢去战胜死亡的恐惧，用理智去向社会习俗挑战，用行动去展示一个彻底的唯物主义者的风采，用党性去维护法律的尊严，这就是一个老共产党员的高尚品格和英雄气节。这是多么感人的壮举！这是多么豪迈的气魄！

虽然曾伯伯申请“安乐死”的夙愿最终没有实现，但就像无数革命先烈，前赴后继、英勇牺牲才获得革命成功一样，在邓颖超、夏衍、曾涌泉等千千万万个自愿者及有志推行“安乐死”的有识之士的不断努力之下，相信符合社会发展规律、社会道德、社会进步的“安乐死”一定能够在中国得到实现！

对曾伯伯从写遗书升华到申请“安乐死”，又沉降到绝食，最后违心地接受临终前的抢救的实例进行剖析，可以看出单靠个人的意志和力量很难获得“安乐死”的结局。要不然是走自杀之路，要不然就是“熬”着等死。自杀的恶名是理智者所不愿采取的方式，而“熬”着等死又是对理智者的惩罚。自愿“安乐死”的人是在特定条件与环境中的弱者，但是他们要求“安乐死”的愿望并不是懦弱的行为，而是敢于挑战死亡的强者。

人最致命的弱点是惧怕死亡，一旦战胜恐惧就是走向光明。为什么社会不能为他们留有既体面又能摆脱苦难的一条出路呢？在以人为本的社会中，为什么不能理解、宽容、支持、保护他们最基本的选择权呢？实施“安乐死”的好与坏，申请“安乐死”人的对与错，并不是社会争论的焦点，而因此引发的谁负这个责任则是人们难以逾越的鸿沟。当一个人协助他人完成“安乐死”后，则要被扣上谋杀嫌疑人的帽子被法律追究责任；医生在病人心脏仍在跳动时，明知已无回天之力，可是还要尽力抢救（其实有不少最后的抢救已沦为安慰家属的形式而已），否则会被斥为未尽职责而受到投诉。能否实施“安乐死”在社会发展到如今已成为不应该回避的问题。一种革新，一场革命，总是会有一部分人为此而牺牲，总是要打破旧有的条条框框建立新的秩序，总是要经过一个从不习惯、不适应、不理解到习惯、适应、理解的过程。中国将千百年来土葬习俗改变为火葬就是一个成功的范例。使“安乐死”能够得以实现，就要突破伦理与道德、思维与理念、责任与义务、法理与医理、风俗与习惯、文化与情感等方方面面的束缚，才能推动社会向前迈进一大步。

1956年参加中共第八次代表大会时在北京的留影

“安乐死”是一项复杂的社会工程，不可能一蹴而就，需要法律、规章、制度、办法、宣传、教育等配套而行。人的思维方式、传统意识的转变更是项艰巨的工作。但总不能因为难而不为之吧？

春蚕到死丝方尽

曾伯伯1902年生于四川新都市，原名为吴大猷。在他加入中国共产党后为明志，从《庄子盗跖》“跖之为人也，心如涌泉，意若飘风”文中取“涌泉”二字，改名为曾涌泉。他曾说过，“我借用‘涌泉’，来表达我已下定为共产主义奋斗终生的决心。”

在1919年“五四”运动期间，他是成都学联领导成员之一，组织了学生反帝反封建的学生运动。1922年在唐山大学学习期间，他积极参加了支持唐山工人的活动，不畏强暴，敢于斗争。他受李大钊《新青年》影响，接受了马克思主义，后来在苏联见到李大钊时曾说：“是你那篇《我的马克思主义观》引导我走上了革命之路。”1924年他作为优秀青年被中国共产党送到苏联学习，于1924年加入中国社会主义青年团，1925年转为中国共产党党员。在苏联期间先后在莫斯科东方大学、列宁军政学院学习并工作。1931年被共产国际派回国内，在绥远省做党的地下工作。1933年被共产国际召回汇报工作，并在共产国际特别军训班任翻译。1934年因反对王明宗派主义，被流放到加里宁机械厂做学徒工3年之久，1932年

1958年在北京十三陵水库工地

经共产国际调查平反后回到列宁军政学院工作。1937 年在新疆从事政治工作。1938 年后，历任中央军委编译处处长、中央军委四局副局长、中央军委编译局局长。在延安时还任俄文学校校长、外国语学校校长、军政学院高级军事教员等职。解放战争期间，他历任晋察冀军区副参谋长、石家庄警备区司令员、华北军区补训兵团司令员兼政委、华北军政大学副校长兼政委等职。新中国成立后，历任驻苏联公使衔参赞，驻波兰、德意志民主共和国、罗马尼亚大使。1957 年任外交部副部长。1978 年在中共十一届三中全会上当选为中央纪律委员会常务委员。他是中共七大、八大代表。第五届、第六届全国政协常务委员。

曾伯伯一生经历坎坷、阅历丰富，有许多鲜为人知的故事。本文不打算以此展开叙述，而是将目光聚焦在他的晚年生活。通过他保持共产党员晚节的点点滴滴事例，折射出他为共产主义奋斗的一生。

曾伯伯一生中有三分之一的时间是在国外度过的。年轻时在苏联十几

1964 年曾涌泉返回母校唐山大学作报告

年，新中国成立后出任苏联、波兰、民主德国、罗马尼亚使节近10年。又任外交部副部长9年。他通晓5国外语，是个留过洋、见过大世面的人物。按照常人的揣测，他一定是一个衣着华贵、风度翩翩、让人仰视、难以接近的大官。可实际上你会见到的是一个和蔼可亲、平凡简朴的老人。

打开曾伯伯的衣柜，一摞摞叠得整整齐齐的都是穿了多年的旧衣服。仅有两套像点样的衣服还是当年出任外交官时的着装，这成了曾伯伯出席重大活动时的礼服，平时还舍不得穿。有一条毛裤穿了30多年，上面已是补丁摞补丁了，老伴要将其淘汰买条新的，曾伯伯不肯，说："穿在里面，别人又看不见。新3年旧3年，缝缝补补又3年，我的衣服到死都够穿，不要破费了。"一双棉鞋补了又补，连修鞋师傅都下了结论——没有修补的必要了，可他仍然不放弃，修好后马上穿在脚上。曾建实讲了这样一件事："看到父亲穿的衬衣太旧了，就去买了件新的，如何让老人穿上还颇费脑筋。于是编了个谎言，给自己买了件衬衣太小，又不能退了，给你穿正合适，是不是就留下来?"老人将信将疑，但总算是穿上了。

曾伯伯有一把坐了几十年的藤椅，家人看太破旧了，就自作主张扔了，曾伯伯知道后大发脾气，家人只好又将它捡了回来。曾伯伯自己动手用铁丝将椅子捆绑修理好，又悠闲地坐在上面晒太阳了。有一次老战友陈再道来家探望，见到这把老掉牙的藤椅，就开了个玩笑，说："你的藤椅，藤条都掉光了，你就不怕哪天椅子散了架摔着吗?"曾伯伯风趣地回答："不要紧，藤条掉光了，可以晒更多的太阳嘛！哪摔倒再从那里爬起来！"两个老战友会心地开怀大笑起来。

曾伯伯家中也十分简朴，家具还是20世纪五六十年代的旧物件，看不到现代化的踪影，更不用说有豪华的装修和堂皇的装饰了。

如果认为曾伯伯太"抠"了，那就错了。在20世纪60年代初，当中国遭受3年自然灾害，国家经济面临最困难时期，曾伯伯和老伴将几乎是全部积蓄1.5万元交了党费，帮助国家克服困难。1991年当他听到某地受水灾时，也尽其所能进行捐助……曾伯伯始终能保持共产党员艰苦朴素的本色，是在用行动来证明为共产主义奋斗终生的诺言。还有一件事情说起来更令人感动，曾伯伯调到中纪委工作后，中纪委安排他住到西城区一所

1964年1月中法建交，2月法国临时代办向外交部副部长曾涌泉递交委任书后进行交谈

独立的四合院。这曾是一座王爷府，红门绿廊、树木成荫、藤蔓茵茵、月朗风清、环境幽雅。虽然离西单繁华商业区不远，但闹中取静，是休闲养身的好地方。新住宅比过去宿舍的面积大了，房子间数多了。老伴去世后，孩子们担心父亲身心不适，一起住的儿子因工作要长期外出，家中无人照顾，就同曾伯伯商量，让女儿搬来同住，好照顾他的生活。曾伯伯不同意，说：“你们谁也不要搬来，你们有你们的工作，还有孩子要教育，你们做好你们自己的事情就行了，不要担心我，我这里有人管。”他实际上是不愿意自家人占那么多房子。他说：“北京还有多少老百姓没房住，我要那么多房子干什么？留一半就行，你们就不要搬过来了。”不要以为曾伯伯是在说客套话，他是认真的。他请人在院子中间栽了一道松墙，他住西边的房子，将东边的房子空出来等待别人来住。可是空下来的房子许久没有人来住，他多次让秘书催问中纪委行政管理部门，尽快安排人来

住。并着急地说："这么好的房子没人住，真是浪费。"后来有人来住了，他才放下心来。曾伯伯不仅主动让房，在他外出时也不争房。1987年石家庄举办"庆祝石家庄解放四十周年"的活动，曾伯伯作为当年的石家庄警备区司令员也应邀参加了这次活动。在安排住房时给他安排了间"普通房"，当工作人员察觉到"失误"，再三道歉并让他住到"豪华间"时，曾伯伯执意不肯，说："我不是来讲排场的，有张床睡觉就行了。战争年代，草地上也能过夜，谁整天想着住宾馆呢！"广厦千间，夜眠八尺，简单的一个"让房"和"不争房"，闪烁出一个共产党员的坦阔胸怀和高尚品德。

曾伯伯嫉恶如仇，20世纪80年代当他获悉某地要在中学生中搞选美活动，他气愤不已，奋笔疾书向中央汇报，认为这是有损青少年身心健康的事情。当得知中央某个领导在这份报告上批示"暂停"时，他连声说："怎么是暂停？应当是禁止啊！"曾伯伯每天读报很认真，每当看到一些贪污腐化的案件曝光时，义愤填膺，情绪激动，让他无法平静。据此，家人很少与他谈这类话题，并有意识地将载有此类案件的报纸收起来，以免影响他的身体健康。

曾伯伯原则性强，要求自己非常严格，他立下了不收礼、不祝寿、不吃请、不接受媒体采访的几项规定，自己如约做到也不允许别人来干扰。有一次曾伯伯参观石家庄一个农场，当主人得知曾伯伯是解放石家庄的功臣时，盛情送他一箱鸡蛋，曾伯伯婉言谢绝。主人说："你为人民立下了汗马功劳，给你一箱鸡蛋还不应该吗？"曾伯伯说"共产党为什么能打下江山？就是因为有人民拥护。为什么人民拥护共产党？就是因为共产党不拿群众一针一线，一分钱的便宜也不能沾！"主人动情地拉住曾伯伯的手说："不收下这份心意不让走。"最后没有办法，付了钱，收下了鸡蛋。曾伯伯快90岁时，原先单位的几位领导来家访问时提出要给他办90寿辰纪念活动，他却说："我89岁，没有90岁！"就这样不动声色地把祝寿的事回绝了。逢年过节或其他事由的宴请，他一概谢绝，从不赴宴。他从不接受媒体采访，一次时任《中国人才报》的陈英茨副总编到曾伯伯家，他本以为在中纪委当过几年的驻委记者，曾伯伯会网开一面接受他的采访，于是他向曾伯伯提出采访的请求，没想到曾伯伯却说："过去记者采访我，我该说的都说了，我回忆过蔡和森、周恩来、王稼祥、张闻天，那时他们是主角。今天采访我，我是主角就不对了。"陈副总编说："你为党做了那么多重要工作，吃了那么多的苦，很多年轻人都不知道，应该让他们知道，向你学习。"不想曾伯伯却说；"我吃的苦，集中体现在毛泽东、周恩来老一辈革命家身上，让年轻人学习他们足够了。我们当初只想为革命做些工作，没想当官。"他硬是这样拒绝了对他的采访。他认为很多事情是应该做的，没有必要宣扬自己。但也有一次例外，那是在他逝世前几个月，有关单位召开"彭干臣逝世60周年"纪念活动，彭干臣是当年"八一"南昌起义时共产党任命的公安局长，是位功绩卓著的老革命，后来在福建红军时期被执行错误路线的人借"肃反"杀害了。彭干臣是曾伯伯的老战友。因病重，他无法出席彭干臣的纪念活动，由儿子做代表参加了会议。北京电视台为这次活动拍摄了纪录片，当年与彭干臣共过事并还在世的只有两人，电视台很想也采访一下曾伯伯，于是做曾伯伯的工作。开始他不同意记者采访，后来大家反复跟他讲，我们党有一段被扭曲的历史，现在党要把这段历史重新恢复过来，曾伯伯才同意了。电视台考虑到他的身体，原本只想拍一两分钟即可，但没有想到曾伯伯一回忆起与彭干臣共同战斗的岁月，不顾体弱病痛，滔滔不绝地谈了二三十分钟。尤其是当曾伯伯看到彭干臣的照片时，忘情地亲吻了三次，眼含着泪花激动地说："我的好战友，我真是非常非常想念你哟！"那真情的流露感染了大家，让在场的每一个人无不为之动容。

最震撼人心的是曾伯伯留下的遗嘱。那是一份发自内心深处的真言；那是一份情意切切的家书，那是一份向老旧习俗挑战的檄文，那是一份向党、向人民交上的最完美的人生答卷！遗嘱是这样写的：

我的遗嘱

一　向党告别。我在临终前若不能讲话了，但我的嘴在颤动，手在比画，想要讲话，但又讲不出来。此时，我要讲的话就是向党告别。最后还要高呼，以马列主义、毛泽东思想武装起来的伟大、光荣、正确的中国共产党万岁！

二 对后代的希望。我希望我的后代都能努力把自己的子女培育成：在马列主义、毛泽东思想领导下的，为中国“四化”建设所有急需的科技专家，代代相传，永不中断。并希望全国有子女的人们，都能做同样的努力——在党的正确领导下，全国统一，艰苦奋斗，祖国必将成为世界上生产力最高，物产最丰富，同时道德与文化又最高的国家，首先进入共产主义。

三 治丧要做到彻底简化

1 不举行遗体告别仪式；

2 不发讣告和生平；

3 不登报纸；

4 在家里也不设灵堂；

5 我死后穿上我的旧衣服（绝对不要做新衣服，以免浪费）。盖上党旗与全家合影，当做纪念。

四 骨灰处理

1. 彻底唯物学恩周（注）
尸骨化灰全不留；
撒在天边耕地中，
骨灰做肥助丰收。

2. 生前未做农活人，
死后愿为农活魂；
农民辛苦为全民，
忠骨永远陪你们。

注：恩周即恩格斯、周恩来。恩格斯说，我是彻底的唯物主义者，我的骨灰要撒在大海里；周总理与恩格斯一样，把骨灰撒在全国大地，永远和人民在一起。

曾涌泉

1993 年 11 月 15 日

曾建实讲这份遗嘱曾经变动了两次。关于骨灰安置，原先的意愿是将骨灰撒放在北部边疆，与巡逻在边界上的战士为伴，保卫祖国。考虑到送骨灰时，家人要请假，耽误工作，就改成撒放在长城。后来，还是觉得不妥，最后改为就近撒放在农田中。除了这份书面遗嘱外，还有一些口头遗嘱，例如要将自己的眼球捐给盲人患者，将自己的鲜血输给其他病危病人。他还特别提到他在客厅中那把普通椅子，这把椅子是中纪委给他配的，他交代秘书：“记着把椅子还给中纪委……”

曾伯伯的后事是这样办的：在北京医院设置了简易灵堂，中纪委领导及亲朋好友向他做了最后的告别；根据中纪委领导的意见，在人民日报刊登了简短告示；因通知参加悼念活动的范围很小，因此家中设置了灵位，以便来访者悼念；走时身穿他的旧衣服；骨灰一部分在八宝山公墓进行树

95 岁高龄的曾涌泉与家人共度 1996 年的春节

葬，一个仿古瓶中装有骨灰、眼镜、生平埋在翠绿的松柏下，另一部分骨灰撒在了长城脚下。虽然没有完全按照曾伯伯遗嘱中的吩咐办理，但并不违背他要求的简单、简朴的原则。

曾伯伯的遗嘱是一份普通的遗嘱，可又是一份不寻常的遗嘱，在这份遗嘱中找不到遗产，可它却是一份珍贵的含有无限价值的遗言。曾伯伯不仅给家人也给我们留下珍贵的精神遗产，它感动了无数的人，使人为之潸然泪下。

曾伯伯去世后，《中国纪检监察报》发表了长篇通讯：《心如泉涌——追忆原中纪委常委曾涌泉》，报道了曾涌泉的感人事迹。老将军肖克为这篇文章写了标题。中纪委、监察部机关党委发出通知，号召所属干部、党员向曾涌泉学习。《光明日报》所属的《文摘报》以《人间一股英雄气》为题，在副刊整版转载了曾伯伯的事迹。《沈阳晚报》、《广州日报》等国内外数十家新闻媒体也转载了那篇通讯。

曾伯伯申请"安乐死"的愿望虽然没有得以实现，但这个愿望牢牢地铭刻在他的子女心中。前几年，曾建实从报纸上获知：人大代表、北京儿童医院院长胡亚美在全国人民代表大会上，提出了推行"安乐死"的提案。曾建实千方百计地找到胡亚美的电话，在通话中表示了对这一项提案的支持，并向胡亚美讲述了曾涌泉申请"安乐死"的事情。胡亚美对此非常重视，请曾建实将书面材料尽快送转给她。胡亚美在电话中讲述了在中国推行"安乐死"的困难和阻力，这项关于"安乐死"的提案是当时所有提案中参与人数最少的，仅有3人，许多社会名流纷纷回避了。在交谈中胡亚美还关切地问："如果你父亲'安乐死'后，他原先的待遇都会随之而去，你们作为子女是怎么想的?"曾建实回答说："父亲申请'安乐死'是经过深思熟虑的，我们相信这是一个正确的选择。我们都有自己的事业，可以生活得很好。希望你能把推动'安乐死'的事情坚持下去，等我们老了，需要时，可以按照自己的意愿实施'安乐死'。"胡亚美听了，感动地说了声："谢谢!"

有句佛语是这样说的"有起必有落，有生必有死；欲求无死，不如无生。"人总是要死的，要知道在天堂中并无荣华富贵可供追求享受，金钱与官位也不能带来什么‘特权’。一个人能将丰碑留在后人的心中，将音容耸立在生于斯、长于斯的沃土中才是最好的归宿。“春蚕到死丝方尽，蜡炬成灰泪始干。”让我们记住有这样一位老革命家、老外交家：他曾为实现共产主义的理想奋斗了77个春秋；他曾为劳苦大众的幸福生活、为新中国的成立，出生入死，浴血奋战；他曾为扬国威，在国际风云中，潇洒自如，挥斥方遒；他始终如一地保持共产党员的本色，坚持原则，艰苦朴素；他曾在生命将走向终点时提出“安乐死”，笑对生死，气贯长虹。这个人就是受人尊敬，让人怀念的曾涌泉伯伯！

在曾伯伯去世10周年之际，撷取心香一瓣作为缅怀。

※　　※　　※　　※

当我将这篇文章画上最后一个句号，掩卷闭目之际，思绪仍然涌动。我常常在夜深人静时拷问自己的心灵，当我走到临危状态时，能否像曾伯伯那样坦然地面对自己的生命?!

“半个布尔什维克”——徐以新

我与徐以新伯伯的儿子陆放是邻居、朋友、同学。在当年备战高考期间经常在他家里学习。在陆放的影响下，我与他一起考入哈军工，立志为建立强大的国防而献身。但文化大革命的动荡，使我们后来改变了人生的轨迹，不能不说是一件令人遗憾的事。在陆放家里，常常见到徐伯伯和陆红阿姨，徐伯伯的平易近人和陆阿姨的好客给我留下深刻印象。

在那黑白颠倒、是非混淆的动荡年月里，每当我听到、看到批判王明错误路线时提及“二十八个半布尔什维克”的口号、传单、资料时，心中总是不自主地有点紧张、别扭。尤其见到康生大笔一挥——“二十八个半布尔什维克没有一个好人”时，更是忧心忡忡。因为我知道“二十八个半布尔什维克”中的半个布尔什维克指的就是徐伯伯，我十分担心徐伯伯是否又要受到冲击，甚至会遭到更大的磨难与迫害。王明在中国共产党历史上犯的错误及危害已经盖棺定论，那么王明标榜的“二十八个半布尔什维克”自然也牵连其中。在参与批判王明错误路线的学习时与熟知的徐以新伯伯之间的反差使我困扰。

在追寻老一代外交家足迹的过程中，我特意对“二十八个半布尔什维克”做了专题研究，在查阅历史资料中始终未寻找到“二十八个半布尔什维克”这一提法的出处。在党的决议、文件中未有明确记载，只是在报刊、回忆录中有不少说法，以至于造成“二十八个半布尔什维克”究竟是谁都难以搞清楚，据有人统计有 6 个版本涉及到 50 多人。既然说是“二十八个半”，为什么排不出名单，可见此说法在历史上就是一笔糊涂账。谁是那半个布尔什维克倒是比较明确、一致，就是指徐以新。因为当时徐伯伯年龄仅 17 岁，又是个团员，所以把他算半个了。

1945 年中国共产党第七次代表大会时的代表徐以新（左）、蔡畅（中）、陈赓（右）合影

1929 年秋，在莫斯科中山大学中国留学生之间，以王明为首的“党支部局”与“团支部局”产生不同政治见解，“党支部局”认为自己执行的是一条“百分之百的布尔什维克”路线，而“团支部局”则抨击“党支部局”执行的是一条“实践中的右倾机会主义路线”。双方争斗激烈，为此专门召开了全校党、团员大会，进行了 10 天的辩论。在最后表决“党支部局”提出撤消“团支部局”的决议时，只有 29 人投了赞成票，绝大多数党、团员不赞成。但后来，王明在苏联反托洛斯基和反布哈林清洗党内异己分子的背景下，借助共产国际中国部米夫之力，在中山大学内清党，将反对“党支部局”的人“残酷斗争，无情打击”。很多中国留学生遭到诬陷迫害、开除党籍、遣返回国、被捕流放，甚至被害。这也是王明篡夺党内大权、实行极左机会主义路线的一次预演。但当年参加投赞成票的 29 人也并非都是王明宗派中的忠实分子，回国参加革命斗争时，不

少人站在王明的对立面，也有人脱离了革命队伍，由于王明后来充当了机会主义路线的头子，于是就顺理成章地将“二十八个半布尔什维克”划到王明宗派中去了。根据胡乔木《回忆毛泽东》书中记载，1944 年 3 月 5 日，毛泽东在政治局扩大会议上讲：“2 月 24 日书记处会议上未谈及‘二十八个半布尔什维克’的派别是否还存在的问题。”但是毛主席说：“经过几次分化，现在没有这个团体了。去掉这个包袱，才符合事实。”延安整风运动似乎已经解决了王明教条宗派问题，然而没有料到 20 多年后，文化大革命中在康生的指挥下，受到“二十八个半布尔什维克”牵连的人又一次遭到审查、监禁、甚至被迫害致死。

1981 年胡乔木向中央建议召开“二十八个半布尔什维克”专题调查会，座谈王明宗派集团形成的具体经过、组成人员；当时在中山大学校中反对王明宗派斗争的情况；现在对这一问题的评价。1981 年 8 月，在中共中央高级党校副校长、国家机关党委第一书记冯文彬主持下，杨尚昆、伍修权、孔原、孙冶方、徐以新等 16 位老同志参加了会议，在澄清历史的基础上认为“二十八个半布尔什维克”不能准确反映王明的教条宗派集团的实际情况，建议党内不再使用“二十八个半布尔什维克”这个专用名词。并为因此受到迫害的同志平反昭雪。历史终于翻过了那沉重的一页。然而，毋庸置疑地是这一历史包袱使许多同志受到不公正的对待，影响了他们的人生轨迹。

“二十八个半布尔什维克”的帽子不能不说对徐伯伯一生有着诸多阴影。年轻时的一次投票，竟然使他陷入了政治斗争的漩涡，始终无法自拔。在他几十年的革命生涯中，经历了组织上对他的审查，做过“冷板凳”；在受到别人的议论或非议时，自己有口难辩；甚至被心怀叵测的人用此来作为棍棒进行打击、陷害时，只能招架不能还击。人与事，光与影，一切都在变化，唯有眼前的大海如同百年前一样潮涨潮落，起伏不息。失落、委屈、挫折都没有动摇徐伯伯干革命的信念。他最了解自己，他没有追随王明去获取高官，也没有成为王明的打手去对自己的同志“残酷斗争、无情打击”，更没有去做对不起党和人民的事情。在革命的洪流中，他一步一个脚印，一步一份奉献。以火一样的热情，钢一般的意志，

1945 年徐以新、陆红夫妇全家在延安窑洞前合影

用踏踏实实地行动向党献出了一个赤子的忠诚之心。

徐以新 15 岁时就毅然放弃学业，追随北伐的国民革命军参加了革命。在北伐军中，受到共产党的影响，坚定了他跟共产党闹革命的决心。国民革命军到达上海后，按照党组织的要求，他随一批共产党员参加了上海工人纠察队，在上海工人第三次武装起义中与反动派展开殊死斗争。起义失败后，党组织秘密安排他去了武汉，先是在中央军委做秘书兼交通的工作，后又到叶挺的 11 军政治部做科员。在此期间经陈赓、何成湘介绍加入共产主义青年团（CY）。“南昌起义”前夕，他奉命随部队赶赴南昌，到了南昌后，起义部队已经南下，他后来在抚州追上起义部队。在此期间徐伯伯先后成为周逸群、贺龙的机要秘书。起义部队在海陆丰地区被打散后，徐伯伯到香港后又赴上海。党组织安排他去苏联学习。1930 年转为中共党员。在苏联学习 3 年后，1931 年回国后任上海青年团沪中区区委书记。后赴鄂豫皖苏区，任红四方面军政治部副主任、军委参谋主任、省委常委、西北革命军事委员会秘书长、川陕省委委员等职。参加了红四方面军的长征，两爬雪山、三过草地。抗日战争期间随西路军出征，西路军溃败后，徐伯伯在甘肃当地老乡的掩护下虎口逃生，千辛万苦地寻找着党，最后返回延安。在延安，他历任鲁迅艺术学院训育处主任、政治处主任，中共中央统一战线部干部科长、中央直属机关党委书记、中央管理局政治部主任等职。解放战争时期任辽东地委副书记兼军分区政委、依兰县县委书记、佳木斯市市委书记、沈阳军区政治部主任。他领导参与了对东北土匪“四大旗杆”李华堂、谢文东、张雨新、孙荣九的剿匪任务。1946 年 11 月 21 日在依兰县一座财神庙前的广场上，徐伯伯主持了公审谢文东的群众大会，控诉了谢文东的诸多罪行，在烈士墓前将谢文东就地正法。新中国成立后，1950 年初调任外交部苏联东欧司副司长等职，并出任阿尔巴尼亚、挪威、叙利亚、巴基斯坦大使，后任外交部副部长。历任第六届、第七届政协全国常务委员会委员。从这份简历中可以看到，尽管“二十八个半布尔什维克”的历史包袱并未卸去，但徐伯伯一生为革命奋斗的步伐一刻也未停缓过。疾风知劲草，路遥识马力。在徐伯伯长达 68 年的革命生涯中，显示了一位老共产党员的赤胆忠心。

红军二万五千里长征，是一部壮观的史诗，它书写了中国近代史中不朽的篇章，是中华民族奋起、走上强盛的开山之举。每当我们回顾、纪念长征时，对那些耳熟能详的“四渡赤水”、“十八勇士强渡大渡河”、“爬雪山过草地”等情节并不陌生；对那些在长征中不畏艰险、不怕牺牲、英勇奋战的红军将领和战士的动人故事也通晓一二。可是有这样一批人却被人们忽视了：他们身陷囹圄，在被严密地监视下跟随着大部队一步一个脚印地走完长征之路；他们手中没有枪，无法直接参加战斗，但他们仍然默默无闻地为革命做着奉献；在战功簿上找不到他们的名字，在故事中看不到他们的身影。他们是一批受到错误打击关押、失去行动自由的红军干部，虽然他们在政治上受到迫害，在长征途中遇到的困难更多，但他们没有当逃兵、做叛徒，他们用实际行动证明了自己的清白，在伟大的长征路中也有他们的一份贡献。

红四方面军于 1932 年突破围剿鄂豫皖根据地国民党军队的封锁，在川陕建立了新的革命根据地。在此期间，张国焘、陈昌浩（四方面军政委）借反对“改组派”、“托陈取消派”、“AB 团”等的名义，在部队中搞“肃反”，一批优秀的红军干部被捕被杀。四方面军政治部秘书长朱光、原张国焘秘书李春霖（系外交部首任美澳司司长柯柏年的六弟）、四川省委书记罗世文、红 33 军军长王维舟、中央派来的干部廖承志等相继被关

1956年中国共产党第八次代表大会招待会上徐以新、陆红夫妇与陈赓、溥涯夫妇合影

押，徐以新也是其中之一。当时徐伯伯是四方面军参谋主任，白天还是纪念"八一南昌起义"阅兵式总指挥，晚上就被关押到保卫局的拘禁所。陈昌浩告诉他原因是："思想右倾，反对张主席。"开始时对他较为宽松，在保卫局里能够自由活动，并让他从事审讯记录的事情。后来他看到保卫局采用逼供信的方法审查干部，非常不满，于是就给张国焘、陈昌浩写信反映情况，没想到由此也被限制了自由行动。有一次他正在一个河沟里洗澡，来了一群人，为首的是新上任的保卫局副局长。几句对话让副局长不满意，无缘无故地让手下人用鞭子打了他一顿，并将他关入犯人的牢房。由于徐伯伯字写得漂亮，从此刻石板、印传单就成了他的任务。中央红军长征后，1935年3月四方面军也离开川陕根据地去会合中央红军。徐伯伯在保卫局的严密看管下，开始了长征之行。在长征途中，常常可以看到一个瘦弱的身影背着几十斤重的石板，艰难地随着部队前进。白天行军，晚上刻字印传单，还经常到沿途的村落里去做宣传工作，这就是徐以新在长征途中的真实写照。给徐伯伯留下最深刻印象的是爬雪山、过草地了。松潘草地位于青藏高原和四川盆地连阶段，它纵横600里，平均海拔3500米以上。

草地上河汊曲流横生，暗河密布，水流滞缓。由于排水不畅，潴水而成的牛轭湖星罗棋布，形成了大片沼泽。经年水草，盘根错节，结成片片草甸，覆于沼泽之上。远远望去，黄草漫漫，看似风景宜人，其实处处是陷阱，一旦踏入沼泽地就会陷入其中，越挣扎陷得越深，不能自拔。草地气候恶劣，年平均气温在摄氏零度以下，雨雪风暴来去无常。红军为北上抗日，经过这荒芜人烟的草地，每前进一步都充满了险情。徐伯伯亲眼目睹了许多红军战士深陷泥潭、壮烈牺牲的情景，让他终生难忘。由于粮食短缺，人们只好到处挖野草、采野果充饥。有一次，从河里捞上一块牛皮，煮后烤着吃了。后来鼓皮、皮带也都成了红军的食物。到了晚上，无地宿营，天气寒冷，大家就背靠着背休息，早上时就有人再也醒不了了。过草地的艰辛是世人难以想象的。爬雪山也是困难重重。夹金山上下 90 里，看来并不远，但它在海拔几千米以上，山上终年覆盖冰雪，山势陡峭，风雪交加。半夜就开始爬山，中午到达顶端，下午就必须下山，不能在山上停宿。没有现成的路可走，全靠前卫部队的开凿，后面的人紧跟着前面人的脚印一步一步的前进，稍不留意就会滑入深渊无法生还。快到山顶时，突然变天，乌云乱飞，风卷雪扬，混沌一片。接着，核桃大的冰雹噼里啪啦地砸了下来。山上没有遮掩，大家只好把背包、挎包顶在头上遮挡，冰雹过后，天更冷了，狂风夹着冰雪，吹打在身上，像刀割一样，大家把被子裹在身上行进。越往上走，空气越稀薄，呼吸都十分困难，胸口像堵了块棉花，透不过气来……像草地、雪山这样恶劣环境，徐伯伯跟随四方面军两次爬雪山、三次过草地，经历过的苦难是可想而知的，徐伯伯在回忆长征那段不同寻常的日子时说："在长征路上，苦过、累过、冷过、饿过，那是一种磨砺，在革命精神和坚强毅力的支撑下，终于坚持到胜利。"徐伯伯忍辱负重、默默地走完长征之路。

中国工农红军第一、第二、第四方面军在甘肃会宁胜利会师，宣告长征胜利结束。在保卫局被关押拘禁的干部也到会宁集中。陈昌浩找徐以新谈话："对待你，有错误，向你道歉，你自由了。自己愿意到哪里都可以。"徐伯伯从鄂豫皖至今在张国焘手下有 5 年时间，却当了 3 年"囚犯"，也就不想留在四方面军了。刘伯承任红军大学校长，调徐以新到红军大学教书。不久，陈昌浩又找他谈话：“你还是在政治部工作吧。过去我们是有错误，过去已成为过去，不必再提，我们还是一块工作吧，向前看。”徐伯伯一向听从组织安排，见陈昌浩态度诚恳，屡次谈过去对自己错了，也就不再坚持到红军大学，留任政治部当高级参谋了。

谢觉哉夫人、女红军王定国1983年8月13日写诗，赞“长征路上六君子，挥毫不倦敌胆寒”。这六君子指的是廖承志、罗世文、朱光、李春霖、徐以新和郑书。他们长征途中虽然被囚，但仍积极进行宣传鼓动工作。

在多少年过去后，有人询问当年鞭挞他的人的姓名，他笑而不答，只是说：“这个同志是好人，他当时不过是执行张国焘的错误路线。”他并没有将怨恨投向给他带来皮肉之苦的保卫局副局长，一笑了之。对于当时直接给他造成冤狱、受到磨难的那位负责人，徐伯伯也没有“落井下石”，而是认为历史已经做了最好的结论，组织上已经做了处理，自己就没有必要再多说什么了。面对别人对自己造成的伤害，不以“其人之道还

1956年5月，徐以新大使（前排左四）陪同曾山（前排左五）率领的中共代表团与阿尔巴尼亚劳动党政治局委员合影

治其人之身”，还能宽厚待人，这是一个共产党员襟怀坦白、光明磊落的优秀品质！让人佩服，让人敬仰！

1962 年徐以新任中国驻叙利亚大使时，叙利亚国家仪仗队前来大使馆迎接徐以新去总统府递交国书时的场景

在文化大革命后期，徐伯伯又经历了一次考验，而且是一次让他痛至肺腑的击打。1972 年外交部安排徐伯伯去山西干校劳动锻炼。随着外事工作的恢复与发展，外交部原设在湖南、湖北、山西的干校逐步撤消，有的干部调回部内工作，有的干部则分配到其他单位工作了。山西干校撤消后，徐伯伯回到北京，但没有安排他回部里工作，让他去北京北郊农场继续劳动。1994 年农场通知他收拾东西回家。可当他到外交部办公厅交党费的时候，被告知未见到他组织关系转过来，拒收他的党费。而且以后在未有任何告知的情况下，竟然有 4 年之久的时间不让他交党费！交党费是

每一个共产党员必须履行的权利，停止这项权利不就意味着党组织不再视其为党员了吗?! 这对一个有着50年党龄的老共产党员来讲，党籍胜过那血肉之躯，党籍就是生命！就像母亲不再认儿子一样，让他痛苦难受。

1979年徐以新夫妇、谢觉哉夫人王定国（右二）去甘肃老区与当年救护过徐以新的屈大国（左一）合影

在回家“赋闲”的日子里，他常常回顾参加革命几十年来的历程，虽然有过这样或那样的错误，但一直没有离开过党组织。在党组织的领导下，出色地完成了交给的工作和任务。可现在却没有经过正常的程序，没有申诉的机会，就被置之门外，让他百思不得其解，苦恼万分。

徐伯伯对党有着深厚的感情，知道一旦离开党组织，日子将是难熬的。他回想起抗日战争初期参加西路军的一段往事。红军长征胜利结束后，为了打通甘肃、宁夏、新疆到苏联的通道，红军组织了西路军渡黄河北上。西路军开始打了几场漂亮仗，后来在古浪遭敌包围，损失巨大，伤了元气。虽然西路军将士作战勇猛，但后来孤军无援，西路军溃败了。出征时西路军有2.18万将士，最后，死的死、伤的伤、被俘的被俘，只有少数人分散突围返回延安。李先念等率领数百人突围到达新疆。西路军虽然被打垮了，但突围出来的将士后来有许多成为解放军的高级将领。他们是：徐向前（元帅）、王树声（大将）、李聚奎（上将）、朱良才（上将）、郭天民（上将）、方强（中将）、杜义德（中将）、郑维山（中将）、程世才（中将）、李天焕（中将）、陶勇（中将）、欧阳毅（中将），少将有 30 人以上。

徐以新在危难时受命组建干部团突围。因当时战情复杂，如何突围有不同意见，他就随王树声的百十人部队行动。几经周折，队伍也被打散了，他成了孤身一人。在逃避“马家军”的追捕中，遇到好心的当地老乡将他隐藏在家中，使他虎口脱险。在避难的日子里，他无时无刻地思念党组织和战友们。半年过去了，风声渐缓，他归心似箭。在告别乡亲们后，他冒着风险，踏上寻找党组织的路。在兰州“十八集团军驻甘办事处”，当见到谢觉哉、王定国夫妇及一些熟悉的战友时，他像孩子那样再也控制不住自己，眼泪像脱线的珍珠，一滴接着一滴地流下。找到了亲人，回家啦！他高兴得将这半年遇到的险、吃的苦、受的委屈全都抛至脑后了。

对党有着深厚感情的徐伯伯坚信是非曲直一定会有公论。在苦闷之时，他看看书、写写字，陶冶情操。他常常书写于谦的《石灰吟》、《咏煤炭》——“粉骨碎身全不怕，要留清白在人间”，“爝火燃回春浩浩，洪炉照破夜沉沉。鼎彝元赖生成力，铁石犹存死后心”等诗句；他还将《革命烈士诗抄》中恽代英、罗世文、叶挺的诗，工整地抄出来，边写边回忆与他们共同战斗时的友情。大概是受心情影响吧，他最钟爱陈毅 1936 年写的《赠同志》：“二十年来是与非，一生系得几安危？莫道浮云终蔽日，严冬过尽绽春蕾。”1978 年，拨开云雾见青天，终于恢复了他的党组织关系。当党小组长来收他党费时，他没有去追究为什么，因为他知道，中国共产党之所以伟大在于有能力自行调整偏离的方向和纠正自己的错误与失误。1978 年 8 月 1 日胡耀邦同志在外交部党组上呈关于徐以新同志问题的报告上批示：“……对徐以新同志的整个历史和工作安排，要有一个公正的评价和正确的态度。以新同志，现在要算我们党内一个相当老的同志了（大概有 50 年的革命历史了吧！）几十年来，他虽然犯过一些错误，但总的来说，对党的事业是忠诚的、积极的，做了许多工作，这是主流。他年纪很小，在严重的白色恐怖下参加了革命，据说开始就在周总理身边管理机要文件，积累了较丰富的工作经验，有一定的水平和能力。这些年，表现又不错，不安排工作，或者安排不适当，对党是不利的，对他也是不公正的。因此，在党校学习后，一定要分配工作，而且要分配得适当……”

徐伯伯在中央高级党校学习半年后，以68岁高龄出任驻巴基斯坦大使，圆满地完成了他的外交官生涯。

当梳理徐伯伯的往事时，我总是在琢磨、思索，什么是他人生中的最闪亮点？两个大字立即在脑海中跃然而出，那就是宽容！宽容是一个人品德、素质、涵养的综合体现，宽容是一种爱，宽容是一种自信，是中华民族的传统美德。唐代著名学者韩愈在《原毁》中说道：“古之君子，其责

1982年4月，巴基斯坦总统齐亚·哈克为即将离任的徐以新大使授勋

己也重以周，其待人也轻以约。”意思是讲古代人要求自己严格而全面，要求别人则宽容而简约。徐伯伯无论是在顺境中还是在逆境里，无论是官居高位还是被削为“平民”，无论是对待同辈同级还是年少下属，都是为人谦恭、平易近人。尤其是在受到冷遇、挫折、委屈、错待时，他能忍辱负重，不自暴自弃；当得到平反时，他能心平气和，不趾高气扬。宽容是一种待人接物的表现，但通过宽容可以领悟到更深刻的内涵，可以看到一个共产党员宽以待人的道德准则，看到一个共产党员严于律己的品格修养，看到一个共产党员海纳百川的宽阔胸怀，看到一个共产党员忠贞不二的赤诚之心。为什么徐伯伯能够做到遇事与人宽容相待？我想起刘少奇在《论共产党员的修养》一书中一段论述：“如果一个共产党员能够在革命的实践中，在马克思列宁主义的学习中，不断地提高自己的觉悟，加强自

1981 年老同志就“二十八个半布尔什维克”等历史遗案座谈会后的合影。冯文彬、杨尚昆、伍修权、孔原、孙冶方、徐以新、武良平、张崇文、王观澜、夏之栩等同志参加了座谈会

1982年邓小平总理与来中国访问的巴基斯坦总统齐亚·哈克会谈邓小平的右三为徐以新

身修养，那么：……他也可能有最高尚的自尊心、自爱心。为了党和革命的利益，他对待同志最能宽大、容忍和‘委曲求全’，甚至在必要的时候能忍受各种误解和屈辱而毫无怨恨之心。他没有私人的目的和企图去奉承人家，也不要人家奉承自己。……他也能够为了党的利益而爱护自己，增进自己的理论和能力。但是为了党和革命的某种重要目的而需要他去忍辱负重时候，他能够毫不推辞地担负最困难而最重要的任务，决不把困难推给别人。”徐伯伯是一个共产党员在革命实践中加强自身修养的典范。如果每一个共产党员都能按照刘少奇《论共产党员的修养》中提出的“在改造社会、改造世界的同时，不断改造自己，加强修养。”那么中国共产党的战斗力会更强、团结会更加紧密、威望会更高。

徐伯伯于1994年12月30日驾鹤西去。他走了，但他用革命的一生留下如何做一个好共产党员的最好答案。如果说“半个布尔什维克”尚带有贬义的话，那么现在我们完全可以说：“徐以新伯伯是一名真正的布尔什维克战士!”

1982 年胡耀邦总书记接见驻外大使时与徐以新握手

经历“血溅王宫”的张伟烈大使

张伟烈是我的姨父。他待人友善随和，为人谦恭；他喜好广览群书，知识渊博；他遇事稳重沉着，柔中带刚。平时我就喜欢与姨父聊天，每次都有很大的收获。当他93岁高龄时，我萌生了一个念头：与姨父好好聊聊，一是了解他革命一生中的经历，从中得到教益。二是可否为他写一份传记。于是我事先预约，选择姨父精神状态最好的时候开始了分4次长达数十小时的长谈。姨父虽然已经93岁高龄，但头脑十分清楚，记忆力很好，对往事的回顾不仅是条理清晰，而且很多细节都能够叙述得面面俱到。

解放战争时期的张伟烈，时任烟台警备区第五旅副政委

姨父生于1911年，广东饶平县人。家境贫寒，父亲、大哥以种田为生，一年忙碌下来全家也仅仅勉强以地瓜稀饭度日。但父兄对他钟爱有加希望他多读书，为家人争口气，将来不受人欺负。7岁时就送他去读私塾，13岁时送他到表叔教书的小学念书，后来又到外婆家的百候镇读书。那时广东地区革命风起云涌，尤其是参加“八一南昌起义”的贺龙、叶挺的

1958 年张伟烈大使与伊拉克亲王

部队撤到潮汕地区，推动了当地革命的发展。当时还是中学生的他，在百候中学一批共产党员的教师带领下，参加了革命活动。1928 年加入了共青团，并参加了“百候暴动”。当革命走向低潮时，他又回到学校继续读书，但他投身革命的志愿没有改变。从学校出来后当了几年的老师，1937 年 2 月加入中国共产党。1937 年 10 月党组织安排他到江西参加了新四军。抗日战争期间在安徽敌占区从事党的地下工作，曾任中共皖南特委巡视员、铜南繁中心县委书记、铜繁芜中心县委书记，皖南特委宣传部长、组织部长、皖南财经委员会主任等职。当时皖南是日伪、国民党、新四军三种力量交叉活动、争夺激烈的地区，摩擦多、危险大，他不惧风险，为建立各级政权和武装力量活跃在这片土地上。“皖南事变”发生后，他按照上级党组织的指示，在长江边上设立了接待站，营救、转送从“皖南事变”中突围出来的新四军指战员数百人。抗日战争胜利后，随新四军七师到达山东，任七师组织部副部长。七师后编为山东野战军第四纵队，他还

1971 年张伟烈、许恒夫妇在摩洛哥

继续任组织部副部长。1947 年 1 月分配去胶东军区，任组织部部长。1948 年 8 月调到西海军分区任政治部主任、副政委、地委委员。后来又调往烟台任警备五旅副政委，参加了解放长山列岛战役。中央原计划调华东军区副司令张云逸去广东任华南分局书记，要调几个广东干部随行去广东工作，这样胶东军区就调他随张云逸南下。后因张云逸调任广西省委书记，姨父就随张云逸去了广西，先是任宜山地委书记，后于 1951 年调任钦州地委书记，参加、领导了广西剿匪工作。1952 年 6 月调任海南地委书记。当时正是抗美援朝期间，为防备蒋匪反攻海南岛，他出色地完成了沿海国防工事、战略公路、土改、合作化等项工作。1956 年 5 月调到外交部，出使苏联任政务参赞。1960 年任驻伊拉克大使。1971 年任驻摩洛哥大使。1974 年任驻蒙古大使。1978 年任驻泰国大使。

在几次的长谈中，姨父讲述了他从一个穷学生，是如何实现为劳苦大众谋幸福的理想而参加革命的详尽过程；讲述了他参加了革命、加入了中国共产党后，在党的培养下，逐步锻炼成长，成为一名坚定革命者的历程；讲述了在抗日战争时期，如何深入敌占区走村串户、发动群众、建立武装、成立政权，与日伪、国民党顽固派进行斗争的一个个精彩故事；讲述了解放战争时期，在山东参加战略反击，最终打败蒋家王朝的统治而进行的一个又一个恢弘战篇；讲述了在新中国成立后，为巩固政权在广西剿匪时的难忘岁月；讲述了从事外交工作后，在蒙古坐冷板凳的遭遇，在伊拉克、摩洛哥所经历过惊心动魄的政变风波，在泰国由于通晓潮汕话，开展工作如鱼得水……

姨父将他历史上的一段段往事娓娓道来，那些话语，就像是水，自然流过而又寂静无声。在平铺直叙中，那人生中的艰难、困苦、困境、惊险、危险、恐惧被平淡的语气一带而过，似乎在几十年的革命生涯中未曾遇到过狂风暴雨。但是我知道他在年轻时，因参加学生运动而被送到监狱受过严刑拷打；在抗日战争期间，他在长江边日本占领区从事抗日活动时被俘，后经党组织营救才脱身；在解放战争期间，他率领部队冒着枪林弹雨解放了长山列岛；在建国初期，他在广西剿匪时几次遇到土匪袭击而成功脱险；他在出使伊拉克任期内，政局不稳，遇到26次政变时而度过的难眠之夜；他在摩洛哥当大使时，在国王宴会上遭遇血腥政变而侥幸逃生……于是，我向姨父提了个问题：“在你一生中遇到最危险的一次事情是什么?”姨父没有很快回答，我看得出他是在回忆、思索、对比，大约沉静了10分钟后，他告诉我：“最危险的一次是在摩洛哥参加国王宴会时遇到的血腥政变。”回答完我的问题后，他就详尽地讲述了那场特殊经历的前前后后的全过程。

经过整理与加工，给大家讲述“血溅王宫”这一真实的故事：

1971年初春，在摩洛哥首都拉巴特的中国驻摩洛哥大使馆，在那宽敞、明亮的大使办公室里，办公桌、书架上摊满了许多关于摩洛哥的书籍与资料。张伟烈大使经常在这里埋头读书。他是中国驻摩洛哥第三任特命全权大使，来到摩洛哥已经好几个月了，迟迟未能递交国书，因而也不能以大使身份开展外交活动，这段时间正好用在潜心研究摩洛哥的历史上了。

1971 年张伟烈大使（右二）与摩洛哥王储打猎时的合影

摩洛哥是非洲最北部、濒临大西洋的一个风景优美、气候宜人、历史悠久的国家。关于摩洛哥称呼的来源，历史上有两种说法。一种说法是在公元 6 世纪时，阿拉伯人占领了这片土地，他们认为这里已经是“遥远的西方”，阿拉伯语中“遥远的西方”即为“摩洛哥”；第二种说法是很久以前亚洲腓尼基人在到达这个地方时，被这里的美丽风景所折服，将它称为“休养胜地”，即按他们的语言称为“摩洛哥”。摩洛哥在阿拉伯人统治时期，伊斯兰教是摩洛哥绝大多数人信奉的宗教，它曾经是一个强盛帝国，在公元 9 世纪时两次跨越直不罗陀海峡征服西班牙。随着欧洲列强的兴盛，摩洛哥被西班牙占领，许多沿直不罗陀海峡一侧的地区成为西班牙的领地。20 世纪初，摩洛哥又成为法国的殖民地。经过摩洛哥人民不断地反抗、斗争，摩洛哥于 1955 年独立。1957 年将“西里夫安（意为穆罕默德的后裔）帝国”改国号为摩洛哥。

摩洛哥独立后，于1958年与中国建立了外交关系，是非洲继埃及之后第二个与中国建立外交关系的国家。摩洛哥在联合国积极支持恢复中国的合法地位。1963年穆罕默德五世去世，哈桑二世登基。中摩关系还是比较友好的。但年轻的哈桑二世对共产党中国存有戒心。1964年周恩来总理出访十四国到摩洛哥时，曾有这样一段插曲：哈桑二世在与周恩来总理、陈毅外长友好会谈后，品茗叙谈中他突然说：“当今像我们这样的国王、皇帝已为数不多了，还不知以后会怎么样呢！”周总理马上机智地答道：“你们可以开个会商量商量嘛！”陈毅外长接上说：“亚洲有个西哈努克，我们是好朋友，可以请他参加开会”。周总理又说：“陛下可以担任这个委员会的主席嘛！”说完三个人都大笑起来。笑归笑，哈桑二世的疑虑并未消除。文化大革命中，中国驻摩洛哥使馆中的极左分子四处活动，宣传“造反有理”，引起摩洛哥当局的不满，使中摩关系处于低潮，摩洛哥还将几名中国留学生驱逐

1971年张伟烈大使（左二）与摩洛哥王妃（左四）在招待会上

出国。在两国关系转冷的状态下，张伟烈大使赴任也受到影响，在国内等待对方答复与办理签证就用了3个月，到任后递交国书也是拖了3个月才进行。尽管如此，张大使有信心在任期内通过努力使中摩关系有较大的改善。可是没有想到的是，壮志未酬竟然亲眼目睹并经历了发生在国王生日宴会上的一场举世震惊的血腥政变。

1971年7月，张大使收到摩洛哥外交部发来的请柬：为庆祝国王哈桑二世42岁生日，兹定于1971年7月10日，星期六上午10时，在斯基拉特宫举行盛大宴会，敬请光临。随后，摩洛哥外交部礼宾司来电话告知："只请男士出席，女宾另行安排。"当中方问及活动安排时，礼宾司的回答非常简练："美食美乐，阳光海滩，祝来宾愉快！"

7月10日一早，张大使便整装出发了，这是他头一次参加这样的盛会，也是一次能开展外交活动的好机会，心情格外地好。斯基拉特宫距首都拉巴特30公里处，临大西洋海边。那里风景如画，夏日气温舒爽，是皇家休闲避暑的胜地，俗称"夏宫"。当汽车沿着拉巴特——卡萨布兰卡公路行进不久时，远远地就能望见远处公路右侧有一处被高大翠绿的桉树、椰树环绕掩隐的恢弘的阿拉伯式宫殿。高大殿堂顶部是金黄色半圆状的造型，四座"迈纳尔"（尖塔）直冲云霄，院子被高高厚厚的大墙围拢。

汽车停在"夏宫"东门外的小树林中，步行入宫。高大的拱形门下站立着几个身着古阿拉伯军装、腰挎弯刀的卫兵，彬彬有礼的礼宾官员在查看完请柬之后引领来宾进入宫中。斯基拉特宫院中草坪如茵，晨风摇曳的椰枣树送来甜滋滋的浓香，挺拔的棕榈树在煦风中轻摇枝叶向来宾点头致意。向远处眺望，蓝天无垠，碧海万顷，白帆点点，海鸥翩翩。走近宫前，更被那气势磅礴的宫殿所惊叹。斯基拉特宫是以阿拉伯民族传统建筑为基础，借鉴了两河流域、比利牛斯半岛的风格，并受到拜占庭和罗马建筑的影响而修建的。进入宫中，是一个宽敞的大厅，厅内罗马柱子密集，柱头与天花板之间重叠着两层发卷，显得高深又宽阔。室内装饰华丽高贵，星座式吊灯悬挂在大厅顶部，门窗呈拱卷状，木雕窗花十分精美。"米哈拉布"（凹壁）上陈列着各式各样的历史古物。大厅侧面的墙上嵌刻着《古兰经》警句。哈桑二世坐在象征权力的座椅上接见前来拜会的王公大臣、外国使节。

张大使在参拜哈桑二世国王、送上精美礼品、说完祝贺词之后来到宫前广场，这里盛大的欢庆宴会已经拉开了序幕。在一排长长的桌子上的银制器皿中摆满了各式各样的新鲜水果和阿拉伯小吃，浓郁的奶香味和喷香的烤羊肉味扑鼻而来，诱人胃口大开。一队乐手在一旁演奏着古阿拉伯乐曲，那轻松、优美的音韵给人们带来好心情。人们在长桌两侧的帐篷中尽情地享受着美食美乐，开怀畅饮，十分惬意。

中午，突然“呯呯呯”的几声枪响划破天空，人们莫名其妙地纷纷走出帐篷四处观看，只见斯基拉特宫东门的几个卫兵应声倒地，紧接着一队队身穿迷彩服全副武装的军人迅速冲进大门，边走边向天鸣枪，向宫中冲去。这时人群大乱，慌不择路的人们急忙向东门奔去，试图逃离。但不幸的是大门外站着一排军人，他们用机枪向人群扫射过来，顿时血肉横飞，一片人倒下毙命，其中有游览大臣、最高法院院长、首相办公室主任……外交使节中也有人被打死，张大使身旁的比利时大使被击中胸部死去，血溅到他的身上。他还看见沙特大使也负重伤倒地。人群像涨潮一般地向大门涌去，又像退潮一样迅速退回。枪声不断擦耳而过，人们惊恐万状，不知所措。张大使是身经百战的新四军老战士，有着丰富的战场经验，他冷静下来，对形势进行了判断分析：枪声是从东门打过来的，显然从东面已经无法突围出去；南面、北面是高墙，无法翻越；只有从西边靠海处有一排沿海岸修建的玻璃观海长廊那可以通向海滩，再向北或向南绕行到东部公路上就可以逃离危险。张大使拉着翻译小聂，小聂搀着张大使，向西部长廊跑去，后面也紧紧跟随了一批逃生的人群。他们到了海滩向南奔去时，但已经错过良机，南边与北边都有了军人，形成两边夹击之势。在不断的枪声中他们被迫趴在海滩上。张大使嘱咐小聂：“千万别动，只要不动就不要紧！”在军人的淫威胁迫下，人们被驱赶回宫中大厅。

在宫中大厅里，更是狼藉不堪。当参加政变的军队冲进宫中时曾与国王卫队相互对峙，剑拔弩张，一场血战即将爆发。哈桑二世为了避免更大的流血，主动让卫队放下了手中的武器。很快，卫队就被解除了武装，哈桑二世也被一位中尉率领的士官押到一间房子内看管起来了。这时在一伙武装军人的护卫下，政变首领露面登场了，他就是王家军官学校校长迈德布赫将军。他指挥军官学校1000多名士官组成的部队包围了“夏宫”,发动了政变。迈德布赫将军站在王位上,得意扬扬地宣布废黜哈桑二世,由他组成的救国委员会掌管国家一切大权。说完便命令手下将哈桑二世的重臣和亲信王家军副参谋长恩来西、宪兵司令布阿什、伞兵司令罗巴利斯以及国王副官等人就地处决,大厅内顿时杀气腾腾,让人不寒而栗,连气也不敢喘一下。迈德布赫将军见国王、大臣们一网打尽,大局已定,随即下令亲信阿巴布上校立即率大部队去拉巴特攻战王军司令部、电台、机场等重要部门。正当迈德布赫将军站在高处趾高气扬地发布一道又一道命令时,意外发生了,他手下的一名士官手中枪突然走火,一下子击中了迈德布赫,让他一枪毙命。群龙无首,大厅内一时混乱起来。

1980年邓颖超副委员长(坐)访问泰国,张伟烈大使(右二)、夫人许恒(右一)

再说哈桑二世被押起来之后,这位经验丰富的国王十分冷静。在他执政期间已遭遇过6次暗杀,每次都能够化险为夷,成功逃脱危险。最危险的一次是他出访欧洲归来,当他的专机进入摩洛哥领空时,一架摩洛哥空军的飞机迎面而来。哈桑二世以为飞机是保驾护航而来,十分高兴。没有想到这架飞机突然向他的专机开火,刹那间专机已被子弹穿了几个孔,飞行员非常恐慌。哈桑二世立刻冲上前拿起话机,大声地说:“哈桑二世已死,请不要再开火了!”乘对方犹豫之际,他指挥专机迅速降落在机场,着陆后哈桑二世在候机室停留片刻后就躲在附近一片树林里等待救援。没多久,袭击国王的那架飞机得知哈桑二世未死,立刻调转方向对候机室进行扫射。这时哈桑二世已经安全地离开了机场,马上部署兵力将这次政变的空军司令捉了起来,平息了政变。

哈桑二世对看押他的士官开展了攻心战,一方面用《古兰经》的教义恐吓他们,违背真主的旨意要下地狱;另一方面允诺不追究他们的罪行,而且还可以封官行赏。哈桑二世的威胁利诱使那些士官们犹豫不决,正在这时从外面进来一个惊慌失措的士官,告知校长已被走火的枪弹打死,问该怎么办?于是,看押哈桑二世的士官们立刻跪下,向国王宣誓效忠。这样,看押的人成为保护者,簇拥着哈桑二世向大厅走去。哈桑二世一边走,一边双手伸向天空,又将双手合在胸前,咏诵着《古兰经》,并高声说:“奉至仁至慈的真主之名,你们应当崇拜真主,我是奉他的命来警告你们:你们应当向你们的真主求饶,然后向他悔过……”。混乱不堪的大厅在哈桑二世吟诵“先知的启示”声中安静下来,在场的士官,纷纷放下手中的武器,匍匐在地,高呼:“真主安拉,阿门(伊斯兰语为:主啊,请接受我的祈祷吧)!请宽恕我们的罪孽吧!”其实参加政变的军人除了少数人知道真相外,大多数人只是奉命前来,因“国王遇难”而攻入“夏宫”的。现在见到国王健在,校长也丧命,于

1978 年张伟烈大使(右)向泰国国王(左)赠送礼品

是放下武器,转而高呼“国王万岁!”事件发生了意想不到的转折。哈桑二世安抚了受惊吓的王公大臣、外交使节后,立即披挂上阵指挥平叛战斗去了。

被围困了半天之久,张大使与翻译小聂下午5点左右离开了满目疮痍、血迹斑斑、尸横遍地、惨不忍睹的斯基拉特宫,找到司机老乔后立即返回使馆。天已擦黑,一路上看到许多疾驶的坦克和载满荷枪实弹的军车在频繁调动。远处拉巴特方向炮火连天,天上划过闪亮的弹迹,形势非常紧张。张大使一行回到大使馆,开门的公务员小秦见到他们身上沾满了血迹和泥土大吃一惊地叫了起来:“怎么回事?”张大使夫人许恒急忙上前询问“受伤了没有?”张大使简单地说了句:“没事!”然后急忙上楼,拿起直通中国驻法国大使馆的电话简明扼要地汇报了摩洛哥发生政变的情况,并请转告国内。话没有说完,电讯就中断了。张大使随即布置馆员各司其职,密切关注事态的发展。晚7点,政变军官在广播电台上声称哈桑二世已经下台由军人接管政府的权力,并公布了救国委员会名单。晚11点,哈桑二世在广播电台上发表讲话,宣布政变已被平息,被叛变分子占领的军营、电台、机场等地已完全被忠于政府的军队控制。疲惫不堪的张大使顾不上清洗衣服上的血迹与泥土,与使馆人员又度过了一个不眠之夜。事后媒体报道:参加国王生日宴会的800多人中,有90多人被打死,上百人受伤。这件在世界历史上罕见的伤及外交官流血死亡的政变,让张伟烈大使遇上了。

当我询问姨父:“那次在血腥政变现场,您害怕了吗?”姨父还是用那平淡的语调回答:“害怕倒是没有,不过也十分紧张。我们没有武器可以进行反抗,即使有武器也不能用。子弹不会因为你是享有外交豁免权的外交使节而拐弯。唯一可行的方法就是想办法避免损失了。”停了一会儿后又说:“其实干任何一件工作都有遇到危险的可能,冷静、沉着才能化险为夷。”

姨父最后一任驻外大使是在泰国,这一任也是他外交生涯中的顶峰时期。泰国上至国王、王后,下至平民百姓,追溯他们的祖辈许多都有着中国血统。很久以前,一批祖籍广东潮汕人,告别父母、离乡背井迁居到泰国。他们辛勤劳作,他们友善待人,很快地就融入当地人的社会,在这里繁衍生息、传宗接代,泰国成为他们的第二故乡。在泰国的华人中不乏有许多杰出

1979 年张伟烈大使（右三）与原泰国总理、时任泰中友协会长差猜（右二）

人物。19 世纪泰国受到缅甸族侵略时，一位名叫郑华的潮汕华人揭竿而起、英勇作战，率领民众给侵略者以痛击，保卫了家园。郑信于 1768 年继承王位，创建了吞武里王朝，号称达信大帝，是泰国第 41 代君主。人民为了纪念他的功绩，在曼谷建造了金碧辉煌的“郑王庙”，是曼谷最壮丽的标志性建筑，至今仍是人们瞻仰的圣地。泰国华人虽然远离祖国，他们的后代甚至没有回过故乡，但浓浓的中华民族血脉确是代代相传，从语言到习俗都得到传承。在泰国除了泰语外，中国潮汕话就成为泰国第二语言了，懂潮汕话的人在泰国可以畅通无阻。

张伟烈大使是潮汕人，一口地道的潮汕话使对方听到乡音心里暖融融，在交谈中自然而然地缩近了来往之间的距离，甚至在拜会国王或一些政府官员时都无须带翻译。姨父刚去泰国时，中泰两国之间的关系刚刚打开融冰，随着中国的强盛，泰国华人原先多于台湾来往逐渐转向中国大陆。姨父在这个时期工作非常繁忙，上下左右地全方位宣传、介绍中国的成就和改革开放的政策。最为成功的是为泰国华人富商谢国民两兄弟的正大集团在中国投资，穿针引线取得硕果。姨父平易近人，与泰国的华人、华侨关系非常融洽，在当地的中文报纸每日头版都有姨父活动的报道与照片。华人、华侨开个会、聚个餐或是家中有喜事，若能请到姨父参加，那可是件非常荣幸之事。有这样一件事：有一次姨父从国内乘泰航飞机返回泰国，上了飞机后许多泰国华人见到姨父后纷纷热情打招呼，并相互转告："我们的大使来了！"这时站在旁边的空姐就纳闷了，"没有接到通知说泰国大使乘坐这次航班呀！"泰国驻华大使可是个"大人物"，航空公司要给他提供特殊、优惠的服务。空姐四处询问后才恍然大悟，那几个泰国华人说的原来是中国驻泰国大使！由此可见姨父在泰国的声望是相当高的。泰国国民崇拜佛教，慈悲为怀。有人遇到灾难、变故等事情时，大家都捐款、捐物以示慰问。中国驻泰国大使馆常常为此类事情难以处理而发愁，因为捐款需要先向国内外交部申报，部里还要送到有关部门审批，公文来回一走，这边黄瓜菜全凉了。姨父为了更好地融入泰国社会，扩大中

1981 年泰国皇室举行家庭茶话会欢送离任的张伟烈大使（左一）

国的影响，特此向国内打报告申请批发一批中国物美价廉的工艺美术品、商品，参加泰国红十字会组织的义卖，卖后将款项交给泰国红十字会作为中国的善款对困难人进行救助，获得极好的社会影响。

姨父从泰国离任后离休在家。改革开放后许多泰商经常来国内，到北京后他们常常约见姨父会面，设宴招待，叙说往日友情。这种活动非常多，有时从上午出去，到晚上很晚才回来。泰商还经常送上“红包”以示敬意。回来后姨父将“红包”原封不动地交给全国扶贫协会，并索要发票后寄给送“红包”的泰商。孩子们有时开玩笑地讲：“上交母亲也是交‘公’呀!”姨父说：“那可是不一样。”姨父就是这样一个让人敬佩的人。

让我最为钦佩的是姨父高龄95岁，在病危的最后时刻，仍然头脑清楚、思维不乱。

2006年95岁高龄的张伟烈大使（中）与夫人许恒（左一）、儿子张晓春（右一）、张晓林在颐和园合影

倒计时两天：姨父对儿媳姚海茗说："小勇（孙子）的婚事我帮不上忙了，你们操办吧。"

倒计时8小时：儿子张晓林换班回家休息，走到病房门口时姨父挥手告别。

倒计时6小时：北京医院院长前来探望，姨父说："谢谢！"

倒计时5小时：姨姨问姨父有没有不舒服的地方，姨父摇摇头说："别打扰我了，我要休息。"

倒计时4小时：对家里人的问话不再回应，神志清楚，但显得十分疲惫。

倒计时3小时30分：血压80/43，心率110次。医院医生进行紧急抢救。

倒计时3小时：抢救无效，值班的次子张晓健立刻通知家人前来送行。

倒计时50分：血压58/42，心率99次。

2006年4月25日凌晨2时，姨父溘然去世，安详地走了，享年95岁。

姨父没有留下遗嘱，没有对组织上和家里人提出什么要求，他从来就认为是党给了他一切，组织上会做好安排的。

有一天我做了一个梦，醒后对梦中情景清晰可见，姨父和蔼地叫我："民伟，咱们接着谈呀，这次该谈'客家人'的话题了吧？"在最后一次采访时，姨父讲他是"客家人"，并简要地说了"客家人"的历史，他对"客家人"的历史渊源、形成分布、风俗习惯、文化语言、饮食民居等有较深的研究。我对这个课题非常有兴趣，尤其是福建的土楼。就和姨父约定好下一次以"客家人"为题进行采访。后来姨父身体日渐虚弱，再后来姨父住院后就没有回家，怕影响他休息治病就没有与姨父再谈下去。现在很后悔，当时若抓紧时间与姨父再多谈几次，就会有更多更珍贵的史料记录下来，使我们这一代以及后代受益。

每当我想到姨父，耳边总是传来他用平淡的语气讲述着他那并不平凡的一生！

王雨田

我的父亲

时光荏苒，转眼间父亲去世已经有30年了。这些年来，父亲的音容笑貌、言谈举止常常浮现在我的脑海里。“父亲是怎样的一个人?”“父亲留给我的最宝贵的财富是什么?”是我常常思索并想得到一个明晰答案的愿望。

抗日战争时期山东军区卫生部领导合影。王雨田（坐右一）、奥地利医生罗生特（蹲右一）

父亲的一生

父亲的一生充满了传奇故事，有着丰富的生活内涵，更有让人瞩目的丰功。

父亲生于1914年，河南遂平人。自幼刻苦读书、学业优秀，于1932年考入河南大学医学院。在学校期间，他思想活跃、组织能力强、爱好打篮球，在同学中有很高的威望。1935年北平爱国学生发动了著名的“一二·九”运动，抗日救国的爱国浪潮席卷了全中国。在开封，河南大学与开封高中的学生积极串联，联合了北仓女中、开师、艺师、中川等学校的学生于1935年12月24日举行了震惊开封古城的近万人示威大游行，声援并支持北平学生的爱国抗日运动。各校选派代表组成“开封学生联合会”，父亲作为河南大学代表被推举为“开封学生会联合会”主席，领导了这次大游行。在河南省政府前的广场，父亲作为代表向省政府递交了请愿书，要求取消冀察伪政权、严惩凶手、停止屈辱外交、对日抗战、开放学生运动等条件，限当局三日答复，否则将组织万人请愿团去南京。当局不予理睬，于是在12月27日组织了第二次大游行。队伍到了火车站，准备拦截火

抗日战争时期的王雨田

车南下。后因火车停开，学生们就顶着寒风，卧轨4天4夜进行抗议。在学生运动失败后，父亲因为是组织者受到当局的严密监视。

1936年夏，父亲以优异的成绩从河南大学医学院毕业。医学院是刚成立不长时间的学校，师资很缺，就从第二届毕业生中挑选父亲送到北平协和医院师资班，作为研究生进修细菌学专业。学习不到一年，1937年夏，北平已是战局动乱，书是无法读下去了，于是父亲就回到了河南。河南大学因父亲参加过组织开封学生的大游行活动，不敢收留，让他自谋出路。父亲受聘于辉县百泉乡师范学校担任体育老师。在学校里常与一些老师研究学习一些进步书刊，讨论国家生死攸关的大事，使他投身革命的决心逐渐形成。

"七·七"事变后，父亲痛恨国民党当局腐败无能，将半壁江山拱手相让给日本。国难当头之际，父亲毅然投笔从戎，行走千里去延安参加革命。在西安他找到了八路军驻西安办事处，被安排到三原县安吴堡青年训练班学习。后来林伯渠挑选父亲作为白求恩大夫的临时翻译一起去了延安。在延安，由于缺少懂医的人员，就分配他到中央卫生部医政科任科员。1938年父亲随项英、姬鹏飞、罗炳辉从延安到了新四军抗日前线。在艰苦的斗争中，父亲从一名爱国知识分子锻炼成为一名坚定的革命者，1938年经姬鹏飞介绍加入了中国共产党。他历任新四军后方医院医师，新四军三支队、五支队军医处长，新四军七师卫生部部长。1943年3月，日本侵略军对新四军七师驻地进行了大扫荡，当时父亲担任七师卫生部长。因为他正生着病，母亲怀孕在身，不能随部队行动。组织上安排父母撤到山区躲避起来。因情况突变，父亲母亲不幸被俘。日本鬼子将父亲捆在大树上，用刺刀对着父亲的胸膛边恐吓边审问。父亲泰然自若，临危不惧，说是从上海来的医生，正在生病修养。日本鬼子不相信，让日本军医前来盘问医学方面的问题，父亲对答如流，鬼子只好把父亲松了绑。在被看押期间，父亲利用鬼子怕传染肺炎的心理，让母亲用针刺手指在痰中滴上几滴血，有意在日本鬼子面前走过，鬼子急忙躲避，后来也就放松了看管。在地下党的营救下，父母终于虎口脱险，返回部队。抗日战争后期，陈毅军长得知山东军区罗荣桓政委身患重病，特地将在新四军中工作的奥地利名医罗生特调去给罗政委看病。罗大夫提出需要一个合作者，陈毅军长就挑选了既精通医学又会德语、英语的父亲。就这样，父亲从新四军调到八路军。到山东军区后，父亲被任命为山东军区卫生部长，罗生特大夫被任命为医学顾问，他们同时为罗荣桓政委治病，并担当他的保健医生。在新四军和八路军时期，在枪林弹雨下，在艰苦的环境中，父亲救死扶伤，用高超的医术从死亡线上抢救了无数负伤的我军指战员；在草屋里，在油灯下，父亲自编教材、自当教员，开办了一个又一个的医校和培训班，为部队培养和输送了大批急需的医务人才。父亲虽然没有成为医学界的著名医生，但他用自己的知识与才华，用扎扎实实的工作为我军在战争年代的医疗卫生事业做出了巨大贡献。

抗日战争胜利后，父亲跟随罗荣桓政委从山东乘装货的小船，渡海去辽宁貔子窝进入东北。在东北，父亲历任东北民主联军卫生部长、辽东军区卫生部长、关东总署卫生厅第一副厅长、中国人民解放军第四野战军特种兵纵队后勤部副部长兼卫生部长等职务。他时而上前线，时而又回到罗荣桓政委身旁，为他治病而尽力尽责。1946 年，旅顺市、大连市、金县、盖平县、庄河县合并成立了关东总署。根据中苏协定，这一地区由苏军驻守，国民党政府管理，但实际上领导权掌握在共产党手中。父亲共产党员身份不公开，化名王布君被党组织派到关东总署任卫生厅第一副厅长。父亲以这个公开身份，在动员医务人员参加解放战争支前工作方面；在接收、治疗从解放区来的伤病员方面；在组织支援东北、华北、华东解放区急需的药品与医疗器械的生产、配套、装运工作等方面都出色地完成了党交给的任务。尤其是他重视培训工作，筹备、组建了关东（大连）医学院并兼任院长，为新中国的解放与建设培养了一批又红又专的高级医务人员。1948 年父亲随百万大军进入山海关，在天津短暂停留后到了武汉，正当他准备随部队南下参加解放华南地区的战斗时接到调令：到北京新组建的中国外交部工作。当年为什么调父亲到外交部工作，也许是因为他会外语的原因，详细经过并不知晓，但是知道党中央和中央军委对调选干部组建外交部非常重视，几次发文要求各部队选拔推荐优秀干部。父亲是在部队中成长、受重用的优秀知识分子干部，被推荐到外交部工作也在情理之中。就这样，父亲离开部队这个已经熟悉的环境，放弃了医学专业，走上陌生的更有挑战性的外交战线。

1950 年 1 月，父亲到外交部报到，并参加了外交部为培训驻外大使、参赞的学习班。在学习班中，系统地学习了外交官必须掌握的基本知识，包括法律、法规、礼仪、文书等内容。1950 年至 1955 年在中国驻德意志民主共和国大使馆任政务参赞；1955 年调回国后任礼宾司副司长、代司长，在任职期间，随同朱德元帅、聂荣臻元帅访问波兰、匈牙利、捷克斯洛伐克等 7 个东欧国家。1957 年毛主席访问苏联，参加苏联成立 40 周年活动，父亲作为外交部礼宾司代司长随同前往，在繁多的外交活动中工作井井有序，圆满地完成了任务。1957 年至 1959 年，父亲调到苏欧司（后

1950 年在民主德国，姬鹏飞使团长（左二）呈递国书时与皮克总统（左一）、王雨田（左三）、李欣（左四）、许文益（左六）合影

改称社会主义国家司）任司长。1959 年至 1962 年任中国驻苏丹大使。在苏丹任职期内，曾作为特使率中国上海杂技团访问埃塞俄比亚，为两国建立外交关系做了初期谈判。1962 年至 1964 年父亲任外交部西亚非洲司司长，在此期间于 1963 年随同陈毅副总理兼外交部长访问了肯尼亚、坦桑尼亚。1963 年底至 1964 年初，周恩来总理、陈毅副总理兼外长访问欧、亚、非 14 国，父亲作为非洲事务主管部门负责人也随同前往。在出访前父亲主持西亚非洲司做好了充分准备工作，使访问活动进展十分顺利。1964 年至 1969 年任中国驻肯尼亚大使。1969 年至 1973 年任中国驻刚果（布）大使，在任期内，参加与扎伊尔、赤道几内亚的建交谈判。1973 年到 1974 年任中国驻德意志联邦共和国大使。

1974 年在联邦德国拜会波恩市市长的外事活动后，患心肌梗塞直接送进医院，出院后回国治病休养。

1977 年 12 月 11 日因病重与世长辞，享年 64 岁。

父亲离世太早了，如果不是病魔的摧残，那么父亲的一生还会有更精彩、更辉煌的篇章。

父亲为中国革命和新中国的外交事业做出的贡献，他的战友、亲人都不会忘记，党组织也给了他高度的评价。在此，用肖华将军为《王雨田大使纪念文集》（非正式出版物）写的序——《回忆王雨田大使》一文作为父亲一生的概括总结。

《回忆王雨田大使》

在 1943 年到 1949 年他还是名为黄农的时候，在山东，在南满，我们就在一起工作。战争年代的经历，使我不能推辞这个责任。

在抗日战争开始的时候，雨田同志是作为医学专家或高级知识分子参加我军的。建国以后，他又是从医药卫生战线上的专家，转为外交战线上的专家的。实际上他是一位革命家。也许现在，甚至他在大学里带头闹卧轨、罢课的时候，有人会对他的经历发出一种惋惜说：

如果他埋头医药卫生科学，会对人类有更大贡献。对于这个观点，就要从历史条件去观察了。当我们国家、民族面临生死存亡最关头的时候，他毅然放弃了自己的专业，投身于拯救民族灭亡的斗争洪流，这本身就是一种高度的献身精神，也是对人类反法西斯战争一种巨大的贡献。

历史和人民则是从他的马克思主义的世界观去评价雨田同志的。这种世界观的核心问题，就是把自己摆在一个什么位置上，是利己主义呢？还是我为人人呢？

在我与雨田相处的战争年代里，我亲自管理过他所领导的山东军区卫生部的整风学习，那时他们那里在发挥民主检查领导的阶段里，曾经发生过一些极端民主化的偏向。按照山东分局和山东军区领导人罗荣桓同志的要求，克服这种偏向的方法，就是这些单位的领导干部先作认真的自我批评，卫生部的领导干部雨田等同志，就是这样做的他的诚恳、坦白的检查。这种态度，深深地感动了大家，也使我受到启发。卫生部的整风取得了很好的成绩。

他转到外交战线以后，我们接触机会就少了，但是从这册回忆录的材料中，我们可以看到，一种什么力量支持他在外交战线上的复杂艰苦的斗争呢？“四人帮”在国内大搞“批判贝多芬”的胡闹时，雨田同志机智地解释了德国人士的疑惑说：“这是国内有的人的一种见解，不一定代表大多数人的意见。”可以想象得到的，雨田同志在这样解释时，是顶着多大的压力呀！雨田同志抵抗着心肌梗塞的危险，来顺利完成某些外交礼仪活动，也使我眼前出现了他在火线上出生入死的同样的形象。

雨田同志留给我们的形象，是卫生专家、外交专家的形象，更是革命家、革命战士的形象。

在新的时代里，我希望他的形象将有助于千千万万的又红又专的人才成长，特别将帮助人们对于为什么活着，这个人生的根本问题找到正确的答案。

肖华
1984 年 6 月

父亲的故事

父亲是建国后首批从部队送派到新成立的外交部的干部，在外交部工作了27年。父亲在对外活动中总是仪表整洁、衣着得体。时而肃容满面，时而又笑容可掬；时而严词厉言，时而又谈笑风生。让人从外表一看便知道是一个有素养的外交官。父亲知识渊博，谈古论今、旁征博引，让听者胜似读书；父亲口才颇佳，讲话有条不紊、逻辑性强，如整理成文是一篇不用修改的文章；父亲应变力强，处世不惊、沉着冷静，常常能用智慧去化解风险。用联邦德国外交部一位官员对父亲的评价是："既可爱又可敬的又不好对付的外交家！"

1973 年王雨田大使在与德意志联邦共和国经贸协定上签字

在父亲的外交生涯中，以在非洲的工作时间为最长，前后去过 3 个非洲国家任大使，这在那时期的大使中次数是最多的。父亲也是外交部主管非洲业务司的创始人之一。建国初期，因为非洲的独立国家很少，只是在 1955 年“万隆会议”后，才在欧洲司下设一个科。随着非洲争取民族解放运动蓬勃发展，形势日新月异，许多新独立的非洲国家纷纷与中国建立外交关系。1956 年 6 月成立了西亚北非司，父亲继柯华、何英之后任司长。在周总理访问 14 国前后，中非之间的关系达到一个新高潮。那时工作非常繁忙，但他忙而不乱，领导全司为开展中国与非洲的友谊搭桥铺路贡献力量。父亲出任苏丹、肯尼亚大使都是首任大使，在建立新使馆、调配干部、熟悉环境、开展外交活动方面遇到不少困难，父亲注重调查研究，善于调动大家的积极性，该决断的事就当即定下来，很快就使那些难办、难做的事情迎刃而解，打开了工作局面。文化大革命后，父亲是首批派往国外的 7 位大使之一，刚果（布）是当时中国在非洲的工作重点之一。中国驻刚果（布）大使馆中极左思潮十分严重，父亲到任后从整顿纪律、恢复工作秩序、清理环境入手，加强了政治思想工作，使馆内处处面貌一新，工作走上正规轨道。在非洲工作，从政治、生活、气候等方面比发达国家要相差很远，对工作岗位父亲从不挑肥拣瘦，不攀比，不讲条件，组织上安排去什么地方工作，就在那里尽心尽责地工作。父亲在非洲工作，严格执行政策，防止大国沙文主义，不以穷而嫌之，不以苦而避之。尊敬对方，尊重习俗，平等相处，礼貌待人。父亲对非洲倾注了一腔热血，在他身患重病已经不能起身的时候，还对来探视的吴清和（原驻刚果使馆三秘）嘱咐，让她为出一本有关非洲的书作些准备工作，找几个人议一下提纲，将研究非洲今后发展的趋向和中国在非洲工作的经验教训作为重点，待他身体好些时与大家一起完成这项工作。可惜父亲的愿望成了遗愿，他未能将多年从事非洲工作时的经验与体会留下来，是吴清和等同志非常遗憾的事情。十几年的风雨，十几年的耕耘，父亲留下了辛勤的汗水，留下了不停步的足迹，更留下了他的一颗火热的心！

父亲在非洲工作的经历，工作的态度，分析、观察、处理问题的方式方法，深深地留在了我的脑海中，是在我成长中阅读人生的一本最好的教

1973 年王雨田（左五）、张惠新（右二）夫妇参观德意志联邦共和国内务部

科书。父亲在我们面前谈及非洲的感触时，总是苦说得少，乐说得多；差说得少，好说得多；短说得少，长说得多。这不仅仅是一个简单的述说，而是一种富有哲理的传授。将这种哲理融汇贯通到人生的旅途中时，就能自如地应对成功与失败、高潮与低谷、快乐与悲伤、收获与付出、正确与错误、富有与贫穷的挑战，就能运筹好自己的人生轨迹。

我多么想踏上那神秘的非洲，为了解父亲的工作、生活，沿着他的足迹，去亲身品尝在高温与潮湿之下的艰辛，去亲眼观赏那绚丽的自然风光，去亲历触摸那纯朴的民俗民风。只有如此，方能深刻地认识与理解父亲为非洲付出无怨无悔的真谛。去非洲探寻父亲走过的足迹，对我来讲机会不大，唯有通过回忆、记述父亲在非洲时的所苦所乐、所见所闻，才是最现实的做法。我想讲述一些小故事，展示父亲在非洲时期对工作、对生活的爱之所在，只有了解了这种爱才能懂得父亲的无私奉献。

英法联军司令毙命苏丹

有一次在与父亲聊天时，我曾问过父亲："为什么中国要交非洲那些穷朋友？"父亲给我讲了穷人帮穷人的道理。虽然中国在力所能及的情况下给予非洲国家一些帮助，但是相互之间的关系是互助的。中国帮助穷朋友渡过难关，穷朋友也同样给了中国很大的帮助。中国争取恢复在联合国合法权利的过程中，那些非洲国家的支持是功不可没的。正是有了他们的大力支持，才使得在联合国表决时，赞成票占了绝大多数。当中国恢复了在联合国的合法权利时，会场上非洲朋友们载歌载舞的欢腾情景让人感动。父亲又接着讲述了苏丹人民替中国人民报仇血恨的故事。

在中国近代史中，让中国最为耻辱的事莫过于第二次鸦片战争时，英法联军侵略中国一事了。英法联军从天津打到北京，一路烧杀抢掠、无恶不做。清朝咸丰皇帝带着宠臣、家眷闻风逃窜，躲到承德避暑山庄，毫不抵抗，将国土、国民留给英法联军任意践踏蹂躏。最为可惜的是英法联军将世界瑰宝——圆明园抢劫一空后又放火焚烧，使之毁于一旦。卖国贼咸丰还签订了丧权辱国的条约，赔偿侵略者大批银子。圆明园的遗迹在凄风恶雨中倾述着中国的仇与恨。如今，中国强大了，但总为没有亲手惩办凶手而遗憾。这一深仇大恨，由伟大的苏丹人民给我们报了。当年英法联军的总司令查理·戈登是个罪恶满盈的刽子手，他双手沾满了中国人的鲜血、腰中缠满中国的财宝得意地回了英国。因他抢掠有功，英国又将他派驻苏丹做总督以示表彰。他在苏丹又是作威作福，鱼肉苏丹人民。哪里有压迫，哪里就有反抗，苏丹人民造反了，他们将戈登处死在总督府门前。

苏丹首都喀土穆位于从埃塞俄比亚流淌来的青尼罗河和从乌干达流淌来的白尼罗河的汇合处。苏丹总统府是一座面对着青尼罗河的三层楼白色的宫殿，在历史上很有名。1821 年土耳其奥斯曼帝国侵占苏丹，在这里修建了这个宫殿，先后经历了 13 任总督。19 世纪 70 年代，英国殖民主义入侵后，把宫殿改建成了英国总督府。这个总督府呈"E"形，取自"ENGLAND"的第一个字母"E"。主楼为一竖，两头两座配楼为两横，主楼中间突出的阳台为一小横。主楼南边是一个半圆形的花园，像是英王的王冠。

曾在1860年参与火烧圆明园和镇压太平天国运动的英法联军总司令——后来在苏丹任总督的英国人查理·戈登就是在这座宫殿里被苏丹人民打死的。1885年1月马赫迪率领的起义军进入喀土穆围攻总督府时，他站在二层楼的台阶上指挥英国军队负隅抵抗。起义军看到这个侵略者后怒气冲天，从上向下对他掷出了数十支长矛，有一支正好击中他的胸部，让他当场毙命。现在，二层楼的台阶几经翻修，已不复存在，但在一层走廊的墙上还有一块铜牌，上面用英文写着“1885年1月26日查理·戈登死于此地”。

周总理和陈毅副总理在1964年访问苏丹时，在苏丹总统的国宴上，查理·戈登之死成为主宾们谈及的热门话题。谈到这些往事，大家都很感慨。陈毅副总理满怀激情地举起酒杯说：“中国有句古话——‘善有善报，恶有恶报，不是不报，时候不到，时候一到，定要全报。’今天我代

1973年王雨田大使及夫人张惠新在恩格斯墓前留念

表中国人民向苏丹人民表示万分感谢，谢谢你们为中国报了仇!”并当场赋诗一首：

共和国宫楼上月，曾照戈登此驻节。
将军东去肆劫掠，乃返此间被击毙。
人间沧桑每如此，岂有恶徒能不灭。
尼罗河水常青青，今夜主人宴宾客。
酒过数巡主致词，屡屡称赞我长征。
客人举觞述友谊，言及打死英戈登。
满座一致大鼓掌，两国友谊最足珍。
仰视明月银光泻，友谊长如尼罗河。

文面的史源

在电影中经常可以看到军人中的精英——特种兵在执行任务时，常常为显示威猛，将自己的脸上用泥土或者染料涂得黑一道白一道。我始终不解其中的含义。

从父亲的一次参观中我得到了答案。父亲到了苏丹后，一踏上苏丹国土之后，第一个最深刻印象是苏丹人的文面。一个个脸上都有刀划的痕迹。他当时很纳闷，为什么好好的脸上划了这些刀疤呢？后来才知道，文面是苏丹各民族古老的风俗习惯。父亲曾参观过一家文面博物馆。这个博物馆里展出各个部族的文面图像、照片，有的在面颊部划出横的，直的或斜行的线纹，条数走向各个部族都不同；有的在前额上划出一排或两三排小圆疙瘩。女子在面、背、肩、臂部刺了各种图案花纹，作为美的象征。

男子划纹一般在四五岁时，女子一般在10岁左右就要文面，有的也文身。文面一般是由土医生、美容师、接生婆等人进行划文。在文前先用笔在面部打好样子，然后用锐利的刀片划破皮肤，割去表皮，搽上油，划深纹的洒点盐防感染，好让伤口愈合形成凹下去的纹道。两侧面部上的纹道是对称的。划纹的标志方法有两种，一种是用刀划留下浅疤，另一种是点刺花纹。最初文面是作为区别部族的标记。后来被看成是一种美。到现在，一些年轻人中仍有文面的。

苏丹人文面，当地话叫“苏路赫”，在苏丹有悠久历史。考古者发现文面追溯到公元前750年至公元350年的马拉维时代。苏丹博物馆展出的是属于这个时代的文物，其中还有两具画有半月形面纹的沙石雕像。古代苏丹部落很多，部落与部落之间互相掠夺，战争和械斗经常发生。为了在战斗中避免误伤自己人，各个部落都有自己独特的文面标记，以区别于其他部落。因此，面纹都被看成是神圣的标记，是每个部落保存自己的宗谱，维护内部团结，体现部落荣誉，显示部落悠久的标记。不划面文的人，往往被认为是不重视祖先的人，有伤风败俗之嫌，同部族的人都会蔑视他。

现在，随着社会的发展，苏丹人文面的风俗习惯已经逐渐减少，但是各部族之间，特别是北方和南方部族之间的冲突仍然持续不断。

在2008年“北京奥运会”期间，您一定会见到许多各国来宾的脸上涂画着各式各样五彩缤纷的国旗，使人们不用问答便可以分清国籍。可以说这是古老的苏丹文面在现实中的一种应用吧！

世界大火炉

有一年父亲母亲回国休假，我问他们在苏丹热吗？他们说很热。我又问能热到什么程度？于是父母就给我讲述了他们在苏丹时的生活。

东非国家有“热带大陆”“干旱大陆”之称。苏丹是东非国家之一，沙漠多，又热又旱。苏丹首都是喀土穆，是著名的“世界大火炉”，最高气温可达到摄氏70度。一般的温度表放在日光下，水银柱会冲到顶头。由于处在沙漠地带，种植的树不太好成活。外出活动时，汽车找不到树荫停车，只能在阳光下曝晒。坐在车里边，要是手碰到车门或其他硬物上，马上就会产生静电，好像触电一样。司机必需要带上手套，不然方向盘或门把就能把手烫红或起泡。

由于天气太热，喀土穆一般的居民，一年有7个月露宿，居民们的房子，四四方方白色土墙，屋顶上盖着一张大的厚帘子，白天遮盖起来，挡太阳，晚上就拉开，可通风露宿。

我们一年里在阳台上或庭院中露宿至少是八九个月时间。睡前要洒上水使地面凉爽些，还要在离墙几步远的地方安放床铺，否则就像睡在烤炉边。每天必须挂上蚊帐，涂上灭蚊蝇药，否则蚊蝇叮咬得使你整夜不能睡觉。能够很安稳地睡上一整夜的时候不多。喀土穆在5月至7月气温最高时，常伴有大风暴加上沙暴，有时还伴有倾盆大雨，当地人叫它“哈卜卜”。在喀土穆平均每年大小“哈卜卜”有20多次。大“哈卜卜”来势猛，突然间，黑云压顶，狂风大作，飞沙走石。风暴所到之处，天昏地暗，交通中断。有时一声炸雷之后，倾盆大雨越下越大，如同倾泻的瀑布。我们只能紧闭门窗躲在屋里，沙暴来了还不能开空调，室内温度高达40度，即使开屋顶上的风扇也是热风。那个闷热滋味，让人实在热得透不过气来。沙暴过后，室内室外到处都铺满有几寸厚的黄沙。屋里无法睡觉了，还得再搬到露天去睡，有时刚睡不久，又来了风暴。在一夜之间，往返要搬动几次，多的时候有七八次，那么这个晚上干脆就别想再睡了。使馆里每个人都备有2－3张床，里外地下室都得放上床。中午午休只能睡到地下室开上空调。水管中的水不需要烧就是热的，可以洗澡。因为天气太热，有人试验把鸡蛋放在沙子里就能半熟。

苏丹政府法定是半日工作制，可是使馆还是8小时工作制。学习开会都在下午，有的同志在额头上放一块冰毛巾解热。每天要喝上20杯的冰水或柠檬水才能补足水分。由于苏丹干燥，汗一出毛孔就挥发了，所以皮肤总是光滑。不像潮湿天气，汗流浃背，因此也不感到全身难受。

喀土穆一年中只有两个月是最舒服的天气，温度适宜。在这个季节我们就抓紧时间种上菜，如菠菜、土豆、青叶菜、瓜果等，改善在苏丹缺少蔬菜的生活。这个季节是苏丹喀土穆的雨季，总是晚上下点雨，白天天晴，因此蔬菜成长得很快，种下一周后就开始发芽，第二周就可以上桌吃了。通过自己劳动收获的果实，吃起来味道特别鲜美。

钓鱼

我不喜欢钓鱼，也不会钓鱼。仅有的一次钓鱼经历还出了洋相。那是在文化大革命中，我在家里当逍遥派，正闲得无聊时，朋友约我去后海钓鱼，我一想，父亲从国外带回的鱼杆鱼钩可以派上用场。第二天天还没有亮就去了后海。等我拿出鱼具后，朋友笑了："你的鱼钩那么大，足有两寸！你以为这里有10斤大鱼让你钓呀?"换上朋友的小鱼钩后，辛劳了一天后还是无功而返。

回到家中，父亲听完我的述说后笑着说："那鱼钩只能在苏丹钓上鱼!"原来苏丹人不吃活鱼，爱吃咸鱼，每年还要从我国进口咸鱼呢。使馆的同志在喀土穆近郊找到了钓鱼的好去处，那里有一个大水坝，水流很急，鱼特别多，而且都很大，鱼很容易上钩，用大钩才能钓上大鱼。水坝四周环境很幽静，有树荫、有常流不息的河水。他们在假日里就去那儿钓鱼又能避暑。那里成了他们的郊游圣地，带上钓鱼工具、桌椅在那儿野餐。有时还邀请友好国家的外交官们一起活动，增进友谊。

在那里钓鱼，个个都是高手，只用一根竹竿挂上线和钩，一会儿就能钓上不少鱼。有一次钓了一条18斤的大鱼，人差一点儿被鱼泣下水，在几个人帮忙下才很吃力地把鱼拉了上来。

1959年王雨田大使在苏丹钓鱼

每次满载而归回到使馆，大家就一起动手，有的杀鱼，有的洗鱼，高高兴兴地也不觉得累。使馆有一位特级厨师，他做鱼非常拿手，清蒸、煎炸、烟熏、红烧出来的各种南北风味菜肴，深受大家的喜爱。厨师很会调剂，将吃不完的鱼做成熏鱼送给回国休假的同志带给家人品尝。使馆宴请贵宾时，常常作为一道主要的菜招待。有一回，父亲宴请苏丹的一位部长在使馆吃饭，当他吃了一道鱼菜后赞不绝口，父亲告诉他这条鱼是刚刚钓上来的活鱼时，他非常惊讶。

生活在苏丹，有热带气候之苦，也有不少乐趣。

副总统的家宴

在1965年，外贸部副部长卢绪章率领的中国贸易代表团到东非的肯尼亚访问。肯尼亚副总统奥廷加热情地邀请卢绪章和代表团到他的家乡去访问，父亲母亲也陪同前去。

奥廷加的家乡在东非大淡水湖——维多利亚湖的边上。这个以英国女王命名的大湖在肯尼亚、坦桑尼亚和乌干达之间，但肯尼亚只占很小的一部分。湖水经过乌干达流入苏丹，成为尼罗河的一个分支白尼罗河。湖面非常开阔，来往船只不多，极为幽静，真不愧是东非旅游胜地之一。

那天中午，代表团一行人到副总统家里赴宴，奥廷加副总统亲自在门口迎接中国代表团，并设丰盛的宴席款待贵宾。午宴的第一道菜很特别，副总统拿起一只盛满了半液体状糊糊的大水瓢，第一个把水瓢凑到嘴上喝了几口糊糊，然后挨个传一圈，每人喝几口。讲实在话，那糊糊的味道特别酸，很难下咽。卢绪章副部长和父亲为了尊重主人的厚意，都喝了好几口。随行的人员也都品尝了糊糊的味道。主人介绍说："这是我家乡的特产糊糊，是用木薯做的。要经过多道工序才能做成，现在的年轻人都不会做了。木薯的纤维很多，要一遍又一遍地去掉纤维，再磨成浆才能做成这种糊，家乡人都是很喜欢喝的。"第二道菜更令人吃惊，是他家乡专门招待贵宾迎客时才有的。当场宰了一只羊，切成大块放在木盆上直接端了上来。看到一块块鲜血淋淋的鲜羊肉，大家都面呈难色。父亲考虑到外交礼节，就率先仿效主人的示范，用手抓了羊肉蘸了点盐吃了起来，其他同志也就一一跟上了。接着，端上来了切碎的木薯叶子，那是他家乡的高级蔬菜。然后是仿西式的熟食，对大家就没有什么困难了。

宴会结束后，副总统带大家去参观他的住房。大院中间是一座大草房，是他住的，四周有几座小草房，是他家属住的。面积都不大，木结构，屋里只有简单的家具，没有一件是豪华的，仅有床和桌子。副总统家里这样简单的陈设，大家在其他国家里还没有见到过。还看到其中有一座草房已经倾斜，几乎要塌下来，木柱的中心已经被白蚂蚁咬成了空心。主人讲到白蚂蚁灾害在他们家乡很严重，这草屋才建成没几年，就给白蚂蚁坑害了，现在还没有好办法彻底消灭这种白蚂蚁。副总统还问卢绪章："中国有没有什么好的办法帮助我们解决白蚂蚁的灾害？"

《礼记·曲礼上》曾有这样一句话："入境而问禁，入国而问俗，入门而问讳。"中国的外交家们就是这样以大局为重，克服种种困难，在异国他乡传递着友谊。

"替罪羊"的来历

在我高三备战高考期间，有一次父亲突然考我一个问题："讲讲替罪羊的来历？"我随口就说："'替罪羊'不就是代人受过么，至于来历……"父亲见我答不出来，就讲述了一段他在肯尼亚时的见闻。

有一次应邀访问肯尼亚马塞族，这是肯尼亚山区一个游牧民族，他们的生活方式仍然处在人类原始社会时那样的状态，十分贫穷与落后。马塞族人出门都要手持长矛与盾和长土枪，遇到野兽就猎取，当场剥皮，割新鲜肉吃。渴了就用一根带尖头的空管，用尖头插入动物的血管，喝血来解渴。他们的唯一服装是一块又宽又长的布，白天缠在身上，晚上就当被盖。

在酋长的带领下，参观了他们的住处。马塞族没有固定住所，常常迁移，因而房屋造得十分简陋。墙是用泥土垒砌，仅1米多高，室内空空的什么东西也没有，但屋前的通道却修得十分别致，弯弯曲曲，走起来不方便。父亲询问后才得知，当地野兽经常出没，这是对付野兽的袭击而做的防范，在夜晚时，还在通道中放一只活羊，一旦有野兽侵入，可以先将羊拖走，屋里住的人就能免得受害，这就是"替罪羊"的来历。

"替罪羊"的来历是否由此而来无从考证，但是如果在高考中果真有这道题时，我会拿到高分的！

海外自留地

地点：中国驻肯尼亚大使馆

时间：1964 年

在中国驻肯尼亚大使馆的餐厅里，人们正在安静地吃着午餐，一个年轻人在汤桶里捞着什么，旁边等着盛汤的人听见他低声念念有词地说着："勺子沉到底，轻轻往上提，一堆菜肴到碗里……"。突然，"砰"地一声勺子被扔到桶里，紧接一声牢骚话传来，"连个菜叶子也没捞上来！"

"砰"的声响与牢骚话传到正在旁边餐桌上吃饭的父亲耳里，他眉头一皱，看看自己盘中的菜，油腻腻的是见不到多少青菜，令人难以吞咽。前几年缺肉少油的日子让人挺难熬的，但当人们的胃口得到改善后，目光又转向清淡的蔬菜了。这也是人身体上本能的需求，搞好伙食才能有健康的身体，有了好的身体才能搞好工作，才能稳定军心。父亲心里琢磨了一

1964 年肯尼亚总统肯雅塔（右一）接见王雨田大使（左一）

会儿，紧锁的眉头舒展开了，但他没有吭气。

肯尼亚位于非洲东部，气候宜人，它不像其他非洲国家那样酷热难熬，这里街道干净整齐、高楼耸立，常被世人称为非洲的日内瓦。若不是街上有众多黑皮肤的人穿行，会错认为是欧州的一个城市呢。肯尼亚人的饮食习惯是以肉类、木瓜、水果为主，很少吃青菜。因而种植蔬菜的人很少，市场上的青菜价格昂贵，几乎与肉类价格相当。

过了没多久，父亲托人从国内带来的东西收到了。他立即召开使馆全体人员大会，他告诉大家今天大会的主题是研究伙食问题。首先父亲对前期没有搞好伙食做了自我批评。接着他分析了肯尼亚的环境条件，这里的气候及土壤与中国昆明相似，经过研究这里完全可以栽种蔬菜。说完后他举起手中的几个纸包，告诉大家菜种子有了，使馆面积有八英亩，完全可以将空闲的地开发出来种菜，希望大家齐心协力开荒种菜，自力更生，丰衣足食。他还讲述了当年在延安时期，军民是如何发扬南泥湾精神，克服困难、取得胜利的事迹鼓舞大家的士气。在经过动员后，将人员分成5个小组，分配好区域，开展了一场生产竞赛活动。一些从农村出来、懂得如何种菜的同志成为技术员，各处传授种植方法和经验。每天一早一晚，大家都涌到“自留地”上，挖地的挖地，除草的除草，浇水的浇水，时常传来愉快的笑声。父亲那时已是50多岁了，但他不甘示弱，以身作则与大家一起劳动。

父亲还亲自挂帅成立管理伙食小组，每周公布一次菜谱，受到大家的欢迎。

在大家的细心照护下，种下去的菜苗壮成长。大白菜、西红柿、黄瓜、茄子长势喜人。收获的季节到了，各个小组都纷纷展示自己最好的硕果。翻译小陶在去往厨房的路上见到父亲在前面拉着车，母亲在后面推，他走近一看，哇！是一车绿油油的大白菜，父亲笑容满面地问他：“你们有什么好东西让大家看看呀？”

就这样解决了吃菜难的问题，通过劳动不仅改善了生活，锻炼了身体，而且还加强了使馆同志们之间的团结互助精神，提高了使馆的凝聚力。大家吃着自己亲手种出的新鲜蔬菜，鲜在嘴里，美在心中。多少年后，当年的年轻人已经成为白发人时，父亲当时说过的“宁可将药费放到饭桌上，也不能把伙食费扔到药房里”的一段话还牢记在心里。著书立传时都念念不忘地将在中国驻肯尼亚使馆的“海外自留地”收揽书中。如今在非洲，中国使馆里种菜已经是非常普遍的事情，这应该算是父亲的一个功绩吧。

参观树顶旅馆

如果您要去非洲旅游，我可以向您推荐一个好地方，到了肯尼亚除了参观举世闻名的“野生动物园”外，还有一处难得一见的“树顶旅馆”。这是父母讲述的一次游记，整理如下：

那一天清晨，我们坐车到肯尼亚的一个小城市里，在旅行社吃了午饭，等候其他游客的到来。饭后，导游请客人们坐上已准备好的旅游车，大概有30人左右，满满坐了一车。行驶约1小时，导游在下车前宣布参观日程并且讲了一些注意事项。下车后，客人们都一个个跟随他走，他手里拿了一支猎枪，慢慢地走进了森林，气氛显得很神秘。我们也蹑手蹑脚紧紧跟着他，憋着气不说话，生怕野兽突然来袭击。我们一步步走进森林深处，大约走了10分钟，见到前面一颗非常粗壮的大树，在树顶上有一座木结构的旅馆。我们随着导游从一个悬梯爬了上去，上面有20多间小房间，每间只放两张帆布床，没有任何家具，房间里只有一扇小窗户。在前部分设有一个餐厅和一个露天凉台，可容纳30多人，这就是树顶旅馆。我们上楼后大家洗洗脸，就到凉台上听导游讲解。那里预备了一些点心之类食物和饮料，边吃边休息。导游指着远处一片空旷地，中央有一个大的水池子，池子周围撒了不少盐，黄昏时野生动物都来这里吃盐、喝水、吃草。正当吃得高兴时，突然从树上跳出一群猴子穿来穿去，有几只猴子跳过来抢走我们手里的食物。大家心里直担心猴子会伤人，导游笑眯眯地说：不要怕，它们已经习惯同客人相处，还可以同它们一起照相。

黄昏时天色慢慢地暗下来，四周灯光集中照射空地。我们都静坐着等候。有人叫着，那边有大象走过来了！仔细一看，大象已经成群结队地从四面八方围拢在水池的周边。每一象队大大小小有近百头，整整齐齐排着行列慢慢地前进。每一队都有几头站在两侧站岗，不吃不喝，保卫着象队，不准其他野兽靠近，其余的大大小小的象顺顺当当地去池子边吃盐边喝水。我们又看到零散的犀牛、麋鹿、野猪等其他野生动物也在那觅食，景象非常动人、有趣。约有1小时，各象队中有一只领头象带着自己的队伍列队整整齐齐地从原路回去。我们有生以来第一次见到几百只大象，真是太兴奋了。听导游说，一只大象每天要吃近半吨的草，有一个时期因为缺草，就成群结队地大搬家，从肯尼亚走到坦桑尼亚去觅食，这种动物奇观可能只有在非洲出现。

看完野生动物后，大家都到餐厅去吃晚饭，桌上摆满菜肴，其中有几道野味。旅客来自各国，虽是不相识还是非常热闹，充满友情。这里还有一本大册子，上面写满了游客记录的观察日记，其中还有不少世界名人的留言。英国女皇伊丽莎白也写了观感，她上“树顶旅馆”时还是公主，等下来时已经继承王位成为女王了。

总统称他为老师

一个外交官能被所在国的总统称为老师，是一件极为难见的事情。总统这样说是在表示对这位外交官的尊重，是对这位外交官工作的肯定，是一种最高的褒奖。父亲在刚果（布）任大使的时侯，就被刚果（布）恩古瓦比总统称为老师。这在各国驻刚果（布）外交使团中引起轰动，并传为佳话。恩古瓦比总统原先是一支伞兵部队的少校军官。这支伞兵部队是法国训练出来的，有几架飞机和较先进的武器装备，在刚果（布）算是精锐部队了。

恩古瓦比少校思想进步，有着强烈的民族爱国思想。他对当时的总统马桑巴·代巴的统治不满，于是联合几位军官发动了军事政变，率领几十个伞兵攻进总统府，将马桑巴·代巴赶下台后当上了总统。行伍出身、不到30岁的恩古瓦比对管理一个国家缺少经验，面对恶化的经济、动荡的局势、外来的侵犯，他一愁莫展。

1970年父亲到刚果（布）赴任后，有一次见到恩古瓦比总统时说：“总统阁下，以后需要了解中国哪些方面的情况，可以随时找我，我一定尽我所知向阁下介绍。”恩古瓦比马上就说：“很希望大使同志找个时间给我介绍中国经济建设方面的一些经验，尤其是中国对私营企业进行改造的经验。”父亲答道：“可以，阁下什么时候有时间，打个电话即可。”回使馆后，父亲搜集资料并认真做了准备。没有过几天，总统府来电话说总统要接见中国大使。总统是在他的办公室接见父亲的，总统说：“今天约大使来，是请您给我介绍经验的。”父亲客气了一番后，主要介绍了建国初期对资本主义工商业的政策，讲得有条不紊，非常生动。总统边听边记，还不时提出问题，父亲一一做了回答，总统连连点头表示满意。就这样谈了两个多小时，总统兴致很浓，最后总统很诚恳地说“从革命经验讲，王大使真不愧是我的老师，从年龄上讲也是我的长辈，今后希望从您

1970 年王雨田大使与刚果总统恩古瓦比亲切会谈

那里学到更多关于中国的经验。”临走时总统告诉父亲，以后有事情找他不必通过外交部礼宾司，直接打电话给他的办公室就行。

从此之后，恩古瓦比总统经常约父亲到他办公室或家里请教治国方略。父亲系统地、实事求是地就中国的“工商改造”、“统一战线”、“团结一切可以团结的力量”、“巩固政权”、“农业合作化”、“青年工作”等专题做了详细介绍。恩古瓦比总统对父亲的“讲课”十分满意，多次称父亲为老师。

父亲与恩古瓦比总统的私人关系日益密切。有一次父亲生了病，总统很关心，但又碍于身份不便前往使馆探望，就让总统夫人代表他带着鲜花和水果来使馆慰问父亲。还有一次，已经是凌晨二时，人们都睡得正香，父亲被急促的敲门声惊醒，值班人员告诉父亲：“总统来电话找您。”总统告诉父亲：“据掌握的情报，有股外国武装人员要入侵刚果（布），该怎么对付？”父亲并未以“老师”自居，指手画脚，而是尊照不干涉别国内政的原则，客气地说：“这是你们的内政，主意应该自己拿。”在父亲1973年离任时，恩古瓦比总统率内阁全体部长出席送行宴会。恩古瓦比总统还特意在自己家中设宴为父亲送别。

一个外交官有如此大的魅力，是来自他具备良好的素质和一颗真诚的心！

一滴血

20世纪六七十年代，非洲民族解放运动风起云涌。许多长期沦为殖民地的地区纷纷开展斗争，争取独立，其中像阿尔及利亚、安哥拉等国都开展了武装斗争，刚果（布）是中非国家的一个中心，周边许多民族解放运动的代表都云集在这里，互相交流、互相支持。

刚果（布）的一批曾经留学法国的学生，又到苏联卢蒙巴学院学习后返回刚果（布），思想激进的几个人组建了刚果劳动党。这个党自定为工人阶级的政党，信仰马列主义、毛泽东思想。劳动党的章程是参照中国共产党、阿尔巴尼亚劳动党的党章为基础制定出来的。刚果劳动党虽然不是执政党，但在工会、青年、妇女等群众组织中有势力，对刚果（布）的

1972 年王雨田大使（右一）赴扎伊尔访问时总统蒙博托（左一）陪同参观

政治局势有一定的影响力。

20 世纪 60 年代末，在刚果（布）最畅销的书是法文版的《毛主席语录》。一些到过中国访问的工、青、妇团体组织的领导人，个个佩戴毛主席像章，口唱《我爱北京天安门》、《社会主义好》等中国革命歌曲。中国对非洲这个国家的革命形势也非常关注。毛主席 1967 年接见刚果（布）总理后，还特意安排他去淮南了解文化大革命的进展情况。1967 年 6 月，毛主席还破例接见了刚果留学生。

在中刚关系火热之际，父亲来到了刚果（布）。经过一段时间的调查研究后，父亲与刚果劳动党的领袖恩达拉、努马扎来进行了一次会谈。

没想到这次会谈竟成了一次辩论会。恩达拉在会谈开始后，就滔滔不绝地讲起劳动党的纲领及对刚果（布）形势的分析与看法，讲话中还不时地引用马克思、列宁、毛泽东的经典论述。在谈到劳动党性质时，他翻出了党章，一条一条地讲解，以图说明为什么是工人阶级的政党。父亲看着这个满嘴革命词藻的年轻“演说家”，眉头皱了起来，他一眼就看出来他的致命弱点——理论脱离了刚果的实际！刚果只有为数不多的港口工人，而且也没有几个人是劳动党的成员。劳动党想在刚果实现社会主义的目标，缺乏政治、经济、文化、组织诸方面的基础。父亲在发言时，并不将自己的观点强加于人，只是谈了中国共产党的发展过程及如何将革命的理论与本国的实际情况相结合的经验教训，以引导他们能够正确地认识和分析刚果劳动党的任务，制定出切实可行的方针、政策。父亲的话还没有讲完，在一旁一直没有说话的、被称为劳动党智囊的幕后人物努马扎来打断了父亲的话，咄咄逼人地说：“王大使，您刚来刚果不到半年，不了解刚果！”于是本来相互交换意见的会谈，变成了一场激烈的辩论。父亲原本一直想用说服的方式，但对方听不进去，就针锋相对地发表了自己的观点，他严肃地回敬说：“我是刚到刚果（布）不久，但对刚果劳动党的观点、做法也有所了解。医生给病人看病，只要从病人身上抽出一滴血就能看清病人全身血液情况。不必把病人全身血液都抽出来化验，就能开出治病的良药。”然后针对恩达拉发言中的一些问题坦诚地给以回驳，既有理论阐述，又有实际例子。会谈进行了3个小时，恩达拉、努马扎来终于心服口服了，而且很佩服父亲的善辩与以理服人。恩达拉当即表示，明天晚上设家宴招待父亲。

多少年过去了，父亲的翻译小李在回忆父亲时说：“当时双方争论得相当激烈，最后又是非常友好地结束了。在翻译的过程中都没有感觉到累，很兴奋。王大使讲的那段用一滴血就能治病的比喻，太精彩了，至今都忘不了当时的情景。”

蚊子与苍蝇

如果你问从刚果（布）回来的人：“在刚果（布）使你最害怕、最恐惧的是什么？”得到的回答肯定不是爆炸、枪击，而是蚊子、苍蝇！前者偶然发生，尚且可以躲避，而后者则是天天袭击，防不胜防，不堪其烦。

刚果（布）气温潮湿，刚果河两岸杂草丛生，宜于蚊、蝇孳生。刚果（布）的蚊子种类繁多。大蚊子体形如小的轻型飞机，飞在空中肉眼可见，在耳边飞来飞去时的声响也如同飞机的轰鸣。它叮上人，不是痒而是痛。小蚊子神出鬼没，当你感觉到痒起来反击时，它已经完成任务胜利逃跑。蚊子使人烦恼，影响社会质量，还危害身体健康。被蚊子咬后常常患疟疾病，高烧不退，可使人丧命。中国驻刚果（布）大使馆有一个一等秘书，因发疟疾病抢救不及时而去世。

苍蝇更是让人厌恶，一进屋到处都密密地布满苍蝇。拿苍蝇拍子消灭一个苍蝇时，周围的苍蝇纹丝不动，没有感觉到危险的来临。更让人可怕的是一种叫采采蝇，被它叮了后，会使人昏睡，继而死亡。刚果还有种寄生在芒果上的苍蝇，这种苍蝇个大细长，对人类的威胁很大。它常在人们晒晾的衣服上产卵，当穿上衣服时，常会感染皮肤进而溃烂，然后在伤口处生蛆。中国援外小组的一名翻译就患上这种病，经过中国医疗队医生的手术，取出9只蛆，大家后来开玩笑称他为“九蛆长”。

父亲是在文化大革命后期派往刚果（布）任大使的。到了刚果看到使馆内由于无人管理，杂草有半人高，到处是垃圾，蚊蝇横行。父亲立刻动员全馆人员进行清扫工作，除了每天的清洁工作外，每周还专门留出半天时间搞卫生，清除杂草、垃圾。作为医生出身的他，懂得预防疾病的重要性。他还专门找来医疗队的医生商量对付蚊蝇的办法，采取的措施有：门窗安装纱窗；洗净衣服不在外面晒；衣服洗后用熨斗反复熨烫……

采取措施后，大家紧张的心情才缓和下来。

非洲的蚂蚁山

有一次，父亲应邀参观刚果（布）总统的家乡。到了那里后受到当地主人非常热情的接待，一位多贡族酋长还热心地招待父亲一行到他家里去吃午饭，说要他们尝尝当地的风味饭菜。

主人殷勤地先端上来一盘像黄土一样的粉末，放在父亲的面前。主人看出大家都不敢动手，就先做示范，用三个手指头伸进盘子捏了一把粉末放到嘴里吃，并笑眯眯地对父亲说："这可是我们家乡招待贵宾的佳肴。"大家不知道是什么，露出为难表情。父亲毫不犹豫地照样用手指抓了一把往嘴里送，边吃边讲："好吃好吃，还有点酸味。"他过去是医生，一直很注意卫生，但他考虑到要尊重主人和当地风俗习惯，就带头吃了起来。于是大家也都跟着吃了起来，吃到嘴里，不只是有酸味，而且还有点牙碜，并没有感到有什么美味。主人见到客人们如此欣赏，非常高兴，就把这盘菜的烹调过程讲了一番："这是蚂蚁粉，做成这样一盘蚂蚁粉需要上万只蚂蚁，要挖掉不少大大小小的蚂蚁洞，从中选出优良的蚂蚁。蚂蚁品种很多，不是什么蚂蚁都能吃的，要进行挑选。然后烤干再磨成粉末加上佐料就制成了。"又说："我们多贡族的人还喜欢吃雨季时在下大雨后出动的一些飞蚁，放到锅里油炸吃，香甜带酸味，也是一种美味佳肴。"一位当地的医生说："在飞蚁繁殖季节，飞蚁的肚子里都是高蛋白。"

1973年王雨田、张惠新夫妇在刚果蚂蚁山前合影

吃过饭，主人还带我们去参观蚂蚁山。见到蚂蚁成群结队来回奔忙，在小山堆上筑起了一座座塔形的小土山，高达三四米乃至五六米。主人说，非洲的山蚁品种很多，分成白色、红色、褐色、黑色。山蚁不但能搬运地面上各种动物的尸体做食料，而且敢和猴子、野猪等动物当场抢食吃。那位当地的医生指着一条半死的巨蟒对大家讲："山蚁的体内有一种

蚁酸，当刺进那些行动不便的、或受伤的大动物体内时，很快就会使这些动物丧失自卫和反击的能力，只好任山蚁自由地‘宰割’了。”

大家很有趣地看到，几群山蚁正在进行一场恶战，彼此都有无数的死伤。奇怪的是，这几群体形和颜色并没有任何区别的蚂蚁，互相厮杀，怎能分辨谁是敌谁是友呢？据那位医生说，它们的身上都有自己的很浓而特殊的气味，要是用水冲掉正在交战的蚂蚁身上的气味，再把它们放在一起，就会变敌为友，相安无事了。

塞拉西皇帝与狮子

海尔·塞拉西一世皇帝是非洲的一位显赫人物。据埃塞俄比亚史书记载，塞拉西一世是所罗门大帝的后代。当时从埃塞俄比亚去以色列访问的示巴女王与所罗门有了云雨之情，带着塞拉西的祖先回到埃塞俄比亚，从此世代为君，并且传下来一枚戒指作为镇国之宝。海尔·塞拉西于1930

1960年王雨田大使（右一）向埃塞俄比亚海尔·塞拉西一世皇帝递交刘少奇主席的信函

年继承皇位后，对欧洲列国进行了考察，回到国内搞一系列的改革，废除了封建奴隶制，制定新宪法，励志图新，试图引导千年古国走向现代化，顺应了历史发展的潮流。尤其是在意大利法西斯占领了埃塞俄比亚，塞拉西一世皇帝被迫流亡英国后，他并不屈服，在国外领导流亡政府开展了与意大利法西斯的斗争。他有几个儿子在被派回埃塞俄比亚进行武装斗争时英勇牺牲了。1941 年在英军的帮助下，打败了意大利法西斯，重新夺回国家的主权。塞拉西一世皇帝无论是在国内，还是在非洲，乃至在世界上都享有极高的威望，人们称他为“非洲雄狮”。塞拉西一世皇帝也以“雄狮”作为自己的象征，他还拥有一对赫赫有名的宠物——非洲狮子。当年巡访欧洲时，曾携带这一对狮子前往，在欧洲各国引起轰动。在皇室的各种物件上都有雄狮的徽章，就连硬币上也有狮子的造型。

新中国成立后，由于埃塞俄比亚追随美国派兵参加联合国部队入侵朝鲜，与中国兵戎相对，中埃两国关系并不密切。1954 年埃塞俄比亚参加“万隆会议”后，塞拉西皇帝为了摆脱美国的控制，逐渐转向社会主义阵营，先后与苏联、捷克等国建立了外交关系，与中国建立外交关系也被提上日程。

1960 年，在一次各国驻苏丹外交使团的酒会上，埃塞俄比亚驻苏丹大使获知中国杂技团即将访问苏丹，随即与父亲洽谈提出中国杂技团访问埃塞俄比亚的请求，并邀请中国政府派人到埃塞俄比亚商谈发展两国关系。父亲嗅觉灵敏地感到这是一次改善两国关系的契机，立即报告国内。很快，陈毅副总理兼外交部长做了批示：委派父亲作为中国政府的代表与中国杂技团一同前往埃塞俄比亚进行友好访问，并就两国建交事宜交换意见。如果进展顺利，就可签订建交公报；如果埃方尚有困难，可予以谅解，等时机成熟再行建交。

1960 年 2 月 18 日至 3 月 23 日，父亲与对外文委副主任屈武率领的中国杂技团访问了埃塞俄比亚，受到埃塞俄比亚的热烈欢迎和盛情款待。塞拉西皇帝曾手谕：接待这次中国代表团，只许成功，不许失败，任何困难都要解决，必要时可找宫廷大臣，直至皇帝本人。有一次，中国杂技团赴某地演出，因火车脱班无法赶回时，宫廷大臣特派两架飞机及时将全团接回。正如塞拉西皇帝答合众国际社记者时公开表示：他把中国再次派艺术团来访，看成是中国方面一直在关心促进同埃政府的关系的标志。中国杂技团精彩的表演、高超的技艺、靓丽的仪容轰动了埃塞俄比亚全国，报纸、电台每天都刊登大量报道和大幅照片，街头巷尾人们谈论的也是中国杂技团的演出。在皇家剧场为塞拉西皇帝的首场演出时，塞拉西皇帝脱下常年穿着的军服，换上漂亮的晚礼服，与皇后兴致勃勃地观赏演出。演出后还接见演员并亲自赠送礼品。

塞拉西皇帝接见父亲两次。父亲向塞拉西皇帝递交了刘少奇主席至皇帝陛下的信函："中埃两国人民之间很久以来就存在着深厚的友谊，这种友谊在万隆会议期间和以后得到了新的发展，万隆原则已成为我们两国建立友好关系的可靠基础。为进一步探讨发展今后两国友好关系的可能性，我国政府特委派王雨田大使同陛下政府指定的代表交换意见。我深信通过王雨田大使对贵国的访问，中埃两国的友好关系是会日益发展和巩固。"父亲还向塞拉西皇帝赠送了珍贵的礼品。塞拉西皇帝、首相、皇太子及许多部长在与父亲的会谈中都表示要尽快与中国建立外交关系。在这次访问中虽然没有达成建交协议，但埃方能够接纳中国政府代表，就是一大进步。1964 年，周恩来总理、陈毅副总理兼外交部长访问 14 国时，父亲作为外交部西亚北非司司长随同代表团又一次来到埃塞俄比亚。由于塞拉西皇帝优柔寡断，屈服于美国的压力，中国与埃塞俄比亚两国于 1971 年才正式建立外交关系。

还有一件十分有趣的事情，塞拉西皇帝和皇后看完中国杂技团的演出后，非常喜爱那几个身怀绝技的小演员，让宫廷大臣接他们到皇宫来玩。那天，小演员在宫廷大臣的引领下来到皇宫，这是一个非常大的院子，树木成林，绿草茵茵。皇宫是一座欧式现代不规则的三层楼的建筑，两侧各有一座塔楼。在幽静的院子深处突然传来几声狮子的怒吼声，大家寻声望去，只见两只大狮子在宫门口自由自在地走着。它们不时张开大嘴，露出锋利的牙齿，两眼冒出凶光的眼睛警惕地四处张望。面对没有控制的狮子，大家望而却步了。这些小演员在舞台上生龙活虎、勇敢沉着，但以前只是在动物园里看过狮子，这么近的距离又是没有关在笼子里的狮子使他们害怕了。宫廷大臣笑着告诉大家，狮子很听话不会伤人的，说完打了个手势，一名卫兵手持鞭子站在了狮子前面。当大家走过狮子旁边时，仍然是有些胆战心惊。皇帝皇后盛情款待了中国小演员们，并带领他们参观了富丽堂皇的宫殿。出皇宫时，看到狮子安静地趴在台阶上，宫廷大臣召呼大家与狮子合影留念。这时，小演员们不再惧怕“兽中之王”了，纷纷靠近狮子留下一生中最难忘的照片。

海尔·塞拉西一世皇帝的人生结局是个悲剧。晚年的塞拉西皇帝狂妄自大，大权独揽，生活腐败，行宫遍于全国。皇亲不学无术，窃居高位，12 个省长中有皇亲国戚 8 个。导致国家经济滞后，贫富悬殊加大，人民怨声载道。1974 年军官门格斯图发动军事政变，推翻了封建政权，并把塞拉西皇帝关了起来。门格斯图担心国内封建势力与国外势力勾结起来进行复辟，夜长梦多，1975 年下令手下将塞拉西一世皇帝用枕头闷死，并将尸体埋在自己的办公室下面，还夺取了皇帝祖先传下来的“所罗门戒指”。

海尔·塞拉西皇帝犹如冰花溶化，消失在非洲的原野上，无人再惦念他。让人放心不下的是那对狮子，希望它们安全地回到深山老林，繁衍

1964 年周恩来总理访问十四国时的工作会谈。中间者为王雨田

后代。

如果父亲还健在的话，他一定会为祖孙三代人的非洲情节而感到欣慰与骄傲。也许是传承，也许是机遇，他的后代也像他那样走向了非洲。我的哥哥王大伟，是中国航空技术进出口公司副总经理，行商天下，非洲是工作的重点。哥哥不辞辛劳，不惧艰险，走遍非洲，据不完全统计，50几个非洲国家中去过32个。其中父亲曾任过职的苏丹去了3次，肯尼亚去了21次，刚果（布）去了7次。哥哥与那些国家的总统、总理、部长、军方首领都建立了密切友好的关系，为发展中非友谊做出了贡献。哥哥是中非友协理事，参加过中国与非洲联合举办的3次“中非论坛”会议。哥哥在退休后仍然活跃在非洲舞台上，为在乌干达筹建一个无污染的养殖——加工——销售一体化的水果、蔬菜工厂而尽心尽力。

我的侄子王甲辉，才20岁出头时，就受公司派遣到非洲搞项目。在赞比亚长驻2年8个月，在津巴布韦一年多。侄子勇闯非洲，去过7个国家，克服了生活、语言、气候诸方面的困难，经历考验，增长才干，建功立业。

哥哥与侄子都去过父亲工作和生活的地方参观并留影纪念。他们都亲身体验到父亲在那样的环境条件下开展工作的艰辛，更加激励他们像父亲那样在非洲开拓前进的决心。有一次，哥哥带着一个飞机工厂的代表与刚果（布）内政部长进行出售中国直升飞机的谈判。其间刚果（布）发生军事政变，在他们住的旅馆外枪声不断，战斗异常激烈。刚果（布）内政部长一边手拿着枪指挥战斗，一边派出几个全副武装的军人开着车送哥哥他们去机场，乘最后一架离开刚果（布）的法航飞机撤离。在去机场的路上，已无行人，到处都是尸体，枪弹从耳边掠过。当路过中国驻刚果（布）大使馆时，哥哥看到使馆一处已被炮弹击中，墙壁、窗户上到处是弹孔，可是五星红旗依然迎风飘扬。哥哥想起刚才还接到使馆的电话，嘱咐他们注意安全、赶快撤离刚果（布），可是中国的外交官还在炮火中坚守着岗位，不禁热泪盈眶，从心里佩服像父亲那样的中国外交官。

非洲的未来是大有希望的，那里有明媚的阳光，和煦的海风，茂密的森林，丰富的资源，还有没被破坏、污染的生态环境，更有纯朴好客、热情奔放的人民。也许用不了多长时间，非洲就会成为世界各国政治家、军事家、企业家、科学家云集的舞台，博弈与竞争会异常精彩。世界的目光将会目睹到非洲的崛起，就像在20世纪初时，有谁曾看好中国那样一穷二白、国败民弱的国家能够在短短的一个世纪中就跨入世界前列呢？诚然，目前的非洲还是相对落后，但正是这个时候，机遇与挑战并存。中国最高领导层已经高瞻远瞩地从战略高度进行了部署，2006年在北京召开的有几十个非洲首脑参加的“中非论坛”第三次会议，开拓了中非友谊的新纪元。

当非洲这一处女地辉煌之时，在中国成为非洲最好的朋友与时俱进时，父亲在天之灵一定会欣慰地说：“当年受的苦、受的累没有白白浪费！”到非洲去，是超前而又明智的选择！

父亲的榜样

父亲是一个什么样的人呢？

父亲清正耿直，坚守原则；父亲作风正派，持节守正；父亲克己奉公，不图私利；父亲严于律己，宽以待人；父亲待人诚恳，热心助人；父亲乐观豁达，知识渊博；父亲不骄不躁，冷静果断；父亲勤勤恳恳，生活简朴。

如果说在战争年代中容易考验出一个人对革命事业的真假忠奸来，那么在和平年代应数文化大革命时期最能见到一个人的品德了。父亲在文化大革命中的表现，更让我亲眼看到一个优秀革命战士的高风亮节。在“文革”期间，外地一个造反派来外交部调查父亲一个老战友，说他是假党员和叛徒，并蛮横的要父亲按他的说法写材料。父亲不顾有可能因此被戴高帽子、受批斗的后果，拍着桌子与造反派顶了起来，义正词严地告诉那个来外调的人：“是白的绝不会变黑，真党员我绝不能说成是假党员！”坚决拒绝写材料。父亲就是这样疾恶如仇的。文化大革命中外交部“91人大字报”是在全国闻名的。外交部91位干部联名出大字报，欢迎陈毅回外交部主持工作。这是一批忠诚共产党人坚持原则的一次斗争。父亲也积极地参加这次行动。

一位身患绝症、躺在床上不能行动，面临死亡考验的人，所想、所谈、所说、所做是一个人最真实的写照。在护理病危父亲的日日夜夜里，使我对父亲又有了更深刻的了解。父亲毅力坚强，癌症后期的疼痛是让人难以忍受的，但父亲从不喊痛。父亲宽以待人，后期病情发展很快，但从未听到父亲有抱怨医生和家人的话。尤其是父亲那种生命不息、战斗不止的革命精神更让我佩服。父亲病重后，许多战友、同事、朋友纷纷来探望，但所交流的话题中父亲从不谈自己的病，只谈有关世界、国家、外交部的大事；只谈对“四人帮”及其爪牙的批判与清算；只谈“四人帮”倒台后的大好形势。父亲在病重期间口述了一份给党中央的信，揭发批判那些追随“四人帮”反对周总理所做的罪行，受到外交部党组赞扬。表现了一个共产党员、一个革命战士对党的忠诚。在生命的最后一刻，不顾病魔缠身，没有任何杂念，坚持真理，坚持斗争，这就是一个优秀革命战士为革命的一生写下的最后、最壮丽的篇章。

父亲待人从不以关系亲疏、职务高低、年龄老少而区别对待，总是那样的诚恳、热情、负责。50 年代初期，原炮兵苏副司令去民主德国采购武器，私自去西柏林游玩时将记有重要机密的笔记本丢失，回国后受到了处分。在文化大革命中组织所做的结论被推翻，苏副司令被扣上里通外国的罪名。1977 年落实政策时，苏副司令找到当时在民主德国负责处理此事的父亲，希望能够将情况予以证明，这时父亲已病重无法起身。在医院里父亲实事求是地将他参加周总理与苏副司令谈话内容和处理情况为苏副司令出具了证明材料。在父亲去世后，苏副司令感慨地说：“是老王救了我一命！”

父亲在任联邦德国大使后因患心脏病回国休息，在 1976 年夏天组织上安排到北戴河休养。那年刚好碰上震惊世界的唐山大地震，唐山周围县市也受到很大破坏。邻居郝德青大使的儿子郝小青刚好出差在秦皇岛，地震那天郝小青从二楼跳下不幸摔伤小腿，无法行走。当时情况混乱，困境中郝小青得知父亲在北戴河休养，就托人来请求帮助。父亲母亲知道后十分着急，不顾自己有病在身，不顾地震余波危险，在疗养院的支持下冒着大雨去秦皇岛，在一堆一堆的伤员中找到了郝小青并把他接到北戴河疗养院，安置在自己身边。父亲母亲每天为郝小青的治病、护理和生活忙里忙外，无微不至。十几天后北京来人将郝小青接走，父亲这才松了口气。

在文化大革命中，父亲原先在第四野战军时的领导及战友中不少人都飞黄腾达当上国家领导人。父亲那时候是靠边站，不时还挨批斗。但他并没有想托关系、找门路去找那些领导，为自己谋个官位，图个私利。他相信组织上会实事求是地做出安排，他鄙视那些投机取巧的人。

如果说父亲生前在家中没有看过电视，也许很多人不会相信。虽然在1977年时，一般百姓家中很少有电视机，但人们会认为长期在国外工作的外交官家中，电视机、洗衣机、冰箱应该是齐全的。在我们的“强烈要求”下，父亲曾经买过一个黑白电视机，是波兰组装的，但质量很差。经常送去修理，等父亲回国时已经报废了。家中唯一现代化的是有一台冰箱，那是父母用来存放药品的，而且只是每年夏季才使用。我哥哥出国到联邦德国，住在使馆招待所时，所长指着大家正在看的彩电告诉哥哥：“这彩电是联邦德国德律风根公司送给王大使的，他转给了招待所。送给王大使的礼品大到爱克发的放映机，小至索林根的修指甲刀，都如数上交了。”

父亲值得回忆的事情很多，就不再一一列举了。父亲如果继续从事医学专业，他一定是个医术精湛的医生；父亲如果继续戎装在身，他一定是个威风凛凛的将军；父亲将自己的后半生贡献给了中国的外交事业，他是一个出色的外交家。

原外交部副部长温业湛在回忆父亲时写下了感人的话语：“大江东去，浪淘尽。”每个人无论活着的或已故的，无一不受到时光一遍又一遍地检验、一次又一次的评估。历史镜子前面，清浊判然，正邪分明，真是严峻而公正。在人们心目中，不少人已成为过眼烟云。然而，也有不少人即使已经谢世，他们在世事沧桑中已显出高大形象。王雨田同志正是这个优秀人群中的一位。至今，许多同志仍痛惜他的早逝。

当婴儿吸吮母亲乳汁时，并不意识到对自己今后成长的深远意义，随着年龄的增长，才逐渐品味出其中的甘甜，才懂得为什么要报答父母的养育之恩。父亲不仅仅抚育我长大，更重要的是点点滴滴的教诲，使我能够成为一个对社会有用的人。父亲没有留下巨额财产，但父亲做人的榜样就是留给我的巨大财富。我已经是老年人了，当回首自己走过的路时，虽然我头上没有戴着职务的光环，虽然我书写不出令人羡慕的光辉业绩，但我可以自豪地说："对国家、对社会、对父母、对自己问心无愧！""与事不求邀功，无过便是功；与人不求报德，无怨便是德。"做一个诚实、正直的平凡人就是我思念父亲后想要得到的明晰答案！

在父亲逝世30年之际，以此文表达我对父亲的怀念和感激之情吧！

资料：

外交官中的老革命

（以加入中国共产党时间先后为序）

新中国成立之后派往国外的大使有多少？在“百度”网上搜索时，从一位网友收集的资料中获知：统计到2005年为止，新中国担当过大使的人共有830位。这些穿梭各国、踏遍世界的中国使节，以他们的勤奋和智慧，为中国立足于世界之林、为维护祖国的尊严、为开拓与发展各国的友谊做出巨大的贡献。

在浩若烟海的资料中，依循蛛丝马迹，沿坡讨源，索隐探微。令人惊诧并感触颇深的是：在众多的大使中有30多位是20世纪20年代加入中国共产党的老革命。外交战线上云集如此之多的老革命，让人惊讶，这就说明党和国家对外交工作的高度重视，并且调配了精兵强将，挑起了外交事业的大梁，这也就是新中国外交事业蓬勃发展、欣欣向荣的原因所在。

了解这一批老革命的精彩人生，将有助于对历史的研究，为此不惜笔墨将他们的简历汇集成章，以飨读者。

许建国

中华人民共和国驻罗马尼亚人民共和国特命全权大使；中华人民共和国驻阿尔巴尼亚人民共和国特命全权大使。

曾用名杜理卿、杜智文；湖北省黄陂县人。1903年生，1916年到安源煤矿当徒工，后参加刘少奇主办的职工夜校学习。1922年加入安源工人俱乐部。1923年加入中国社会主义青年团，同年转为中国共产党党员。参加了3次安源煤矿大罢工。北伐战争开始后，由中共湖南特委派遣在湘潭组建产业工会，任南区联合工会委员长，电灯公司工会委员长，县总工会委员兼纠察部部长，武装纠察队队长，领导当地的工人运动。1927年调任中共湖南省委军事部干事。1928年任中共汉口市委武装暴动组长，1930年7月参加中国工农红军，长期从事保卫工作，曾任红三军团保卫局侦察部部长，红八军团政治保卫局局长，是红军早期保卫工作的创建者之一。1934年10月参加长征。到达陕北后任红一军团四师特派员，红一军团政治保卫局局长。1936年6月入红军大学第一期学习并兼任第一科支部书记，同年12月“西安事变”后随周恩来赴西安，负责中共代表的保卫工作，并应邀担任张学良部警卫团秘书长。1937年1月任红军云阳办事处主任，同年夏调任陕甘宁边区保卫处副处长。1938年至1939年任中共中央保卫委员会委员、中央社会部保卫部部长。1939年3月率领中央社会部考察组到达晋察冀边区，建立了中共中央北方分局社会部，任北方分局委员兼社会部部长。1944年兼任晋察冀边区政府公安管理处处长、边区政府党团书记。1945年后任中共晋察冀中央局常委、社会部部长兼张家口市公安局局长，中共中央华北局常委、社会部部长兼华北人民政府公安部部长、天津市公安局局长。1949年起任中共中央政法委员会委员，中共天津市委常委、副市长兼公安局局长，中共上海市委常委、上海市副市长、公安部副部长兼华东行政委员会公安部部长、上海市公安局局长、上海市委书记处书记兼政法工作部部长。1959年起，任我国驻罗马尼亚大使。1964年任我国驻阿尔巴尼亚大使。

1977年10月4日在合肥逝世。

王任叔

中华人民共和国驻印度尼西亚联邦共和国首任特命全权大使。

浙江省奉化县人。1901年10月生。1915年入宁波第四师范读书。1922年加入文学研究会，1923年新诗集《情诗》问世。1924年加入中国共产党。同年任宁波《四明日报》地方版编辑。1926年南下广东，任国民革命军总司令部秘书处机要科秘书、代理科长。1927年4月任中共宁波地委宣传委员。1929年东渡日本，自学日语，研究文学，参加留日学生组织的社会科学研究会。1930 年 2 月发起成立中国自由大同盟。同年 3 月中国左翼作家联盟成立，为发起人之一。1930 年至 1931 年，先后在中共上海沪西区委、曹家渡区委负责宣传工作，并负责指导中共大夏大学党支部的工作。后调任上海赤色海员工会宣传委员。1936 年 6 月参加中国文艺家协会。1937 年 7 月任上海文化界救亡协会秘书长。1938 年 1 月任中共江苏省委文化工作委员会成员。1941 年 3 月到香港，同年 7 月到新加坡，与胡愈之、郁达夫组织华侨文化界战时工作团，任宣传部部长。太平洋战争爆发后，到印度尼西亚苏门答腊，参加领导苏门答腊人民反法西斯大同盟，并负责主编《前进周报》。第二次世界大战结束后，参加领导苏门答腊华侨民主同盟，为华侨总会联合会顾问。1948 年到中共中央所在地河北平山县，先后担任中共中央统战部第二室综合研究组组长、第二处副处长。1950 年调外交部工作，同年任我国驻印度尼西亚首任大使。1952 年后，任外交部外交政策委员会委员。1954 年 4 月调人民文学出版社任副社长兼总编辑。1957 年任人民文学出版社社长。1961 年 2 月任人民文学出版社编译室主任，同年 4 月调任中共中央对外联络部亚非研究所编译室主任。笔名巴人。主要著作有：长篇小说《莽秀才造反记》，《巴人小说选》，四幕话剧《五祖庙》，杂文《遵命集》、《点滴集》，文艺理论著作《文学读本》，研究专著《印度尼西亚古代史》等。

1972 年 7 月 25 日逝世。

袁仲贤

中华人民共和国驻印度共和国首任特命全权大使；中华人民共和国驻尼泊尔王国首任特命全权大使。

曾用名袁策夷，湖南省长沙市人。1904 年生。1922 年加入中国社会主义青年团，1924 年转为中国共产党党员。同年入黄埔军校学习。后在国民革命军工作。1927 年参加南昌起义，任第二十军三师参谋处处长。后赴苏联入中山大学学习。1931 年起，任广东东江革命军事委员会主席。中共湖南湘江特委书记。抗日战争爆发后，于 1938 年 4 月到山东省第六区抗日游击司令部范筑先部工作，任少将参议。同年10月任鲁西北抗日游击纵队政委。1939年后，历任八路军第一一五师司令部教育科科长、山东军区教导团团长、胶东军区参谋长、副司令员。1946年任新四军兼山东军区副参谋长，后兼任山东省支援前线委员会主任委员。1947年2月起，历任华东军区副参谋长、济南警备司令部司令员、第三野战军第八兵团政委、第三野战军暨华东军区代理参谋长、南京警备区司令部司令员兼政委。

1949年调外交部工作。1950年任我国驻印度首任大使。1955年兼任我国驻尼泊尔首任大使。1956年任外交部副部长。

1957年2月16日逝世。

彭明治

中华人民共和国驻波兰人民共和国首任特命全权大使。

湖南省常宁县人。1905年3月生。1924年入黄埔军校军士教导队学习。同年加入中国共产党。1925年两次参加讨伐陈炯明的东征战役。1926年在广州经周恩来介绍到北伐军叶挺独立团任排长。参加了北伐战争和南昌起义。南昌起义后，任第二十五师七十三团二连代理连长。三河坝战斗负伤后，返回家乡。1930年参加中国工农红军，在红三军先后任排长、连长、教导队队长，红三军第十九团、二十团副团长、二十六团团长、红一军团第一师二团、三团参谋长、红一军团第一师参谋长。参加了中央革命根据地第一次至第五次反“围剿”作战。参加了长征。抗日战争爆发后，任八路军第一一五师三四三旅六八五团参谋长、团长，参加了平型关战斗。1938年后，历任八路军第一一五师苏鲁豫支队支队长、一一五师教导一旅旅长、八路军第五纵队第一支队司令员、新四军第三师七旅旅长。抗日战争胜利后，率部赴东北。1946年后因病休养。1949年任第四野战军第十三兵团副司令员兼北平警备司令部副司令员，同年12月兼任南宁警备司令部司令员。1950年任我国驻波兰首任大使。1952年起，任河北军区司令员。1957年起，任中国人民解放军武装力量监察部副部长。

1955 年被授予中将军衔和一级八一、一级独立自由、一级解放勋章。1988 年被授予一级红星功勋荣誉章。第五届全国政协常务委员。

1993 年 5 月 10 日逝世。

柯柏年

中华人民共和国驻罗马尼亚人民共和国特命全权大使；中华人民共和国驻丹麦王国特命全权大使。

曾用名李春蕃。广东省潮州市人。1904 年 5 月生。先后就读于上海沪江大学和上海大学。1924 年加入中国共产党。1925 年后，任国民革命军东征军政治部社会科副科长、东江行政专员公署澄海县政治特派员。国民革命军第三军政治教官。1927 年后，任中共江苏省委上海闸北区第三街道支部书记、中国社会科学家联盟党组成员。从 20 年代开始从事马列著作的翻译工作。抗日战争爆发后，奔赴延安。1938 年后，任马列学院西方革命史研究室主任、中央研究院国际问题研究室主任。1944 年参加中央军委外事组的工作，参与了接待中外记者参观团和美军观察组的工作。1946 年，任北平军事调处执行部中共代表团新闻发布处处长。中共中央外事组成立后，任研究处处长。新中国成立后任外交部美洲澳洲司第一任司长。1955 年任我国驻罗马尼亚大使。1959 年任国际关系研究所副所长。1963 年任我国驻丹麦大使。1973 年任中国人民外交学会副会长。曾任中国政治法律学会副主席、国务院学位委员会法学组评议委员、中国翻译工作者协会顾问。著作有《社会问题大纲》、《辩证法的逻辑》等。主编出版了《美国手册》等。并翻译了大量马列著作。

1985 年 8 月 9 日逝世。

吉雅泰

中华人民共和国驻蒙古人民共和国首任特命全权大使。

内蒙古土默特旗人，蒙古族，1901 年生。五四运动时期即在归绥（现呼和浩特）参加学生反帝爱国运动。1923 年入北京蒙藏学校读书，同年加入中国社会主义青年团；1925 年转为中共党员，同年 3 月以绥远国民议会促成会代表的身份参加了国民会议促成会全国代表大会，10 月在张家口出席内蒙古人民革命党第一次代表大会，当选为中央候补执行委员，奉中共北方区领导人李大钊指示回绥远开辟工作，任中共绥远工委书记，并担任国民党绥远党部执行委员。1926 年出席了在广州举行的国民党第二次全国代表大会。1929 年夏到莫斯科，入莫斯科东方大学学习。1934 年回国后在北平、天津、内蒙古、东北等地从事党的地下工作。1938 年起在蒙古人民共和国开展华侨工作，主办华侨职工学校，担任华侨俱乐部刊物《工人之路》编辑以及华侨剧团导演，曾编导《卢沟桥》、《新木兰从军》等剧目。1946 年回国后任中共内蒙古呼纳盟盟委书记。1950 年任我国驻蒙古首任大使。1953 年离任回国后任中共内蒙古自治区委员会常委、统战部部长。1955 年起任内蒙古自治区政协副主席，自治区副主席，中国蒙古友好协会副会长，中共第八次全国代表大会代表，中共中央监察委员会委员，全国政协常委，内蒙古自治区第一、二、三届人民代表大会代表。

1968 年 3 月 12 日逝世。

曾涌泉

中华人民共和国驻波兰人民共和国特命全权大使；中华人民共和国驻德意志民主共和国特命全权大使；中华人民共和国驻罗马尼亚社会主义共和国特命全权大使。

四川省新都县人。1908 年生。1924 年至 1929 年在苏联莫斯科东方劳动者共产主义大学和列宁格勒军政学院学习。1925 年加入中国共产党。1929 年后，在苏联红军远东司令部、苏联国家出版部中文出版部工作，并先后在远东共产主义大学中国班、中国矿工职工学校和手工业职工学校任教。1932 年回国后，在绥远做党的地下工作。1934 年再次去苏联，任莫斯科共产国际特别军事班翻译、列宁学校翻译。1938 年回国到延安后，历任中央军委编译处处长、中央军委四局副局长，中央军委编译局局长兼延安俄文学校校长。1945 年起，历任晋察冀军区副参谋长、石家庄警备司令部司令员、华北军区补训兵团司令员兼政委、华北军政大学副校长。1949 年 10 月调外交部工作，同年任我国驻苏联大使馆公使衔参赞。1952 年任我国驻波兰大使。1955 年任我国驻民主德国大使。1957 年任外交部副部长。1966 年任我国驻罗马尼亚大使；1978 年任中共中央纪律检查委员会常务委员。第五届、第六届全国政协常务委员。

1997 年 11 月逝世。

曹瑛

中华人民共和国驻捷克斯洛伐克人民民主共和国特命全权大使。

曾用名石磊、张慕良、钟真才。湖南省平江县人。1908 年生。1923 年入湖南岳州第三联合中学读书，曾任该校学生自治会会长和岳州学生联合会副主席。1925 年加入中国共产党。1926 年至 1927 年先后在岳阳、武昌等地从事学生运动和工人运动。1928 年后，历任中共赣东北特委委员、南浔铁路工会干事、中共南京市委负责人、上海沪中区委组织、宣传部部长、江苏省委发行部部长、江苏省委巡视员。1932 年底在上海被捕，被判无期徒刑，关押在南京国民党中央监狱。抗日战争爆发后，经营救出狱。1937 年 10 月赴延安，入中共中央党校学习。1938 年初任安吴堡青训班职工大队教导员，1938 年 5 月起，历任中共中央长江局组织部秘书、南方局组织部干部科科长。1941 年底回延安，在中共中央办公厅秘书处工作，1944 年任秘书处处长。当选为中共第七次全国代表大会代表，并担任大会秘书处处长。1945 年 10 月起，任中共长春市委书记、吉林省委宣传部部长兼城工部部长、敦化中心县委书记、吉敦地委书记、长春特别市市委书记兼警备司令部政委、中共北平市委秘书长。1949 年 5 月后，任中共湖南省委常委、长沙市委书记兼警备司令部政委。1954 年任我国驻捷克斯洛伐克大使。1961 年任对外文化联络委员会副主任。1978 年任中共中央纪律检查委员会常务委员。中共第十二届、第十三届中央顾问委员会委员。

1990年3月26日逝世。

张闻天

中华人民共和国驻苏维埃社会主义共和国联盟特命全权大使。

曾用名洛甫。上海市南汇县人。1900年8月生。1919年参加五四运动，同年12月加入少年中国学会。1920年7月赴日本东京学习日语。1921年1月返回上海，开始从事文学创作和外国文学的翻译工作。1922年8月赴美国旧金山勤工俭学。1924年1月回国后，在上海中华书局当编辑，后在重庆省立第二女子师范、重庆川东师范任教。1925年6月在上海加入中国共产党；同年10月赴苏联学习。1927年9月结束了在莫斯科中山大学的学习，留校任教。1928年9月入红色教授学院学习，同时兼任共产国际东方部报道员。1931年2月，从苏联回到上海，任中共中央宣传部部长。同年9月任中共临时中央政治局委员、政治局常委。1933年1月进入江西中央革命根据地。在1934年1月召开的中共六届五中全会上，当选为中央政治局委员、书记处书记。同年2月，在中华苏维埃第二次全国代表大会上，当选为中华苏维埃共和国中央政府人民委员会主席。参加了长征。1935年1月出席了长征途中召开的遵义会议。会后起草了遵义会议决议。同年2月，经中央政治局常委分工代替博古负总责。1938年5月兼任延安马列学院院长。1939年2月兼任中共中央干部教育部部长。1941年7月兼任延安中央研究院院长。1942年1月离延安到陕北、晋西北进行社会调查，不再担负主持中共中央日常工作的责任。在1945年召开的中共第七次全国代表大会和七届一中全会上当选为中央委员、政治局委员。1946年5月任中共合江省委书记兼合江军区政委。1948年6月任中共中央东北局常委兼组织部部长，同年12月兼任东北局财经委员会副主任。1949年5月任中共辽东省委书记。1950年1月被任命为中华人民共和国出席联合国会议和参加联合国工作，包括安全理事会的会议及其工作的代表团首席代表。由于中华人民共和国在联合国的合法席位未能恢复，故未能到职。1951年4月任我国驻苏联大使。在任期间，曾受周恩来总理委托，于1951年下半年巡视了我国驻东欧6个国家的大使馆或外交使团。1954年出席了讨论和平解决朝鲜问题和恢复印度支那和平问题的日内瓦会议，以外交部副部长的身份出任中国代表团代表。同年11月以中国政府代表身份作为观察员出席在莫斯科召开的保障欧洲和平和安全的欧洲国家会议。1955年1月从苏联离任回国，任外交部常务副部长，协助兼任外交部部长的周恩来总理主持外交部部务。任职期间，多次视察我国驻外使馆。1956年9月，在中共第八次全国代表大会和八届一中全会上，当选为中央委员、政治局候补委员。还是第一届、第二届全国人大常委会委员。1959年庐山会议后，受到错误处理，被撤销外交部副部长职务。1960年11月任中国科学院哲学社会科学学部经济研究所特邀研究员。

早年著有长篇小说《旅途》、三幕剧《青春的梦》，译著有长篇小说《盲音乐家》、《倍那文德戏曲集》（与沈雁冰合译）。其主要著作收在《张闻天选集》和《张闻天文集》。

1976年7月1日在江苏无锡逝世。

李一氓

中华人民共和国驻缅甸联邦特命全权大使。

曾用名李民治、李德谟。四川省成都市人。1903年生于四川省彭县。早年在上海大同、沪江、东吴大学读书，参加进步学生运动。1925年到广州，加入郭沫若等组织的创造社，同年春加入中国共产党。1926年任国民革命军总政治部宣传科长、秘书，参加了北伐战争。1927年春任中央军校武汉分校招生委员会委员，同年参加八一南昌起义，任南昌起义参谋团秘书长。1928年起在中共中央和江苏省委宣传部工作，参加翻译共产国际六大的主要文件。1929年秋任中共中央宣传部文化工作委员会委员。1930年4月参与发起成立中国社会科学家联盟，同时组织成立中国左翼文化界总同盟，任负责人。翻译出版了《马克思论文选译》、《马克思与恩格斯》、马克思《哲学的贫困》等著作，主编《流沙》、《巴尔底山》等刊物。1932年到中央根据地，在中共苏区中央局宣传部工作。1933年任中华苏维埃共和国临时中央政府国家政治保卫局执行部部长。1934 年 2 月被选为中华苏维埃共和国中央执行委员会候补执行委员，同年 10 月参加长征。到达陕北后任中共陕甘省委宣传部部长。西安事变后任中共陕西省委宣传部部长。抗日战争时期，任中共中央东南分局、东南局秘书长兼新四军军部秘书长，协助叶挺组建新四军，参与领导新四军及东南地区的抗日斗争。1941 年后任中共淮海区委副书记、行署主任，苏北区党委副书记、行署主任，中共中央华东局常委兼宣传部长，苏皖边区政府主席。1947 年后任中共旅大区委副书记、旅大行署第一副主席，大连大学校长。1950 年被任命为我国驻联合国安理会副代表及出席联合国大会代表，由于我国在联合国的合法席位未能恢复而未到任。1951 年起担任中国代表团代表出席世界和平理事会会议，并任世界和平理事会常务理事、书记。1958 年任我国驻缅甸大使，在任期间，中缅两国签订了友好、互不侵犯条约，边界条约。1962 年后任国务院外事办公室副主任。1974 年至 1982 年任中共中央对外联络部副部长、常务副部长。1978 年率领中共代表团到南斯拉夫进行考察，为实现中南两党关系正常化做了准备工作。曾担任中国人民外交学会副会长，中国人民保卫世界和平委员会副主席，中国国际交流协会会长。1982 年后任国务院古籍整理出版规划小组组长，领导古籍收集、整理、出版工作。在中共十一届三中全会上被选为中共中央纪律检查委员会副书记。中共十二、十三届中央顾问委员会常委。第一届全国人大代表。著有回忆录《模糊的屏》。作为艺术鉴赏家，所藏明清名画 200 幅收入《李一氓藏画选》。

1990 年 12 月 4 日逝世。

李克农

李克农（1899—1962），安徽省巢县人。1926 年加入中国共产党。1928 年到上海从事党的秘密工作。土地革命战争时期，历任中共上海沪中区委宣传委员，中央苏区国家政治保卫局执行部部长，中国工农红军第一方面军政治保卫局局长，红军工作部部长，中共中央联络局局长。参加了长征。西安事变时，任中共赴西安谈判代表团秘书长。抗日战争时期，历任八路军驻上海、南京、桂林办事处处长，八路军总部秘书长，中共中央长江局秘书长，中共中央社会部副部长、情报部副部长。解放战争时期，历任驻北平“军事调处执行部”中共代表团秘书长，中共中央社会部部长，军委情报部部长。建国后，历任中共中央社会部部长，中央人民政府外交部副部长，中央军委总情报部部长，中国人民解放军副总参谋长。是第一、第二届全国人民代表大会代表，中国人民政治协商会议第三届全国委员会常务委员，中国共产党第八届中央委员。1955 年被授予上将军衔，获一级八一勋章、一级独立自由勋章和一级解放勋章。

1962 年 2 月 9 日在北京逝世。

倪志亮

中华人民共和国驻朝鲜民主主义人民共和国首任特命全权大使。

北京市人。1900 年 10 月生。1915 年辍学在杂货店学徒。1917 年起，在皖系军队任班长、司务长、排长，1924 年转入陕西国民军当文书。1925 年考入黄埔军官学校第四期，1926 年初到广州入校，编入第五期步兵科学习，在校期间加入周恩来等领导的青年军人联合会。1926 年 10 月加入中国共产党。1927 年 12 月参加广州起义后加入中国工农革命军第四师，后转至河南从事党的地下工作，任中共新蔡工委干事。1928 年 10 月到红军鄂东游击区，是中共中央最早派往鄂豫皖根据地的干部之一。此后，参加了创建鄂豫皖根据地和红四方面军以及川陕根据地的斗争，参加和指挥了鄂豫边、鄂豫皖、川陕时期几乎所有的重要战役、战斗。1928 年后任鄂豫边红三十一师第三大队大队长，红一军第一师三团团长，红四军第十一师三十一团团长、第十师师长，红四方面军第四军十师师长、第四军军长兼十一师师长，红四方面军第十一师师长。1933 年起任红四方面军彭杨军政学校校长，红四方面军参谋长兼红军大学校长，红四方面军供给部部长兼政委、金川军区司令员，红四方面军步兵学校校长。长征到达陕北后，1937 年初入红军大学第二期学习，兼任第一科二队队长。同年 8 月任八路军第一二九师参谋长。1938 年任晋冀豫军区司令员，领导开辟了晋冀豫抗日根据地。1939 年起任晋冀豫边区游击纵队司令员，中央军委第四局副局长，后入延安马列学院和中央党校学习。1945 年赴东北地区工作，任辽北军区司令员，嫩南军区司令员，嫩江军区司令员，西满军区副司令员，东北民主联军军政大学西满分校校长，东北军区军政大学副校长，中南军区军政大学副校长。1950 年任我国驻朝鲜首任大使。1952 年后任解放军后勤学院副教育长、教育长，解放军武装力量监察部副部长。1955 年被授予中将军衔和一级八一勋章、一级独立自由勋章、一级解放勋章。第四届全国政协委员。

1965 年 12 月 15 日逝世。

谭希林

中华人民共和国驻捷克斯洛伐克人民民主共和国首任特命全权大使。

湖南省长沙市人。1908 年生。曾就读于湖南省立甲种工业学校。1924 年参加工人运动。1925 年 5 月加入中国共产主义青年团。1926 年 1 月转为中国共产党党员。1926 年入黄埔军校学习。1927 年 3 月后，任国民革命军第二十四师工兵连代理连长、第二方面军总指挥部警卫团排长。1927 年 9 月参加湘赣边界的秋收起义，任工农革命军第一师师部特务连连长。同年秋收起义部队上井冈山后，任工农革命军第一团二连连长。1928 年红四军成立后，任第三十一团一营副营长、营长。1929 年后，历任红四军军部特务支队支队长、闽西红军学校教育长、闽西红军指挥部参谋长，红二十一军参谋长、代理军长，红十二军参谋长兼第三十四师师长、军委警卫团团长、南路军临时指挥部司令员。1932 年 8 月后，历任中国工农红军学校工兵连连长、军事教员、特科团团长，特科学校工兵营营长。参加了长征。长征途中任军委干部团工兵主任、红军大学工兵科科长。到达陕北后任中国工农红军学校第二营营长、红军大学第三队队长。抗日战争爆发后，历任陕甘宁边区保安司令部参谋长、中共鄂豫皖区委军事部部长、新四军第四支队参谋长、新四军江北游击纵队司令员。1941 年起，任新四军第二师六旅旅长兼政委，后兼淮南军区路西军分区司令员、政委。1943年9月任新四军第七师代理师长。抗日战争胜利后，历任山东野战军第七师师长、豫皖苏军区第一副司令员、胶东军区代理司令员、胶东纵队司令员、第三野战军第三十二军军长。1949年6月兼青岛市警备司令部司令员。同年任山东军区副司令员兼参谋长1950年任我国驻捷克斯洛伐克首任大使。1955年被授予中将军衔和一级八一、一级独立自由、一级解放勋章。1957年任中国人民解放军训练总监部副部长。1958年任北京军区副司令员。

1970年2月11日逝世。

周竹安

中华人民共和国驻保加利亚人民共和国特命全权大使。

曾用名周酉村。湖南省长沙市人。1891年生。1912年于徐特立主持的长沙县立师范学校毕业后，任长沙县立师范学校附属小学主事，长沙市立第十一小学校校长，周南女校、长沙女子师范学校、长沙中学教员。1925年参加工作，任湖南省农民协会秘书。1926年加入中国共产党，并任国民党长沙县党部青年部部长。1927年起做党的地下工作。1928年赴法国、比利时学习，并组织反帝同盟，做华侨工作。1935年与陶行知等人在巴黎发起成立全欧华侨抗日救国联合会。1939年回国后在重庆私营国防动力酒精厂任总管理处秘书兼第三厂经理。1946年到上海担任大孚出版公司编辑及昆仑电影制片厂秘书。1949年4月返回长沙，负责中共中央与湖南程潜部的联络并参加和平解放长沙的工作。1949年10月任外交部办公厅机要处处长，领导外交机要、外交信使的创建工作。1952年任外交部办公厅副主任兼秘书处处长。1954年任我国驻保加利亚大使。1959年起担任第三、第四届全国政协委员。

1977年7月22日逝世。

潘自力

中华人民共和国驻朝鲜民主主义人民共和国特命全权大使；中华人民共和国驻印度共和国特命全权大使；中华人民共和国驻尼泊尔王国特命全权大使；中华人民共和国驻苏维埃社会主义共和国联盟特命全权大使。

陕西省华县人。1904 年生。曾就读于华县咸林中学，担任过咸林中学和华县学生自治会会长。1923 年加入中国社会主义青年团。1925 年赴莫斯科，入中山大学学习。1926 年 1 月转为中国共产党党员。1927 年回国后，历任陕西省长安县农民协会宣传部部长、共青团陕西省委代理书记兼宣传部部长，中共陕西省委候补委员、西安市委书记，中共陕西省委东路特派员兼渭南县委书记。1928 年初任中共陕西省委书记。参加了渭华暴动。1931 年后，先后赴法国、苏联，参加了法国反帝同盟中国支部。1935 年后在川陕苏区和红四方面军工作，曾任中共川陕苏区省委宣传委员会副主任，红四方面军红军大学高级指挥科政治教员。参加了长征。西安事变发生后，任西北民众运动指导委员会组织部部长、中共陕西省委宣传部部长。抗日战争爆发后，任晋察冀军区政治部宣传部部长、晋察冀军区政治部副主任。1946 年起，历任晋察冀野战军政治部主任、华北军区第二兵团政治部主任、第一野战军第十九兵团副政委兼政治部主任。1949 年至 1952 年任中共宁夏省委书记、宁夏省人民政府主席。1952 年至 1954 年任中共陕西省委书记、陕西省人民政府副主席。1954 年 11 月调外交部工作 1955 年任我国驻朝鲜大使。1956 年任我国驻印度大使，并兼任我国驻尼泊尔大使。1962 年任我国驻苏联大使。中共第八届中央候补委员。

1972 年 5 月 22 日在山西逝世。

刘晓

中华人民共和国驻苏维埃社会主义共和国联盟特命全权大使；中华人民共和国驻阿尔巴尼亚人民共和国特命全权大使。

曾用名刘运权、刘均衡、林庚汉、王明汉。湖南省辰溪县人。1908 年生。1925 年入南京东南大学补习班。1926 年春考入上海国立政治大学，同年加入中国共产党，从事爱国学生运动。1927 年参加上海工人三次武装起义，后到奉贤县创办曙光中学，并在学校建立中共中心支部，任支部书记。1929 年初任中共奉贤县委书记。1930 年后任中共江苏省委外县工作委员会秘书，江苏省委秘书长。1932 年起任中共福建省委常委兼组织部部长、代理省委书记。1933 年春在中央苏区工作，任中共会昌中心县委书记，粤赣省委书记，粤赣军区政委。1934 年 10 月参加长征，任军委第二野战纵队司令部秘书，遵义会议后任红一军团政治部地方工作部部长。红军到达陕北后，任红一方面军政治部地方工作部部长，红一方面军政治部主任，红军前敌总指挥部政治部地方工作部部长，援西军政治部主任，参加了红一方面军发起的东征战役、西征战役。1937 年 3 月在延安参加中共中央召开的白区工作会议，5 月去上海，领导恢复、重建上海的中共地下组织的工作及领导上海地下党的秘密工作，任中共上海市群众工作委员会书记，中共江苏省委书记。1942 年转移到抗日根据地，任新四军政治部调研组组长，中共中央华中局城市工作部部长。1944 年到达延安后任中共中央城市工作部部长。1945 年出席中共第七次全国代表大会，当选为中共中央候补委员。1946 年返回上海后，先后担任中共江苏省委书记、中共中央上海分局书记、上海局书记，主持上海局的全面工作，并继续领导上海地下党的秘密工作。1949 年 9 月作为上海代表出席第一届全国政协会议。当选为全国政协委员，后任中共中央华东局常委兼组织部部长，中共上海市委第三书记，第二书记兼组织部部长。1955 年至 1962 年任我国驻苏联大使，在任期间曾作为中共代表团团员出席苏共第二十、二十一、二十二次代表大会，陪同苏联最高苏维埃代表团访华。1956 年当选为中共第八届中央委员。1962 年至 1966 年任外交部常务副部长。1967 年 4 月任我国驻阿尔巴尼亚大使。1979 年任外交部顾问。第二、三、四、五届全国政协常委，中共中央顾问委员会委员。著有外交回忆录《出使苏联》。

1988 年 6 月 11 日逝世。

王炳南

中华人民共和国驻波兰人民共和国特命全权大使。

陕西省乾县人。1908 年 1 月生。在中学读书时参加学生运动。1925 年加入中国共产主义青年团。1926 年加入中国共产党。之后在乾县、淳化等地从事建团、建党工作，任中共乾县支部书记、淳化县支部书记。国共合作时期，曾任国民党西安市党部宣传部部长。1929 年后赴日本，1931 年又去德国。在德期间先后任德国共产党中国语言组书记、国际反帝大同盟东方部主任、旅欧华侨反帝同盟主席。1936 年春被派回西安，做争取杨虎城和第十七路军的工作。在和平解决西安事变的过程中，协助周恩来做了大量工作。西安事变发生后，任西北民众运动指导委员会主任委员。1937 年赴上海、武汉做党的统战和国际宣传工作，任上海文化界国际宣传委员会常务委员、全国各界救国会中央常委。1939 年起，任中共中央南方局国际宣传组负责人、外事组组长。在此期间，从事国际宣传工作，并在驻华的国际人士中开展工作。1945 年参加重庆谈判的工作，担任毛泽东的秘书。同年年底任中共中央南方局候补委员。1946 年后，任中共驻南京代表团外事委员会副书记兼代表团发言人。回解放区后，任中共中央外事组副主任。1949 年任外交部办公厅第一任主任，为协助周恩来筹组外交部做了大量工作。1954 年任外交部部长助理。同年出席关于朝鲜问题和印度支那问题的日内瓦会议，任中国政府代表团秘书长。1955 年任我国驻波兰大使。同年兼任中美大使级会谈中方代表，参加了近 9 年的会谈。1964 年任外交部副部长。1975 年后任中国人民对外友好协会会长、顾问。第六届全国人大常委会委员、人大外事委员会委员，第五届全国政协常务委员。

1988 年 12 月 22 日逝世。

王森

中华人民共和国驻丹麦王国特命全权大使。

曾用名郭维秀、郭元芝、郭同春。山西省临县人。1906 年生。十六岁开始在离石县任小学教员。1924 年入山西汾阳铭义中学读书。1926 年 1 月加入中国共产党。同年年底，任共青团汾阳县委书记。1927 年 10 月任中共汾阳县委书记。1931 年任中共山西省委特派员，1933 年至 1936 年，先后担任中共河套临河县委书记、宁夏省特别支部书记。1936 年后，长期在平津地区做地下工作，任平津地下抗敌小组负责人、中共中央社会部情报站站长。1951 年任中华人民共和国贸易部中国贸易进出口总公司副总经理。1952 年 9 月任中国轻工业品进出口总公司第一任总经理。1953 年调任北京市人民检察署副检察长。1954 年任北京市人民检察院检察长。1958 年调北京市文学艺术界联合会任专业作家。1961 年调外交部工作。同年任我国驻丹麦大使。1965 年后，任中国科学院 615 设计院副院长、院党委副书记。1979 年任国务院参事。

著有小说《407 号图纸》，电影文学剧本《神鬼人》，回忆录《黄河九曲十八湾》等。

张勃川

中华人民共和国驻芬兰共和国特命全权大使；中华人民共和国驻乌干达共和国特命全权大使。

曾用名张百川。山东省冠县人。1909 年 12 月生。曾就读于北京大学经济系。1925 年加入中国共产主义青年团。1926 年在北京大学读书时加入中国共产党，同年任共青团北京大学支部书记。1931 年冬参加北京大学南下示威团。1932 年北京大学毕业后，到泰山冯玉祥处工作，任研究室研究员。1933 年后到日本，入帝国大学进修。1936 年回国后，参加北平文教界救国会工作，任华北人民抗日救国大同盟执行委员。抗日战争爆发后，在国民党第五战区、安徽省做统战工作。1938 年后任《大别山日报》社社长。1940 年在抗日军政大学四分校任教。1943 年到延安，任中央军委总政治部日本问题研究室主任、中共中央政治研究室组长。1949 年后，任华东大学副校长、党组书记，高等教育部综合大学司司长，武汉大学副校长、党委副书记。1961 年调外交部工作。1962 年任我国驻芬兰大使。1980 年任我国驻乌干达大使。

罗贵波

中华人民共和国驻越南民主共和国首任特命全权大使。

江西行南康县人。1908 年生。曾就读于赣州省立师范学校，后在家乡小学任教。1926 年参加革命工作，1927 年加入中国共产党，1928 年初组织领导农民暴动。1928 年 8 月后，历任中共大余工委书记、安远县委书记、赣县县委书记兼赣县游击纵队纵队长、政委。1930 年后，任赣南红军第三十五军军长、政委，江西军区独立第三师政委。1932 年入中国工农红军学校上级干部队学习，后任红军学校政治总教员、红军第一步兵学校政治教育主任。长征途中先后担任中央军委干部团政治营政委、上级干部队队长兼政委。到陕北后，任红军大学三科政治部主任、红军步兵学校政治部主任。抗日战争爆发后，历任八路军第一二〇师政治部民运部部长、中共晋西北区党委副书记、第一二〇师三五八旅政委、晋西北新军政委、晋绥军区第八军分区司令员兼政委。1945 年后，历任吕梁军区副政委兼政治部主任、晋绥野战军第二纵队副政委，吕梁军区司令员兼政委、中共吕梁区委书记，晋中军区司令员兼政委、中共晋中区委书记。1949 年后，任太原警备司令部司令员，同年调任中央人民革命军事委员会办公厅主任。1950 年赴越南，先后担任中共中央驻越南劳动党联络代表、援越政治顾问团团长、援越顾问团总顾问。1954 年任我国驻越南首任大使。1957 年任外交部副部长。1978 年至 1983 年，任中共山西省委第二书记、省革命委员会副主任、省长。中共第八届中央候补委员、中央委员，中共第十二、第十三届中央顾问委员会委员。

1995 年 11 月 2 日逝世。

郝德青

中华人民共和国驻匈牙利人民共和国特命全权大使；中华人民共和国驻朝鲜民主主义人民共和国特命全权大使；中华人民共和国驻挪威王国特

命全权大使；中华人民共和国驻荷兰王国首任特命全权大使；中华人民共和国驻伊朗王国特命全权大使。

山西省平遥县人。1906 年 10 月生。1927 年加入中国共产党。1928 年后就读于北京师范大学，曾任中共北平西城区委书记。1932 年后，在太原、洛阳等地学校任教。1937 年后，任中共山西省介休县委书记、山西青年抗敌决死队第四团政治部主任。晋西事变后，任决死第二纵队兼晋西北军区第八军分区政治部主任。1945 年后，任《晋绥日报》社社长、中共晋绥分局秘书长。1950 年后，任中共川西区党委常委兼秘书长，中共成都市委第一书记。1954 年任我国驻匈牙利大使。1961 年任我国驻朝鲜大使。1965 年任国务院外事办公室副主任。1971 年任我国驻挪威大使。1972 年任我国驻荷兰首任大使。1974 年任我国驻伊朗大使。1977 年任中国人民外交学会会长。第六届全国人大常委。

1993 年逝世。

陈志方

中华人民共和国驻叙利亚共和国首任特命全权大使；中华人民共和国驻伊拉克共和国首任特命全权大使；中华人民共和国驻乌干达特命全权大使；中华人民共和国驻瑞士联邦特命全权大使；中华人民共和国驻越南社会主义共和国特命全权大使。

曾用名陈士骧。江苏省无锡县人。1906 年 7 月生。曾就读于上海南洋医科大学、广州中山大学、上海第四中山大学。1926 年加入中国共产主义青年团。1927 年加入中国共产党。1927 年参加无锡地区的秋收暴动，后从事地下工作。1931 年参加中国工农红军，历任闽西军区军医处处长、中央军委总军医处代理处长、总卫生部医政局局长兼红军军医学校教育长、校长，是红军早期医务工作领导人之一。参加了长征。长征途中任军委卫生部后方办事处主任兼卫生学校校长。1938 年至 1939 年在延安抗日军政大学任主任教员。1939 年 7 月起，任中共津浦路东工委委员，盱眙、天长、仪征工委书记，高邮、宝应县委书记兼县长。1941 年 3 月起，任新四军第三师八旅二十三团政治处主任、政委，八旅政治部主任兼盐阜军分区政治部主任。1945 年后，任龙江军区政治部主任、东北民主联军第十二纵队政治部主任、第四野战军第四十九军政治部主任。1949 年后，任中共广州市委常委、市政府秘书长、广州市副市长。1956 年调外交部工作，任国际司司长。同年任我国驻叙利亚首任大使。1958 年任我国驻伊拉克首任大使。1962 年任外交学院副院长。1964 年任我国驻乌干达大使。1970 年任我国驻瑞士大使。1977 年任我国驻越南大使。

1990 年 12 月 15 日逝世。

罗士高

中华人民共和国驻阿尔巴尼亚人民共和国特命全权大使。

曾用名罗世告。广东省大埔县人。1905 年 3 月生。1926 年入北京大学预科读书。1927 年 4 月加入中国共产党，曾任中共北京大学支部宣传委员。1928 年起就读于北京大学政治系。1932 年毕业于北京大学。抗日战争爆发后，在冀鲁豫地区开展工作，曾任冀鲁豫边区第十九专署专员、冀鲁豫边区行署秘书长。1947 年随军进入大别山后，任皖西区行署主任。1949 年 5 月任南京市军管会委员兼政务接管委员会主任。同年任重庆市军管会秘书长。1950 年后任重庆市人民政府副市长、中共重庆市委副书记、中共四川省委委员。1957 年任我国驻阿尔巴尼亚大使。1961 年任中共北京外国语学院党委书记。后任中国人民对外友好协会副会长。曾任中国非洲友好协会副会长。

1995 年 8 月逝世。

谢甫生

中华人民共和国驻蒙古人民共和国特命全权大使。

湖北省大悟县人。1902 年 8 月生。1927 年 10 月加入中国共产党，先后在豫、陕、鄂、沪、津等地做兵运、情报工作。曾转情报给上海中央局，对工农红军第二十五军胜利进行长征起了重大作用。1936 年至 1937

年，通过电台将情报发陕北，沟通了中共北方局与中共中央的联系。1938年春提供的日军情报，为台儿庄大捷做出贡献。同年参加冀东暴动，任八路军第四纵队参谋长，后任冀热察挺进军参谋主任。1941年后负责对东北日军的情报工作，曾任中共晋察冀分局社会部派遣科科长。抗日战争胜利后，先后担任东北人民自治军第十六分区参谋长、南满军区兼第三纵队参谋长，军事调处执行部东北执行分部中共代表，东北人民解放军独立第五师政委，东北军区政治部保卫部副部长、部长，辽东军区副参谋长。中华人民共和国成立后，任海军政治部保卫部部长。1955年被授予少将军衔。1958年任我国驻蒙古大使。1964年后，担任湖北省政协第三届、第四届副主席。

1985年9月3日逝世。

甘野陶

中华人民共和国驻芬兰共和国特命全权大使；中华人民共和国驻阿富汗王国特命全权大使；中华人民共和国驻马达加斯加民主共和国特命全权大使。

安徽省芜湖市人。1907年生。1927年加入中国共产党，长期从事党的地下工作。抗日战争时期在中共南方局、八路军办事处领导下从事党的统战工作。1945年后在冀鲁豫区、皖北地区工作，曾任皖北行署科长。1949年11月调外交部工作，任亚洲司专员。1952年至1955年任我国驻朝鲜大使馆政务参赞。1956年任我国驻印度尼西亚大使馆政务参赞。1959年任我国驻芬兰大使，离任回国后任外交部条约法律司司长。1973年任我国驻阿富汗大使。1979年任我国驻马达加斯加大使。

2002年11月4日逝世。

陈坦

中华人民共和国驻阿拉伯叙利亚共和国特命全权大使；中华人民共和国驻赤道几内亚首任特命全权大使。

广东省兴宁县人。1911 年 3 月生。1927 年 8 月加入中国共产主义青年团，不久转为中国共产党党员。曾在上海从事地下工作。抗日战争爆发后，先后在新疆和延安从事干部工作。抗日战争胜利后，到东北工作，任中共吉东分省委常委、分省委秘书长兼组织部部长，1948 年后，任中共东北铁路总局党委副书记、政治部主任兼副总局长，中共东北局纪委书记。1953 年后，任铁道部基建总局代理局长、新建铁路工程总局副总局长、铁道部办公厅主任。1964 年调外交部工作。1966 年任我国驻叙利亚大使。1971 年任我国驻赤道几内亚首任大使。后任铁路运输高级法院院长。中共第十二届中央纪律检查委员会委员。

1989 年 10 月 27 日逝世。

耿飚

中华人民共和国驻瑞典王国首任特命全权大使；中华人民共和国驻丹麦王国首任特命全权公使；中华人民共和国驻芬兰共和国首任特命全权公使；中华人民共和国驻巴基斯坦共和国特命全权大使；中华人民共和国驻缅甸联邦特命全权大使；中华人民共和国驻阿尔巴尼亚人民共和国特命全权大使。

曾用名耿在忠。湖南省醴陵县人。1909 年 8 月生。早年在常宁水口山当矿工。1925 年 2 月加入中国共产主义青年团，1928 年转为中国共产党党员。1927 年起，任浏（阳）醴（陵）游击支队小队长，红三军第九师参谋、科长兼干部教导队队长．红三军第九师参谋长。1933 年藤田整编后，任红一军团第一师三团参谋长、第二师四团团长，红一军团第一师参谋长、陕甘支队第一纵队一大队参谋长。参加了中央革命根据地第一次至第五次反“围剿”作战及攻克漳州战役。1931 年参加长征，率部参加强渡潇水、突破乌江、攻占娄山关等战斗。长征到达陕北后，任红一军团第一师参谋长、红四军参谋长。抗日战争爆发后，任八路军第一二九师三八五旅参谋长，三八五旅副旅长兼副政委、参谋长。1944 年任晋察冀军区副参谋长，兼军区联络部部长、司令部情报处处长。抗日战争胜利后，任晋察冀军区副参谋长兼晋察冀第一野战军参谋长。1946年1月至7月，任军事调处执行部中共代表团副参谋长兼交通处处长（少将衔），军调部四平第二十八执行小组中共代表。1946年7月起，任晋察冀野战军参谋长、华北军区第二兵团参谋长、华北军区第十九兵团参谋长、第一野战军第十九兵团副司令员兼参谋长。参与组织正太战役、青沧战役、保北战役、清风店战役、石家庄战役。率部参加了平津、太原，兰州和解放宁夏的战役。1950年1月调外交部工作，参加筹组我国驻联合国代表团。筹组工作停止后，于同年9月任我国驻瑞典首任大使，兼我国驻丹麦首任公使。1951年又兼任我国驻芬兰首任公使。1956年任我国驻巴基斯坦大使。1960年1月任外交部副部长。1963年任我国驻缅甸大使。1969年任我国驻阿尔巴尼亚大使。1971年任中共中央对外联络部部长。1978年3月任国务院副总理。1979年1月任中共中央军委常委兼秘书长。1981年3月兼任国防部部长。1982年5月任国务委员。1983年任第六届全国人大常委会副委员长。中共第九、第十、第十一届中央委员，第十一届中央政治局委员，第十二、第十三届中央顾问委员会常务委员。

2000年6月23日逝世。

王稼祥

中华人民共和国驻苏维埃社会主义共和国联盟首任特命全权大使。

1906年生于安徽泾县厚岸村，在家乡读小学后又入教会中学。1925年，他赴沪入上海大学附中，在那里加入共青团。同年10月，王稼祥赴苏，先后在莫斯科中山大学和红色教授学院学习。1928年，他由团转党（当时团员转党员，团龄也算作党龄）。在苏联期间，他对马列主义有深入的研究。1930年回国后，在中共中央宣传部任干事，随后任党报委员会秘书长。1931年4月，王稼祥赴中央苏区，担任红军总政治部主任。同年11月，他任中华苏维埃共和国军委副主席和外交人民委员（相当于外交部部长）。1933年4月，他遇空袭被炸穿了肠，在没有麻药的情况下，忍着剧痛经历了八小时手术，当时人称胜过关公刮骨疗毒。因无法取出弹片，只好采取保守疗法。翌年1月，他当选中央政治局候补委员。同年秋，他腹部通着管子、坐着担架参加了长征。在1935年1月的遵义会议上，他提出要毛泽东担任党和红军的领导。后来，毛泽东多次称赞这"关键的一票"。遵义会议后，王稼祥与毛泽东、周恩来组成中央军事三人小组，指挥全军行动。过雪山草地时，他肠子流脓，甚至爬出蛔虫，仍以常人难以想象的毅力坚持下来。到达陕北后，他因伤情恶化被中央派人秘密送往上海治疗。1937年夏，他转赴莫斯科治伤并任中共驻共产国际代表。翌年8月，他回到延安，任中央军委副主席和八路军总政治部主任。1944年，他因伤口恶化病倒而无法工作，1946年再度被送到苏联治疗。1947年，王稼祥回东北解放区，任东北局城工部部长。1949年，他担任新中国首任驻苏联大使，1951年回国任中央对外联络部部长，1956年当选中央书记处书记。几十年间，王稼祥总是在腹部带着热水袋工作。中华人民共和国成立以后，他提出过许多宝贵见解。在1958年"大跃进"中，他拒绝随风附和。1962年初，他大胆地建议应改变援外数量过大的状况，要"量力而行"；在国际斗争中不要四面树敌。因毛泽东一再肯定他的历史功绩，1973年在党的"十大"上他又被选为中央委员。

1974年1月25日夜，王稼祥病逝于家中。

曹祥仁

中华人民共和国驻保加利亚共和国首任特命全权大使。

湖北省大冶人。1914年生。1929年5月加入中国共产主义青年团，1930年3月转为中国共产党党员。1929年7月参加中国工农红军，历任阳新第二支队战士，军区二分局局长、情报处处长，东北军区二分局局长，第四野战军副参谋长兼二分局局长，中央军委工程学校校长兼政委。1950年任我国驻保加利亚首任大使。1955年后任第一机械工业部副部长、中共黑龙江省委书记处书记、浙江省委书记处书记。

1975年8月24日逝世。

徐以新

中华人民共和国驻阿尔巴尼亚人民共和国首任特命全权大使；中华人民共和国驻挪威王国特命全权大使；中华人民共和国驻阿拉伯叙利亚共和国特命全权大使；中华人民共和国驻巴基斯坦伊斯兰共和国特命全权大使。

浙江省衢县人。1911年生。1926年参加北伐战争，在国民革命军第二师政治部宣传科任见习员。1927年春参加上海工人武装起义，任工人纠察队总指挥部政治部宣传科科员。不久调武汉中共中央军事部任技术书记。1927年4月加入中国共产主义青年团，1930年转为中国共产党党员。1927年8月参加南昌起义，任起义军总指挥部机要秘书。1927年底赴苏联莫斯科共产主义劳动大学学习，1930年毕业于该校。1931年后，历任鄂豫皖军委总政治部副主任、鄂豫皖军委参谋主任、中共鄂豫皖省委常委兼军事部部长、川陕苏区西北军委秘书长、参谋主任。1936年后，任西路军总指挥部高级参谋、干部团政治部主任，中共西北工委副书记。参加了红四方面军的长征。1937年起，任延安中共中央组织部干训班总干事、鲁迅艺术学院政治部主任、中共中央统战部干部科科长、中共中央直属党委书记、中共中央管理局政治部主任。1945年后，任中共热东地委副书记兼热东军分区副政委、中共依兰县委书记、佳木斯市委副书记、东北军区政治部卫戍工作部部长。1950年调外交部工作，任外交部苏欧司副司长。1952年任苏欧司司长。1954年任我国驻阿尔巴尼亚首任大使。1958年任我国驻挪威大使。1962年任我国驻叙利亚大使。1966年1月任外交部副部长。1979年任我国驻巴基斯坦大使。第六届、第七届全国政协常务委员。

1994年12月30日逝世。

周秋野

中华人民共和国驻刚果共和国首任特命全权大使；中华人民共和国驻澳大利亚联邦特命全权大使；中华人民共和国驻南斯拉夫社会主义联邦共

和国特命全权大使。

曾用名周野萍。江苏省无锡县人。1913 年 8 月生。曾就读于江苏省立洛社师范学校。1928 年 3 月加入中国共产主义青年团，1930 年春转为中国共产党员。后在无锡北西漳小学、八士桥小学任教，参加无锡曙光文艺社、无锡学社等进步社团，开展抗日救亡运动。抗日战争爆发后，于 1938 年 1 月到山西，参加了山西青年抗敌决死队第十总队，任连政治指导员、团政治处宣教科科长。1940 年底赴延安抗日军政大学第三分校学习。后历任抗大三分校秘书，中央军委第一局资料室研究员、测绘科副科长。1945 年到东北工作，先后担任东北民主联军总司令部秘书科科长、东北行政委员会招待处处长，沈阳市政府秘书长，中共东北局统战部秘书长，东北行政委员会副秘书长。

1954 年调外交部工作。1955 年任我国驻南斯拉夫大使馆参赞，1958 年后任临时代办。1961 年任外交部第二亚洲司司长。1964 年任我国驻刚果（布）首任大使。后任中国人民对外友好协会副会长。1976 年任我国驻澳大利亚大使。1978 年任我国驻南斯拉夫大使。1981 年后任中国人民外交学会会长。

2008 年 6 月 17 日逝世。

注：本篇人物简历摘自《五星红旗下的大使们》，江苏人民出版社，沈建、沈力著。

就像那涓涓小溪汇入大河奔腾向前一样，这一份份简历描绘出了一幅壮丽的历史画卷。它让我们听到一批热血青年为自由的呐喊；它让我们看到一批无畏战士为信仰的搏杀；它让我们见到一批勤劳公仆为大众的奉献。在他们水与火、灵与肉的一生中，有多少可歌可泣的事迹值得去书写！有多少可喜可贺的功绩值得去颂扬！有多少可敬可佩的精神值得去景仰！

中国人常常以哺育中华民族的这片沃土而骄傲，为先辈们创造的悠久历史而自豪。那么，对为建立新中国、开启国门做出卓越贡献的老革命家、老外交家的名字和事迹，也应该牢牢记在心中。列宁说过："忘记过去就意味着背叛。"让我们再一次翻开历史的画卷，去搜索、回顾、记忆那些不应该受到冷遇、遗忘的开拓者的丰功伟绩吧。

图书在版编目(CIP)数据

历史需要细节:一个后代眼中的老外交官往事/王民伟著.—北京:世界知识出版社,2008.12

ISBN 978-7-5012-3292-5

Ⅰ.历… Ⅱ.王…. Ⅲ.①纪实文学—作品集—中国—当代②外交史—史料—中国 Ⅳ.I253.1

中国版本图书馆 CIP 数据核字(2008)第 199732 号

责任编辑 许丽娜
责任出版 林 琦 刘 喆
责任校对 李 琴
封面设计 郭宝珍

书　　名 **历史需要细节**——一个后代眼中的老外交官往事
Lishi Xuyao Xijie ——*Yige Houdai Yanzhong de Laowaijiaoguan Wangshi*

作　　者 王民伟

出版发行 世界知识出版社
地址邮编 北京市东城区干面胡同 51 号(100010)
网　　址 www.wap1934.com
印　　刷 世界知识印刷厂
经　　销 新华书店
开本印张 720×1020 毫米 1/16 18 印张 4 插页
字　　数 268 千字
版次印次 2009 年 1 月第一版 2009 年 1 月第一次印刷
标准书号 ISBN 978-7-5012-3292-5
定　　价 29.00 元